"世纪文学60家"书系总策划：
白烨、陈骏涛、倪培耕、贺绍俊、张红梅

"世纪文学60家"评选专家名单：
（以姓氏笔画为序）

丁　帆	南京大学中文系教授
王中忱	清华大学中文系教授
王晓明	华东师范大学中文系教授
王富仁	汕头大学中文系教授
白　烨	中国社会科学院文学研究所研究员
孙　郁	鲁迅博物馆研究员
吴思敬	首都师范大学文学院教授
陈思和	复旦大学中文系教授
陈晓明	北京大学中文系教授
陈骏涛	中国社会科学院文学研究所研究员
陈子善	华东师范大学中文系教授
孟繁华	沈阳师范大学教授
於可训	武汉大学文学院教授
杨匡汉	中国社会科学院文学研究所研究员
杨　义	中国社会科学院文学研究所研究员
张　炯	中国社会科学院文学研究所研究员
张　健	北京师范大学文学院教授
张中良	中国社会科学院文学研究所研究员
赵　园	中国社会科学院文学研究所研究员
洪子诚	北京大学中文系教授
贺绍俊	沈阳师范大学教授
谢　冕	北京大学中文系教授
程光炜	中国人民大学中文系教授
雷　达	中国作家协会创研部研究员
黎湘萍	中国社会科学院文学研究所研究员

shiji
wenxue
jingdian

世纪文学经典

郭沫若 著

郭沫若精选集

北京燕山出版社
BEIJING YANSHAN PRESS

出版前言

"世纪文学60家"书系的创编与推出,旨在以名家联袂名作的方式,检阅和展示20世纪中国文学所取得的丰硕成果与长足进步,进一步促进先进文化的积累与经典作品的传播,满足新一代文学爱好者的阅读需求。

为使"世纪文学60家"书系的评选、出版活动,既体现文学专家的学术见识,又吸纳文学读者的有益意见,我们采取了专家评选与读者投票相结合的方式。我们依据20世纪华文作家在中国现当代文学史上的地位与影响,经过反复推敲和斟酌,确定了100位作家及其代表作作为候选名单。其后,又约请25位中国现当代文学专家组成"世纪文学60家"评选委员会,在100位候选人名单的基础上进行书面记名投票,以得票多少为顺序,产生了"世纪文学60家"的专家评选结果。为了吸纳广大读者对20世纪华文作家及作品的相关看法和阅读意向,我们与"新浪网·读书频道"全力合作,展开了为期两个月的"华文'世纪文学60家'全民网络大评选"活动。2005年12月16日,读者评选结果在"新浪网·读书频道"正式公布。为了使"世纪文学60家"的评选与编选,能够比较客观地反映专家和读者两方面的意见,经过反复协商,最终以各占50%的权重,得出了"世纪文学60家"书系入选名单。

"世纪文学60家"书系入选作家,均以"精选集"的方式收入其代表性的作品。在作品之外,我们还约请有关专家、学者撰写了研究性序言,编制了作家的创作要目,为读者了解作家作品、创作特点和其在文学史上的地位,提供必要的导读和更多的资讯。

"世纪文学60家"评选结果

排名	作家	专家评分	读者评分	评选结果	排名	作家	专家评分	读者评分	评选结果
1	鲁迅	100	100	100	31	赵树理	85	55	70
2	张爱玲	100	97	98.5	32	梁实秋	67	71	69
3	沈从文	100	96	98	33	郭沫若	70	65	67.5
4	老舍	94	94	94	33	陈忠实	67	68	67.5
4	茅盾	100	88	94	35	张恨水	64	70	67
6	贾平凹	94	92	93	36	苏童	58	75	66.5
7	巴金	94	90	92	36	冰心	51	82	66.5
7	曹禺	100	84	92	38	穆旦	78	52	65
9	钱钟书	80	99	89.5	39	丁玲	78	47	62.5
10	余华	85	92	88.5	40	顾城	29	95	62
11	汪曾祺	100	76	88	41	舒婷	51	69	60
12	徐志摩	85	89	87	42	张承志	67	51	59
12	莫言	94	80	87	43	王朔	45	72	58.5
14	王安忆	94	77	85.5	44	刘震云	58	58	58
15	金庸	70	98	84	45	韩少功	54	57	55.5
15	周作人	94	74	84	46	阿城	54	56	55
17	朱自清	70	93	81.5	47	张洁	64	44	54
18	郁达夫	78	83	80.5	48	三毛	22	85	53.5
19	戴望舒	94	66	80	49	铁凝	51	53	52
20	史铁生	80	79	79.5	50	张炜	60	40	50
20	北岛	78	81	79.5	50	李劼人	78	22	50
22	孙犁	94	62	78	52	宗璞	64	33	48.5
22	王蒙	78	78	78	53	郭小川	58	36	47
24	艾青	94	60	77	53	柳青	58	36	47
25	余光中	78	73	75.5	55	施蛰存	51	42	46.5
26	白先勇	85	64	74.5	56	张贤亮	42	49	45.5
27	萧红	85	61	73	56	刘恒	64	27	45.5
27	路遥	60	86	73	56	高晓声	45	46	45.5
29	闻一多	78	67	72.5	56	李锐	51	40	45.5
30	林语堂	54	87	70.5	60	徐訏	45	43	44

目 录

新文学的一面旗帜 ………… 桑逢康 001

诗歌编

女神 ……………………………… 003
序诗/003
第一辑 …………………………… 004
女神之再生/004/湘累/011/棠棣之花/019
第二辑 …………………………… 024
凤凰涅槃/024/天狗/034/心灯/036/炉中煤/037/无烟煤/038/日出/039/晨安/040/笔立山头展望/042/浴海/043/立在地球边上放号/044/三个泛神论者/044/电火光中/045/地球,我的母亲!/048/雪朝/052/登临/053/光海/055/梅花树下醉歌/058/演奏会上/059/夜步十里松原/060/我是个偶像崇拜者/060/太阳礼赞/061/沙上的脚印/062/新阳关三叠/

目录

063/金字塔/064/巨炮之教训/065/匪徒颂/069/胜利的死/072/辍了课的第一点钟里/076/夜/078/死/079

第三辑 ················· 079

Venus/079/别离/080/春愁/082/司健康的女神/083/新月与白云/083/死的诱惑/083/火葬场/084/鹭鸶/084/鸣蝉/085/晚步/085/春蚕/086/蜜桑索罗普之夜歌/086/霁月/087/晴朝/088/岸上/089/晨兴/091/春之胎动/092/日暮的婚筵/093/新生/093/海舟中望日出/094/黄浦江口/095/上海印象/096/西湖纪游/096

星空 ················· 103

献诗/103/星空/104/洪水时代/109/月下的司芬克司/112/苦味之杯/113/静夜/114/偶成/114/南风/114/白云/115/新月/115/雨后/116/天上的市街/116/黄海中的哀歌/117/仰望/118/江湾即景/119/吴淞堤上/119/赠友/120/夜别/121/海上/121/灯台/122/拘留在检疫所中/122/归来/123/Paolo之歌/124/冬景/124/夕暮/125/暗夜/125/春潮/126/新芽/126/大鹫/127/地震/127/两个大星/128/石佛/129/孤竹君之二子/129/广寒宫/144

瓶	154
风	190
创造者	191
月下的故乡	194
大木的歌	195
力的追求者	196
怆恼的葡萄	197
失巢的瓦雀	198
"你是不死"	199
我们在赤光中相见	200
述怀	201
对月	203
峨眉山上的白雪	205
巫峡的回忆	207
骆驼	209

历史剧

屈原	213
蔡文姬	295
创作要目	桑逢康356

(本书目由陈骏涛选定)

新文学的一面旗帜

桑逢康

郭沫若(1892—1978),原名开贞,号尚武。四川乐山人。1892年11月16日(清光绪十八年农历九月二十七日)生于乐山沙湾镇一个中等地主兼商人的家庭。幼时跟母亲习读古诗,六岁入家塾。1906年春考进嘉定高等小学,1907年秋升入嘉定府中学堂。1910年赴成都,考入四川高等学堂分设中学。在成都读书期间,正值辛亥革命前后,郭沫若因参加国会请愿风潮而被校方开除。

1913年10月郭沫若离开家乡,走出狭窄的夔门,奔向广阔的天地。11月到达天津、北京,12月底即远赴日本。1914年7月考入东京第一高等学校预备班医科。1915年9月升入冈山第六高等学校。1918年8月入福冈九州帝国大学医科,1923年3月毕业,获医学学士学位。

郭沫若本想通过学医"来作为对于国家社会的切实贡献"①,但由于重听,在学医上存在很大障碍。加之他酷爱文学,更有志于新文学的开拓事业。1919年五四运动爆发,个人的郁积,民族的郁积,在这时找到了喷火口,也找到了喷火的方式。1919年的下半年和1920年的上半年,是郭沫若诗歌创作的爆发期,差不多每天都有诗兴来猛袭。这些内容和形式完全崭新的诗作,经宗白华之手陆续发表在上海《时事新报》副刊《学灯》上。一个被誉为"东方未来的诗人"挟着

---

① 郭沫若:《我的学生时代》。

雷霆裹着闪电出现在中国的文坛上,尤其是在"振动数相同""燃烧点相等"的青年人中间引起了极大的共鸣。郭沫若一时成为众多青年崇拜的偶像。

1921年6月,郭沫若和郁达夫、成仿吾等在东京发起成立了著名的文学团体创造社。郭沫若是公认的创造社的领袖人物,不仅创作力旺盛,作品众多,而且率先提出了"革命文学"的口号。1924年他翻译了日本河上肇著的《社会组织与社会革命》,这是郭沫若接触马克思主义理论的媒介。

1926年3月18日郭沫若来到革命策源地广州,担任广东大学文科学长。他在广州结识了毛泽东、周恩来等中共活跃人物。北伐开始后,郭沫若投笔从戎,任国民革命军总政治部宣传科长兼行营秘书长。武昌攻克前夕升任政治部副主任,军衔由上校晋升为中将。1927年3月31日写了著名的讨蒋檄文《请看今日之蒋介石》,揭露蒋介石镇压工农、背叛革命的种种行径。八一南昌起义,郭沫若被委任为革命委员会委员兼主席团成员、宣传委员会主席、总政治部主任。起义部队南下途中,郭沫若由周恩来、李一氓介绍,加入了中国共产党。

由于受到蒋介石的通缉,郭沫若被迫流亡日本,长达十年之久(1928—1937)。他在千叶县市川市蛰居期间,受到日本警察和宪兵的双重监视,并一度被东京警视厅拘押审讯,但郭沫若始终不忘自己是一个中国人,表现出了可贵的民族气节。在亡命日本的十年中,郭沫若潜心研究中国古代社会,研究甲骨文和殷周青铜器铭文,开拓了用马克思主义观点和方法研究中国古代社会历史的新路径。

1937年七七事变爆发,郭沫若别妇抛雏,毅然回国参加神圣的抗日战争。他担任了国民政府军事委员会政治部第三厅厅长,团结并带领大批文化界进步人士,积极开展抗日宣传与鼓动工作。1940年9月三厅撤销,另组文化工作委员会,仍由郭沫若任主任。鉴于郭沫若的重要影响和作用,中共中央根据周恩来的建议做出决定:以郭沫若为鲁迅的继承者,为中国革命文化界的领袖。

蒋介石消极抗日,积极反共。为了借古讽今,同国民党顽固派进行斗争,20世纪30年代末至40年代初,郭沫若用极大的热情和精力投入了历史剧的创作,陆续写出了《棠棣之花》《屈原》《虎符》《高渐离》《孔雀胆》《南冠草》,其中尤以《屈原》的影响最大。1944年3月郭沫若还撰写并发表了重要的史学论文《甲申三百年祭》,总结了明末李自成农民起义失败的经验教训。中共中央将这篇文章列为整风文献供党内学习。

中华人民共和国成立以后,郭沫若曾先后担任中央人民政府政务院副总理(1949年9月至1954年9月)、全国人大常委会副委员长(1954年9月至1978年6月)、中华全国文学艺术工作者联合会主席(1949年7月至1978年6月)、中国科学院院长(1949年11月至1978年6月)。作为国家领导人、著名社会活动家和文化界的代表人物,郭沫若为发展社会主义文化与科学事业,为开展人民外交、促进国际合作与世界和平做了许多有益的工作。

文化大革命初期,郭沫若由于毛泽东和周恩来的保护未受到直接冲击,但在"批林批孔"中成为江青一伙批判的靶子。郭沫若在"文革"期间有过一些错误的表态(如"烧书""批邓"),但他没有向"四人帮"的政治高压屈服,而是做了力所能及的斗争,从而保持了晚节。

1978年6月12日郭沫若在北京逝世。邓小平代表中共中央和国务院所作的悼词中,高度评价郭沫若是继鲁迅之后"我国文化战线上又一面光辉的旗帜","郭沫若同志不仅是革命的科学家和文学家,而且是革命的思想家、政治家和著名社会活动家。他在科学文化方面做出的贡献,在革命实践中立下的功绩,赢得了全中国人民和世界进步人士的尊敬"[①]。

郭沫若是一位百科全书式的文化巨人,其所涉猎的范围不仅相

---

① 载1978年6月19日《人民日报》。

当广泛,而且成就卓著。他是著名的文学家,同时也是渊博的学者,在历史学、考古和甲骨文研究方面自成一派。而就文学领域来说,凡诗歌、小说、戏剧、散文、杂文、传记以及理论与批评,郭沫若更是无所不能,其中尤以诗歌和历史剧的创作影响最为巨大。

众所周知,郭沫若最初是以新诗震撼文坛的。他的《女神》1921年8月问世,虽然不是第一部用白话写的新诗集(胡适的《尝试集》比它早出版一年有余),但无论就思想内容还是艺术质量来说,《女神》都是"五四"新文学运动中影响最大、成就最高的一部诗集,不仅充分显示了诗歌革命的实绩,而且开创了一代诗风。

《女神》的基本内容,是对旧世界的深刻诅咒和对新世界的热烈向往,是对祖国的无限热爱与眷恋,对生我养我的地球与劳动人民真挚由衷的赞美讴歌,对古往今来一切革命者与先贤志士的无比崇敬,是对自然、科学、近代文明、"人"(包括自我)的热烈赞颂。形式多为打破束缚、不拘一格的自由体,而其艺术风格则是狂飙突进、火山爆发式的革命浪漫主义。气势恢弘,格调雄浑、昂扬,不仅富有感染力,而且具有强大的震撼力。当然以上是就总体而言。《女神》在高唱主旋律的同时,也有一些抒情小诗,显示了多样性的统一。

五四时期的郭沫若是一个激进的革命民主主义者,有着强烈的反帝反封建的革命要求,《女神》的内容和形式与"五四精神"正相合拍。《女神之再生》《凤凰涅槃》等著名诗篇,表明了"光明同黑暗底战争",发出了"我们要去创造个新鲜的太阳"的热情呼唤,并且坚信通过斗争,一定能使"光明更生""宇宙更生"。这对于当时苦难深重的中国人民来说,是一种多么巨大的鼓舞啊!可以毫不夸大地说:郭沫若通过《女神》喊出了时代变革的最强音。不过那时他在思想上还没有明确接受无产阶级的宇宙观和社会革命论,他使用的还是资产阶级的口号和思想武器,诸如一般的"为自由""为人道""为正义",等等。尽管如此,郭沫若在《女神》序诗中还是声言自己"是个无产阶级者",表示"愿意成个共产主义者"。诗人的这种大胆的直率的宣言,在把共产主义视为"洪水猛兽"和"异端邪说"的当时,无异于晴天里的霹雳。

《女神》的哲学基础是泛神论。这种学说认为自然界是本体的表象，本体不受时空限制，是无所不在的，所谓"神"即是本体，本体即是"神"。把本体提升到"神"的地位，恰好符合了五四时期个性解放的要求。《天狗》《日出》《晨安》《立在地球边上放号》《我是个偶像崇拜者》《太阳礼赞》等，都是张扬自我，讴歌自然，并把自然界和本体相结合的典范之作。与同一时期的诗人们相比较，就张扬个性、表现自我这一点来说，无论是谁都不能与郭沫若相匹敌。

郭沫若是一位偏于主观而又外向的抒情诗人，热情奔放，才思敏捷，幻想丰富而又奇特，对外在事物（无论是社会还是自然）的感受特别强烈，且易受刺激与拨动。在《女神》里，郭沫若以高昂的火焰般的激情，色彩浓烈、音调铿锵有力的诗的语言，将"五四精神"做了最好最充分的诠释，同时淋漓尽致地展现出了诗人自身的艺术个性。

他是涅槃的凤凰，他是飞奔狂叫燃烧的天狗，他是破坏一切偶像的偶像崇拜者，他是炉中的煤胸中的心灯。

他的血和海浪同潮，他的心和日火同烧。

地球是他的母亲，劳者是他的爹他的恩人。

他要创造个新鲜的太阳，他全身心要化为光明流去。

他创造尊严的山岳、宏伟的海洋，创造日月星辰，驰骋风云雷雨。

他努力地诅咒着旧世界，热烈地向往着新世界。

他歌颂真正的"匪徒"，赞颂胜利的死，鞭挞游闲的尸和淫嚣的肉。

他的诗魂在地球边上放号，在梅花树下醉歌，在笔立山头展望，在夜步十里松原，在电火光中，在演奏会上……

总而言之，他效法造化的精神，自由创造，自由地表现自己。

这样的诗作无疑会受到人们的欢迎，这样的诗人无疑会受到人们的称赞。闻一多就说过："《女神》真不愧为时代底一个肖子"[①]；胡

---

① 闻一多：《〈女神〉之时代精神》。

胡适尽管和郭沫若政见不同,但也不得不承认"他的新诗颇有才气"①,说"郭先生的诗才是真正的新诗,我的要算旧了"②。

出版于1923年的《星空》是郭沫若的第二本诗集,作者自谓是"退潮后的一些微波,或甚至是死寂"③。这是就诗的情绪而言,那种《女神》式的雄浑昂扬确乎消失了许多,火山爆发后的死寂中"含蓄了多少沉深的苦闷"。然而诗人虽然苦闷却并不颓丧消沉,犹如"受了伤的勇士"仍在"守星待旦","自由地,刚强地,稳慎地"期待着"第二次的洪水时代",并把"青春时代""自由时代"的再来寄希望于"伟大的开拓者"——近代的劳工。诗集中一再出现并反复吟咏星、月、海、潮、云、天空……诗人与它们对话,用丰富的幻想赋予人格化了的自然景物以葱茏的诗意。像《天上的市街》就是一首想象奇特、清新美丽、兴味盎然的佳作。

《瓶》写于1925年3月,发表之后深受欢迎,被誉为"中国诗坛的空前的抒情长诗"④。它和郭沫若的一段情感经历有关,诗中的"我"(一个诗人)和诗中的"她"(一个少女),充满了对美满爱情生活的渴望,有着真挚而火热的爱情。悲剧性的结局又是对旧制度的控诉,具有鲜明的反封建的意义。郭沫若并不专作情诗,但他在这部长诗中不仅讴歌了爱情,并且对"爱"下了一个经典式的定义:"这个字不待仓圣的造就/也不用在字书里去寻求/这个字要如树上的梅花/自由的开出她的心头。""这个字是苏生我的灵符/也会是射死我的弓弩/我假如寻出了这个字时/我会成为个第二的耶稣。"擅长情诗的作者不胜枚举,然而没有人像郭沫若这样对爱情做如此崇高、如此美好的评价,将爱情的获有者与神圣的耶稣置于同等地位。《瓶》在形式上也是独创的,它对新诗的格律做了有意义的尝试与探索。

郭沫若从本质上来说是一个入世的政治诗人。特别是当他接受

---

① 见胡适1921年8月9日日记。
② 引自郭沫若《创造十年》。
③ 郭沫若:《序我的诗》。
④ 蒲风:《郭沫若诗作谈》。

并逐步树立了马克思主义的世界观,同"水平线下"的悲惨社会相接触,并实际参加革命斗争以后,他的文学活动总是与政治活动紧密地结合在一起,他的诗歌创作因而呈现出新的面貌。出版于1928年的《前茅》堪称为现代中国第一部无产阶级的诗歌集,诗人号召男女工人们"打破这万恶的"资本主义制度的"魔宫",坚信"秉着赤诚的炬火,前走!前走!"就一定能"使新的世界诞生"。《恢复》作于1928年初,是大革命刚刚失败后的作品,愤懑之情溢于言表,希望的火焰仍在燃烧:"但不幸我们的革命在中途生了危险/我们血染了的大旗忽然间白了半边/不过我们也没有一个人在抱着悲观/我们相信着革命是操着最后的胜算。"当革命处于低潮的形势下,在黑暗如磐、腥风血雨的日子里,诗人更加清醒地意识到了肩上的重任:"我今后的半生我相信没有甚么阻挠/我要一任我的情性放漫地引领高歌/我要唤起我们颓废的邦家、衰残的民族/我要歌出我们新兴的无产阶级的生活。"(《述怀》)诗言志,歌咏情,郭沫若是这样写的,更是这样做的。当日本帝国主义发动全面侵华战争之时,他推出了《战声集》,带头筑起了坚固的"诗歌国防"。以后又有《蜩螗集》等问世,坚持抗战,反对投降;坚持团结,反对分裂;坚持进步,反对倒退;鼓吹人民民主,反对独裁专制。

"革命文学"的口号是郭沫若率先提出来的,但20世纪20年代中后期以至30年代,革命文学还处于草创阶段,比较幼稚,许多标榜"革命文学家"的作品中经常出现标语口号式倾向。郭沫若也未能完全避免,因此他有一些作品包括诗歌的艺术感染力在一定程度上有所削弱。

进入20世纪50年代,即新中国成立以后,郭沫若虽然像工厂批量生产那样写了许许多多的诗,但像过去那种激情燃烧的精品之作却很难从他那里再寻觅到了。钱杏邨(阿英)用"死去了的阿Q时代"来批评鲁迅固属谬谈,但用"逝去了的女神时代"来概括郭沫若后期的诗歌创作,却是大致不差的。《新华颂》《长春集》《骆驼集》除个别旧体诗外,大都不成其为诗,而是流行于当时的一些标语口号和政治术语的堆积。说得客气和文雅一点,是那个时代政治概念的延伸和诗歌样式的排列,有的恐怕连"诗化"也谈不上。有些作品(比如歌颂人民公社、大跃进、大炼钢铁等等)本来诗味就不多,艺术上相当粗糙,随着内容的被否定更是成为败笔。关于国际形势的诗作多系配合当时对外斗争的需要,时过境迁,自然没有多少流传的价值。但作者饱满的政治热情还是应当肯定的,有一小部分诗写得也还不错,如《骆驼》《郊原的青草》《西湖的女神》《月里嫦娥想回中国》等,说明郭沫若诗魂犹在,诗风犹存,诗人毕竟是诗人。至于诗集《百花齐放》,抛开配合形势这一点不谈,人看花,花比人,其中寓有一些人生的经验与生活的哲理,还是值得一读。

总之,对郭沫若后期的诗歌创作需要进行实事求是地、具体地分析,不应采取全盘否定的态度。郭沫若说过他是"倾向于爱写自己生活的人"①,只要写自己,只要自由地抒发自己的豪情,他就能写出名篇佳作来,否则就写不好甚至写得很糟糕。"诗味不多,热情有余;少有佳作,不乏败笔。"——大概可以作为郭沫若这一类作品的评语。郭沫若本人也意识到了这一点,所以他说自己"诗多好的少",又叮嘱"不要把那些应景或酬酢之作收入我的文集"②。

郭沫若既是文学家又是历史学家,两者的最佳结合是他的历史剧创作。在现当代文学史上,郭沫若创作的历史剧不仅数量最多,而且质量最好。"中国历史话剧的杰出代表"这一美誉,他是当之无愧的。

郭沫若的历史剧创作始于1920年9月,收入《女神》里的《棠棣之花》为其发端之作。1926年出版了《三个叛逆的女性》,以历史上的卓文君、王昭君、聂嫈三位女性为主人公,赋予她们叛逆的性格。40年代初期在重庆,郭沫若奋笔疾书,连续写了《屈原》《虎符》等多部历史剧,这是自《女神》之后郭沫若出现的第二个创作高峰,他的历

---

① 郭沫若:《我怎样开始了文艺生活》。
② 王朝柱、郭汉英:《郭沫若晚年二三事》。

史剧上升到了与诗歌同等重要的地位。50年代末和60年代初,他又相继推出了《蔡文姬》《武则天》,在其影响下文艺界一度出现了历史剧创作与演出的热潮。

综观郭沫若的历史剧,成果斐然,具有鲜明的艺术特色,其主张和经验更是宝贵的财富,足资借鉴。

一、他认为:"写历史剧并不是写历史","剧作家的任务是在把握历史的精神而不必为历史的事实所束缚"①。他还认为"史剧创作是'失事求似'","注重在构成而务求其完整"②,故而"剧作家有他创作上的自由,他可以推翻历史的成案,对于既成事实加以新的解释,新的阐发,而具体地把真实的古代精神翻译到现代"③。郭沫若的历史剧中,的确有不少地方对史实做出了新的解释、新的阐发,还有一些是郭沫若的新创造。对历史上真实的人物加以强化,有的次要人物则出自虚构。莎士比亚的史剧"是把自己去替古人说话",歌德"是借古人来说自己的话",郭沫若的史剧显然更接近于歌德那一类型。④ 为了不致引起"反历史主义"的误会,后来郭沫若又进一步提出:历史剧应"把历史的真实和艺术的真实在一定程度上结合起来","史剧创作要以艺术为主、科学为辅;史学研究要以科学为主、艺术为辅"⑤。以上可视为郭沫若历史剧创作的基本原则,是其史剧观的精髓。

二、古为今用,为现实斗争服务。郭沫若虽说喜欢用历史的题材来写剧本,但并非仅仅是为了发思古之幽情,作为一个革命的文学家,郭沫若的一切文学活动都同现实的政治斗争联系在一起。针对蒋介石消极抗日,积极反共,在国统区实行专制独裁,五幕历史剧《棠棣之花》"以主张集合反对分裂为主题";《高渐离》含"有暗射的用

---

① 郭沫若:《我怎样写〈棠棣之花〉》。
② 郭沫若:《历史·史剧·现实》,收入《沸羹集》。
③ 郭沫若:《我怎样写〈棠棣之花〉》。
④ 参见郭沫若《孤竹君之二子》附录一"幕前序话"。
⑤ 郭沫若:《武则天》序。

意","存心用秦始皇来暗射蒋介石";代表作《屈原》更是这位诗人兼剧作家用心血锻造的一把最犀利的剑,劈开了比铁还要坚固的黑暗统治。正如周恩来所说:"在连续不断的反共高潮中,我们钻了国民党反动派一个空子,在戏剧舞台上打开了一个缺口。在这场战斗中,郭沫若同志立了大功。"①

三、爱作翻案文章,对历史人物重新进行评价。他写《蔡文姬》的主要目的,就是要替曹操翻案。"曹操对于我们民族的发展、文化的发展,确实是有过贡献的人。在封建时代,他是一位了不起的历史人物。但以前我们受到宋以来的正统观众的束缚,对于他的评价是太不公平了。"②所以在《蔡文姬》这部历史剧中,郭沫若一改过去曹操"奸臣"的形象,将曹操刻画为一个具有平民风度,开明、纳谏、有大作为与大成就并颇得人心的政治家和军事家。历史上由于"男尊女卑"的思想作祟,对武则天从政治举措到男女关系诋毁甚多,郭沫若着意为其翻案,在舞台上树立了一个治国有方、赏罚分明、用人唯贤、"不爱身而爱百姓"的杰出女政治家的艺术形象。"岿然没字碑犹在,六十王宾立露天。冠冕李唐文物盛,权衡女帝智能全。黄巢沟在陵无恙,述德纪残世不传。待到幽宫重启日,还期翻案续新篇。"③从女权主义的角度,《武则天》比早期的《三个叛逆的女性》更大大前进了一步,剧中的武则天对于传统观念是叛逆者,赋予她这种性格的郭沫若同样是传统观念、固有模式的叛逆者。

四、郭沫若是一位浪漫主义大诗人,他的历史剧同样充满了浪漫的激情,笼罩着浓烈的诗的情调和诗的氛围。最早的《棠棣之花》和《湘累》本来就是以"剧诗"的形式出现并收入诗集《女神》的,在以后的历史剧创作中郭沫若将这一特长更是发挥到了极致。他的历史剧总是将戏剧性与抒情性巧妙地结合在一起,以叙事为骨架,以抒情为灵魂,诗入剧,剧为诗,每一部波澜起伏的历史剧都是一首荡气回肠

---

① 引自夏衍《知公此去无遗恨——痛悼郭沫若同志》。
② 郭沫若:《蔡文姬》序。
③ 郭沫若:《游乾陵三首》其一。

的长篇抒情诗。尤其是当剧情发展到高潮的关键时刻,戏剧冲突最为强烈的时候,主要人物面临生与死、爱与恨、善与恶的巨大考验,都会有激情澎湃、动人心魄的诗篇像火山爆发一样奔涌而出,如《屈原》里的《雷电颂》,《虎符》中如姬在父亲墓前的独白等等,它们是人物内心的倾诉,灵魂的呐喊,是诗、是雷、是电、是火、是奔腾翻滚的长江大河。浓郁的诗情并不仅仅存在于这些精彩纷呈、脍炙人口的独白中,而往往是时隐时现、时强时弱地贯穿于剧情的始终。这是因为郭沫若赋予历史上的那些志士仁人以悲剧性格,极力讴歌他们为真理和正义而献身的悲剧精神,因此许多剧中主要角色都有被他"诗化"了的完美人格,有着用生命和血肉凝铸塑造的"诗的魂"。像屈原、夏完淳、聂政、婵娟、如姬、高渐离以及段功、阿盖这些艺术形象,本身就是诗,就是绝好绝美的诗,他(她)们屹立于历史之巅,长存于天地之内,流芳于万世,激励并昭示后人于永远。这是郭沫若的历史剧给观众和读者最有意义的启示。

诗歌编

女　神

序　诗

我是个无产阶级者：
因为我除个赤条条的我外，
甚么私有财产也没有。
《女神》是我自己产生出来的，
或许可以说是我的私有，
但是，我愿意成个共产主义者，
所以我把她公开了。

《女神》哟！
你去，去寻那与我的振动数相同的人；
你去，去寻那与我的燃烧点相等的人。
你去，去在我可爱的青年的兄弟姊妹胸中，
把他们的心弦拨动，
把他们的智光点燃吧！

一九二一年五月二十六日

第一辑

女神之再生

Alles Vergaengliche	一切无常者
ist nur ein Gleichnis;	只是一虚影;
das Unzulaengliche,	不可企及者
hier wird's Ereignis;	在此事已成;
das Unbeschreibliche,	不可名状者
hier ist's getan;	在此已实有;
das Ewigweibliche	永恒之女性
Zieht uns hinan.	领导我们走。①
——Goethe	——歌德

序幕:不周山②中断处。巉岩壁立,左右两相对峙,俨如巫峡两岸,形成天然门阙。阙后现出一片海水,浩淼无际,与天相接。阙前为平地,其上碧草芊绵,上多坠果。阙之两旁石壁上有无数龛穴。龛中各有裸体女像一尊,手中各持种种乐器作吹奏势。

山上奇木葱茏,叶如枣,花色金黄,萼如玛瑙,花大如木莲,有硕果形如桃而大。山顶白云叆叇,与天色相含混。

上古时代。共工与颛顼③争帝之一日,晦冥。

开幕后沉默数分钟,远远有喧嚷之声起。

女神各置乐器,徐徐自壁龛走下,徐徐向四方瞻望。

---

① 这是德国诗人歌德(1749—1832)的长篇诗剧《浮士德》结尾的诗句。
② 不周山,古代神话中的山名。
③ 共工,古代神话传说中人物。颛顼,古代传说中"五帝"之一,黄帝之孙,号高阳氏。

女神之一

  自从炼就五色彩石
  曾把天孔补全,
  把黑暗驱逐了一半
  向那天球外边;
  在这优美的世界当中,
  吹奏起无声的音乐雝融。
  不知道月儿圆了多少回,
  照着这生命底音波吹送。

女神之二

  可是,我们今天的音调,
  为甚么总是不能和谐?
  怕在这宇宙之中,
  有甚么浩劫要再!——
  听呀!那喧嚷着的声音,
  愈见高,愈见逼近!
  那是海中的涛声?空中的风声?
  可还是——罪恶底交鸣?

女神之三

  刚才不是有武夫蛮伯之群
  打从这不周山下经过?
  说是要去争做甚么元首……
  哦,闹得真是过火!
  姊妹们呀,我们该做甚么?
  我们这五色天球看看要被震破!
  倦了的太阳只在空中睡眠,
  全也不吐放些儿炽烈的光波。

女神之一

  我要去创造些新的光明,

　　　　不能再在这壁龛之中做神。

女神之二

　　　　我要去创造些新的温热，
　　　　好同你新造的光明相结。

女神之三

　　　　姊妹们，新造的葡萄酒浆
　　　　不能盛在那旧了的皮囊。
　　　　为容受你们的新热、新光，
　　　　我要去创造个新鲜的太阳！

其他全体

　　　　我们要去创造个新鲜的太阳，
　　　　不能再在这壁龛之中做甚神像！
　　　　　全体向山阙后海中消逝。
　　　　　山后争帝之声。

颛　顼

　　　　我本是奉天承命的人，
　　　　上天特命我来统治天下，
　　　　共工，别教死神来支配你们，
　　　　快让我做定元首了吧！

共　工

　　　　我不知道夸说甚么上天下地，
　　　　我是随着我的本心想做皇帝。
　　　　若有死神时，我便是死神，
　　　　老颛，你是否还想保存你的老命？

颛　顼

　　　　古人说：天无二日，民无二王。
　　　　你为甚么定要和我对抗？

共　工

　　　　古人说：民无二王，天无二日。

　　　　　你为甚么定要和我争执?

颛　顼

　　　　　啊,你才是个呀——山中的返响!

共　工

　　　　　总之我要满足我的冲动为帝为王!

颛　顼

　　　　　你到底为甚么定要为帝为王?

共　工

　　　　　你去问那太阳:为甚么要亮?

颛　顼

　　　　　那么,你只好和我较个短长!

共　工

　　　　　那么,你只好和我较个长短!

群众大呼声

　　　　　战!战!战!
　　　　　喧呼杀伐声,武器斫击声,血喷声,倒声,步武杂沓声起。

农叟一人　（荷耕具穿场而过）

　　　　　我心血都已熬干,
　　　　　麦田中又见有人宣战。
　　　　　黄河之水几时清?
　　　　　人的生命几时完?

牧童一人　（牵羊群穿场而过）

　　　　　啊,我不该喂了两条斗狗,
　　　　　时常只解争吃馒头;
　　　　　馒头尽了吃羊头,
　　　　　我只好牵着羊儿逃走。

野人之群　（执武器从反对方面穿场而过）

　　　　　得寻欢时且寻欢,
　　　　　我们要往山后去参战。

毛头随着风头倒,
两头利禄好均沾!

山后闻"颛顼万岁!皇帝万岁!"之声,步武杂沓声,追呼声:"叛逆徒!你们想往哪儿逃走?天诛便要到了!"

共　工　（率其党徒自山阙奔出,断发文身,以蕉叶蔽下体,体中随处受伤,所执钢刀石器亦各鲜血淋漓）

啊啊!可恨呀,可恨!
可恨我一败涂地!
恨不得把那老狯底头颅
切来做我饮器!（舔吸武器上血液,做异常愤怒之态）
这儿是北方的天柱,不周之山,
我的命根已同此山一样中断。
党徒们呀!我虽做不成元首,
我不肯和那老狯甘休!
你们平常仗我为生,
我如今要用你们的生命!

党徒们拾山下坠果而啗食。

共　工

啊啊,饿痨之神在我的肚中饥叫!
这不周山上的奇果,听说是食之不劳。
待到宇宙全体破坏时还有须臾,
你们尽不妨把你们的皮囊装饱。

追呼之声愈迫。

共　工

敌人底呼声如像海里的怒涛,
只不过逼着这破了的难船早倒!
党徒们呀,快把你们的头颅借给我来!
快把这北方的天柱碰坏!碰坏!

群以头颅碰山麓岩壁,雷鸣电火四起。少时发一大雷电,山体破裂,天盖倾倒,黑烟一样的物质四处喷涌,共工之徒倒死于山麓。

颛　顼　(裸身披发,状如猩猩,率其党徒执同样武器出场)

叛逆徒!你们想往那儿逃跑?

天诛快……呃呀!呃呀!怎么了?

天在飞砂走石,地在震摇,山在爆,

啊啊啊啊!浑沌!浑沌!怎么了?怎么了?……

雷电愈激愈烈,电火光中照见共工、颛顼及其党徒之尸骸狼藉地上。移时雷电渐渐弛缓,渐就止息。舞台全体尽为黑暗所支配。沉默五分钟。

水中游泳之声由远而近。

黑暗中女性之声

——雷霆住了声了!

——电火已经消灭了!

——光明同黑暗底战争已经罢了!

——倦了的太阳呢?

——被胁迫到天外去了!

——天体终竟破了吗?

——那被驱逐在天外的黑暗不是都已逃回了吗?

——破了的天体怎么处置呀?

——再去炼些五色彩石来补好他罢?

——那样五色的东西此后莫中用了!

我们尽他破坏不用再补他了!

待我们新造的太阳出来,

要照彻天内的世界,天外的世界!

天球底界限已是莫中用了!

——新造的太阳不怕又要疲倦了吗?

——我们要时常创造新的光明、新的温热去供给她呀!

——哦,我们脚下到处都是男性的残骸呀!
——这又怎么处置呢?
——把他们抬到壁龛之中做起神像来吧!
——不错呀,教他们也奏起无声的音乐来吧!
——新造的太阳,姐姐,怎么还不出来?
——她太热烈了,怕她自行爆裂;
　还在海水之中浴沐着在!
——哦,我们感受着新鲜的暖意了!
——我们的心脏,好像些鲜红的金鱼,
　在水晶瓶里跳跃!
——我们甚么都想拥抱呀!
——我们唱起歌来欢迎新造的太阳吧!
合唱:
　　太阳虽还在远方,
　　太阳虽还在远方,
　　海水中早听着晨钟在响:
　　丁当,丁当,丁当。

　　万千金箭射天狼①,
　　天狼已在暗悲伤,
　　海水中早听着葬钟在响:
　　丁当,丁当,丁当。

　　我们欲饮葡萄觥,
　　愿祝新阳寿无疆,
　　海水中早听着酒钟在响:
　　丁当,丁当,丁当。

---

① 天狼,星名。在大犬星座,是天空所见最亮的恒星。

此时舞台突然光明,只现一张白幕。舞台监督登场。

舞台监督　(向听众一鞠躬)诸君!你们在乌烟瘴气的黑暗世界当中怕已经坐倦了吧!怕在渴慕着光明了吧!作这幕诗剧的诗人作到这儿便停了笔,他真正逃往海外去造新的光明和新的热力去了。诸君,你们要望新生的太阳出现吗?还是请去自行创造来!我们待太阳出现时再会!

〔附白〕此剧取材于下引各文中:

天地亦物也,物有不足,故昔者女娲氏炼五色石以补其缺,断鳌之足以立四极。其后共工氏与颛顼争为帝,怒而触不周之山。折天柱,绝地维。故天倾西北,日月星辰就焉;地不满东南,故百川水潦归焉。(《列子·汤问篇》)

女娲氏古之神圣女,化万物者也。——始制笙簧。(《说文》)

不周之山北望诸毗之山,临彼岳崇之山,东望泑泽(别名蒲昌海),河水所潜也;其源浑浑泡泡。爰有嘉果,其实如桃,其叶如枣,黄华而赤柎,食之不劳。(《山海经·西次三经》)

湘　累①

女须之婵媛兮,
申申其詈予。
曰,鲧婞直以亡身兮,
终然殀乎羽之野。
汝何博謇而好修兮,
纷独有此姱节?
薋菉葹以盈室兮,

---

① 湘累,指屈原投湘水而死。《汉书·扬雄传》:"钦吊楚之湘累。"注引李奇曰:"诸不以罪死曰累……屈原赴湘死,故曰湘累也。"

　　　　判独离而不服!
　　　　　　——《离骚》

　　序幕:洞庭湖。早秋,黄昏时分。
　　君山①前横,上多竹林芦薮。有银杏数株,参差天际。时有落叶三五,戏舞空中如金色蛱蝶。
　　妙龄女子二人,裸体,散发,并坐岸边岩石上,互相偎倚。一吹"参差"(洞箫),一唱歌。

女　子　(歌)泪珠儿要流尽了,
　　　　　爱人呀,
　　　　　还不回来呀?
　　　　　我们从春望到秋,
　　　　　从秋望到夏,
　　　　　望到水枯石烂了!
　　　　　爱人呀,
　　　　　回不回来呀?
　　　　桌舟之声闻,二女跳入湖中,潜水而逝。
　　　　此时帆船一只,自左棹出。船头饰一龙首,帆白如雪。老翁一人,银发椎髻,白须髯,袒上身,在船之此侧往来撑篙,口中漫作欸乃之声。
　　　　屈原立船头展望,以荷叶为冠,玄色绢衣,玉带,颈上挂一莲瓣花环,长垂至脐;颜色憔悴,形容枯槁。其姐女须扶持之。鬓发如云,簪以象掭。耳下垂碧玉之瑱。白衣碧裳,俨如朝鲜女人妆束。

屈　原　这儿是甚么地方,这么浩淼迷茫地!前面的是甚么歌声?

---

① 君山,在洞庭湖中。《水经注·湘水》:"(洞庭)湖中有君山……是山,湘君所游处,故曰君山矣。"

可是谁在替我招魂吗？

女　须　嗳！你总是爱说这样疯癫识倒的话，你不知道你姐姐底心中是怎样痛苦！你的病，嗳！难道便莫有好的希望了吗？

老　翁　三闾大夫①！这儿便是洞庭湖了。前面的便是君山。我们这儿洞庭湖里，每到晚来，时时有妖精出现，赤条条地一丝不挂，永远唱着同一的歌词，吹着同一的调子。她们倒吹得好，唱得好，她们一吹，四乡的人都要流起眼泪。她们唱倦了，吹倦了，便又跳下湖水里面去深深藏着。出现的时候，总是两个女身。四乡的人都说她们是女英与娥皇②，都来拜祷她们：祈祷恋爱成功的也有，祈祷生儿育女的也有；还有些痴情少年，为了她们跳水死的真是不少呢。

屈　原　哦，我知道了。我知道她们在望我，在望我回去。唉，我要回去！我的故乡在那儿呀？我知道你们望得我苦，我快要回来了。哦，我到底是甚么人？三闾大夫吗？哦，我记起来了。我本是大舜皇帝呀！从前大洪水的时候，他的父亲③把水治坏了，累得多死了无数的无辜百姓，所以我才把他逐放了，把他杀了。但是我又举了他的儿子起来，我祈祷他能够掩盖他父亲底前愆。他倒果然能够，他辛勤了八年，果然把洪水治平了。天下的人都赞奖他的功劳，我也赞奖他的功劳，所以我才把帝位禅让给了他。啊，他却是为了甚么？他，他为甚么反转又把我逐放了呢？我曾杀过一个无辜的百姓吗？我有甚么罪过？啊，我流落在这异乡，我真好苦呀！苦呀！……哎呀，我的姐姐！你又在哭些甚么？

女　须　你总是爱说你那样疯癫识倒的话，你不知道你姐姐底心中是怎么地痛苦！

---

① 三闾大夫，春秋战国时楚国官名。这里指屈原。
② 娥皇、女英，传说中尧的两个女儿，舜的二妃。相传舜南巡死于苍梧，二妃追至，投湘水而死，成为湘水之神。
③ 他，指禹。他的父亲，指鲧。

屈　原　姐姐,你却怪不得我,你只怪得我们所处的这个混浊的世界! 我并不曾疯,他们偏要说我是疯子。他们见了凤凰要说是鸡,见了麒麟要说是驴马,我也把他们莫可奈何。他们见了圣人要说是疯子,我也把他们莫可奈何。他们既不是疯子,我又不是圣人,我也只好疯了,疯了,哈哈哈哈哈,疯了! 疯了! (歌)

> 惟天地之无穷兮,
> 哀人生之长勤。
> 往者余弗及兮,
> 来者吾不闻。
> 吾将纮思心以为纕兮,
> 编愁苦以为膺,
> 折若木以蔽光兮,
> 随飘风之所仍!①

啊啊! 我倦了,我厌了! 这漫漫的长昼,从早起来,便把这混浊的世界开示给我,他们随处都叫我是疯子,疯子。他们要把我这美洁的莲佩扯去,要把我这高岌的危冠折毁,要投些粪土来攻击我。从早起来,我的脑袋便成了一个灶头;我的眼耳口鼻就好像一些烟筒的出口,都在冒起烟雾,飞起火星,我的耳孔里还烘烘地只听着火在叫;灶下挂着的一个土瓶——我的心脏——里面的血水沸腾着好像干了的一般,只逬得我的土瓶不住地跳跳跳。哦,太阳往那儿去了? 我好容易才盼到,我才望见他出山,我便盼不得他早早落土,盼不得我慈悲的黑夜早来把这浊世遮开,把这外来的光明和外来的口舌通同掩去。哦,来了,来了,慈悲的黑夜渐渐走来了。我看见她,她的头发就好像一天的乌云;她有时还

---

① 这首歌前四句引自《楚辞·远游》;后四句除"吾将"二字外,引自《楚辞·九章·悲回风》,可参阅作者《〈屈原赋〉今译》的《九章·悲回风》第九段。

带着一头的珠玉,那却有些多事了;她的衣裳是黑绢作成的,和我的一样;她带着一身不知名的无形的香花,把我的魂魄都香透了。她一来便紧紧地拥抱着我,我便到了一个绝妙的境地,哦,好寥廓的境地呀!(歌)

> 下峥嵘而无地兮,
> 上寥廓而无天。
> 视倏忽而无见兮,
> 听惝恍而无闻。
> 超无为以至清兮,
> 与泰初而为邻。①

嗳!这也不过是一个梦罢了!我周围的世界其实何曾改变过来!便到晚来,我睡在床席上又何尝能一刻安寝?我怕,我怕我睡了去又来些梦魔来苦我。他来诱我上天,登到半途,又把梯子给我抽了。他来诱我去结识些美人,可他时常使我失恋。我所以一刻也不敢闭眼,我翻来复去,又感觉着无限的孤独之苦。我又盼不得早到天明,好破破我深心中不可言喻的寥寂。啊,但是,我这深心中海一样的哀愁,到头能有破灭的一天吗?哦,破灭!破灭!我欢迎你!我欢迎你!我如今甚么希望也莫有,我立在破灭底门前只待着死神来开门。啊啊!我,我要想到那"无"底世界里去!(作欲跳水势)

女　须　(急挽勒之)你究竟何苦呢?你这么任性,这么激烈,对于你的病体真是不好呀!夏禹王底父亲正像你这样性情激烈的人,所以他终竟……

屈　原　不错,不错,他②终竟被别人家拐骗了!他把国家弄坏了,自以为去谄媚下子邻国便可以保全他的位置,他终竟被敌

---

① 这首歌引自《楚辞·远游》。
② 他,指楚怀王熊槐。以下这一段是指楚怀王被骗入秦和囚死的事。

　　　　国拐骗了去了。这正是他"愚而好自用"底结果。于我有甚么相干？他们为甚么又把我放逐了呢？他们说我害了楚国,害了他的父亲；皇天在上,后土在下,这样的冤狱,要你们才知道呀！

女　须　你精神太错乱了,你总要自行保重才行。只要留得你健康,甚么冤枉都会有表白的一天,你何以定要自苦呢？我知道你的心中本有无量的涌泉,想同江河一样自由流泻。我知道你的心中本有无限的潜热,想同火山一样任意飞腾。但是你看湘水、沅水,遇着更大的势力扬子江,他们也不得不隐忍相让,才汇成这样个汪洋的洞庭。火山也不是时常可以喷火,我们姐弟生长了这么多年,几曾见过山岳们喷火一次呢？我想山岳们底潜热,也怕是受了崖石底压制,但他们能常常地流泻些温泉出来。你权且让他们一时,你自由的意志,不和他们在那膻秽的政界里驰骋,难道便莫有向别方面发展的希望了吗？

屈　原　哦,我知道了！我知道了！我知道你要叫我把这莲佩扯坏,你要叫我把这荷冠折毁,这我可能忍耐吗？你怎见得我便不是扬子江,你怎见得我只是些湘沅小流？我的力量只能汇成个小小的洞庭,我的力量便不能汇成个无边的大海吗？你怎这么小视我？哦,你是要叫我去作个送往迎来的娼妇吗？娼妇——唔,她！她,郑袖①！是她一人害了我！但是,我,我知道她的心中却是在恋慕我,她并且很爱诵我的诗歌。唔,那倒怕是个好办法。我如作首诗去赞美她,我想她必定会叫楚王来把我召回去。不错,我想回去呀！但是,啊！但是,那个是我所能忍耐的吗？我不是上天底宠儿？我不是生下地时便特受了一种天惠？我不是生在寅年寅月

---

① 郑袖,楚怀王的宠妃。据《史记》的《楚世家》和《屈原贾生列传》载,她曾受秦国使臣张仪的贿赂,劝说楚怀王放走张仪。

寅日的人①？我这么正直通灵的人，我能忍耐得去学娼家惯技？我的诗，我的诗便是我的生命！我能把我的生命，把我至可宝贵的生命，拿来自行蹂躏，任人蹂躏吗？我效法造化底精神，我自由创造，自由地表现我自己。我创造尊严的山岳、宏伟的海洋，我创造日月星辰，我驰骋风云雷雨，我萃之虽仅限于我一身，放之则可泛滥乎宇宙。我一身难道只是些胭脂、水粉底材料，我只能学作些胭脂、水粉来，把去替女儿们献媚吗？哼！你为甚么要小视我？我有血总要流，有火总要喷，不论在任何方面，我都想驰骋！你为甚么要叫我"呢訾栗斯，喔咿儒儿，如脂如韦，突梯滑稽"②以偷生全躯呢？连你也不能了解我，啊！我真不幸！我想不到才有这样一位姐子！

女　须　（掩泣）……
屈　原　（倾听）哦，刚才的歌声又唱起来了呀！
　　水中歌声：

　　　　我们为了他——泪珠儿要流尽了，
　　　　我们为了他——寸心儿早破碎了。
　　　　层层锁着的九嶷山③上的白云哟！
　　　　微微波着的洞庭湖中的流水哟！
　　　　你们知不知道他？
　　　　知不知道他的所在哟？

屈　原　哦，她们在问我的所在！我站在这儿，你们怎么看不见呀？
　　水中歌声：

---

① 屈原在《离骚》中自叙出生年月日说："摄提贞于孟陬兮，惟庚寅吾以降。"王逸等据此认为屈原生于寅年寅月寅日。作者更进一步考定为公元前三四〇年正月初七日。
② 见《楚辞·卜居》。原文为："宁超然高举以保真乎，将呢訾栗斯，喔咿儒儿，以事妇人乎？宁廉洁正直以自清乎，将突梯滑稽，如脂如韦，以洁楹乎？"
③ 九嶷山，也作九疑山，又作苍梧山，在今湖南省宁远县南。《史记·五帝本纪》："（舜）践帝位三十九年，南巡狩，崩于苍梧之野，葬于江南九疑。"

　　　　　　九嶷山上的白云有聚有消。
　　　　　　洞庭湖中的流水有汐有潮。
　　　　　　我们心中的愁云呀，啊！
　　　　　　我们眼中的泪涛呀，啊！
　　　　　　永远不能消！
　　　　　　永远只是潮！

屈　原　哦，好悲切的歌词！唱得我也流起泪来了。流吧！流吧！我生命底泉水呀！你一流了出来，好像把我全身底烈火都浇息了的一样。我感觉着我少年时分，炎天烈日之中，在长江里面游泳着一样的快活。你这不可思议的内在的灵泉，你又把我苏活转来了！哦，我的姐姐！你也在哭吗？你听见了刚才的那样哀婉的歌声吗？

女　须　我也听见的，怕是些渔家娘子在唱晚歌呢！

屈　原　不然，不然，我不相信人们底歌声有那样泪晶一样地莹澈。
　　　　　　屈原自语时，老翁时时驻篙倾听，舟行甚缓。

老　翁　这便是娥皇、女英底哀歌了。这歌儿似乎还长，我在湖中生活了这么一辈子，听了不知道有多少次。我虽是不知道是些甚么意思，但是我听了总也不知不觉地要流下泪来。

屈　原　能够流眼泪的人，总是好人。能够使人流眼泪的诗，总是好诗。诗之感人有这么深切，我如今才知道诗歌底真价了。幽婉的歌声呀！你再唱下去吧。我把我的莲佩通同赠你，(投莲瓣花环入湖中)你请再唱下去吧！

水中歌声：
　　　　太阳照着洞庭波，
　　　　我们魂儿战栗不敢歌。
　　　　待到日西斜，
　　　　起看篁中昨宵泪
　　　　已经开了花！
　　　　啊，爱人呀！

　　　　泪花儿怕要开谢了,
　　　　你回不回来哟?
老　翁　唉呀! 天色看看便阴了下来,我们不能再拖延了! 我怕达
　　　　不到目的地方,天便会黑了! 我要努力撑去! 我要努力撑
　　　　去! ……
　　　　　老翁尽力撑篙,从君山右侧,转入山后。花环在水上飘扬。
　　　　帆影已不可见,远远犹闻欸乃之声。

　　　　　　　　　　　　　　　　　　　　　　——幕下
　　　　　　　　　　　　　　　　　　　一九二〇年十二月二十七日

棠棣①之花

人　物：聂政(年二十岁)
　　　　其姐嫈(年二十二岁)
布　景：一望田畴半皆荒芜,间有麦秀青青者,远远有带浅山环绕。山脉
　　　　余势在左近田畴中形成一带高地,上多白杨。白杨树上归鸦噪
　　　　晚;树下一墓,碑题"聂母之墓"四字,侧向右。右手一条陇道,远
　　　　远斜走而来,与墓地相通。
　　　　　聂嫈荷桃花一巨枝,聂政旅装佩剑,手提一竹篮,自陇道上
　　　　登场。

聂　政　(指点)姐姐,你看这一带田畴荒芜到这么个田地了!
聂　嫈　(叹息)嗳嗳! 今年望明年太平,明年望后年丰收,望了将近
　　　　十年,这目前的世界成为了乌鸦与乱草底世界。(指点)你
　　　　听,那白杨树上的归鸦噪得煞是逆耳,好像在嘲弄我们人类

---

① 棠棣:《诗·小雅》有《常棣》一诗,"常棣",亦作"棠棣"。毛《传》:"常棣,周公
　　燕兄弟也。"燕,通宴。后因以常棣或棠棣指兄弟情谊。"常(棠)棣之华(花)"
　　是该诗的首句。

底运命一样呢!

聂　政　人类底肺肝只供一些鸦鹊加餐,人类底膏血只供一些乱草滋荣,——乱草呀,乌鸦呀,你们究竟又能高兴得到几时呢?

聂　嫈　(指点)你看,那不是母亲底墓碑吗?母亲死去不觉满了三年。死而复生的只有这些乱杂的败草。永逝不返的却是我们相依为命的慈母。我们这几年来久已饥渴着生命底源泉了呀!

聂　政　战争不熄,生命底泉水只好日就消逝。这几年来今日合纵,明日连衡,今日征燕,明日伐楚,争城者杀人盈城,争地者杀人盈野,我不知道他们究竟为的是甚么。近来虽有人高唱弭兵①,高唱非战,然而唱者自唱,争者自争。不久之间,连唱的人也自行争执起来了。

聂　嫈　自从夏禹传子,天下为家;井田制度,土地私有;已经种下了永恒争战底根本。根本坏了,只在枝叶上稍事剪除,怎么能够济事呢?

　　　　此时欲圆未圆的月儿自远山升上。姐弟二人已步入墓场。聂政置篮墓前,拔剑斫白杨一枝,在墓之周围打扫。聂嫈分桃枝为二,分插碑之左右。插毕,自篮中取酒食陈布,篮底取出洞箫一枝来。

聂　嫈　哦呀,你把洞箫也带来了吗?

聂　政　唉,我三年不吹了,今晚想在母亲墓前吹弄一回。

聂　嫈　很好,我也很想倾听你的雅奏呢。(陈设毕,在墓前拜跪。)

　　　　聂政也来拜跪。拜跪毕,聂嫈立倚墓旁一株白杨树下。

聂　政　(取箫,坐墓前碧草上)姐姐,月轮已升,群鸦已静,茫茫天地,何等清寥呀!

聂　嫈　你听,好像有种很幽婉的哀音在这天地之间流漾。你快请

---

① 弭兵,停止战争。公元前五四六年,宋国的向戌说服晋楚两国执政大夫以弭兵为名,在宋国会盟。史称"弭兵之会"。

吹箫和我,我的歌词要和眼泪一齐迸出了!
(唱。聂政吹箫和之)

　　别母已三载,
　　母去永不归。
　　阿侬姐与弟,
　　愿随阿母来。

　　春桃花两枝,
　　分插母墓旁。
　　桃枝花谢时,
　　姐弟知何往?

　　不愿久偷生,
　　但愿轰烈死。
　　愿将一己命,
　　救彼苍生起!

　　苍生久涂炭,
　　十室无一完。
　　既遭屠戮苦,
　　又有饥馑患。

　　饥馑匪自天,
　　屠戮咎由人。
　　富者余粮肉,
　　强者斗私兵。

　　侬欲均贫富,
　　侬欲茹强权,

　　　　　　愿为施瘟使，
　　　　　　除彼害群遍！
聂　政　姐姐,你的歌词很带些男性的音调,倘若母亲在时,听了定会发怒呢。
聂　嫈　母亲在时,每每望我们享得人生底真正的幸福。我想此刻天下底姐妹兄弟们一个个都陷在水深火热之中,假使我们能救得他们,便牺牲却一己底微躯,也正是人生底无上幸福。所以你今晚远赴濮阳,我明知前途有多大的牺牲,但我却是十分地欢送你。我想没有牺牲,不见有爱情;没有爱情,不会有幸福的呀！
聂　政　(吹箫)姐姐,你还请唱下去吧！
聂　嫈　(唱)明月何皎皎,
　　　　　　白杨声萧萧。
　　　　　　阿侬姐与弟,
　　　　　　离别在今宵。

　　　　　　今宵离别后,
　　　　　　相会不可期。
　　　　　　多看姐两眼,
　　　　　　多听姐歌词。
聂　政　(抆泪)姐姐,你怎这么悲抑呀？
聂　嫈　(唱而不答)
　　　　　　汪汪泪湖水,
　　　　　　映出四轮月。
　　　　　　俄顷即无疆,
　　　　　　月轮永不灭。
聂　政　(抆泪)姐姐,夜分已深,你请回去了吧。
聂　嫈　(唱而不答)
　　　　　　姐愿化月魂,

　　　　幽光永照弟。
　　　　何处是姐家？
　　　　将回何处去？
聂　政　（起立）姐姐，你这么悲抑，使我烈火一样的雄心，好像化为了冰冷。姐姐，我不愿去了呀！（挥泪）
聂　嫈　二弟呀，这不是你所说的话呀！我所以不免有些悲抑之处，不是不忍别离，只是自恨身非男子。……二弟，我也不悲抑了，你也别流泪吧！我们的眼泪切莫洒向此时，你明朝途中如遇着些灾民流黎、骷髅骶骨，你请替我多多洒雪些吧！我们贫民没有金钱、粮食去救济同胞，有的只是生命和眼泪。……二弟，我不久留你了，你快努力前去！莫辜负你磊落心怀，莫辜负姐满腔勖望，莫辜负天下苍生，莫辜负严仲子知遇①，你努力前去吧！我再唱曲歌来壮你的行色。（唱）
　　　　去吧，二弟呀！
　　　　我望你鲜红的血液，
　　　　迸发成自由之花，
　　　　开遍中华！
　　　　二弟呀，去吧！
　　　　月轮突被一朵乌云遮去，舞台全体暗黑如漆，只闻歌词尾声。

　　　　　　　　　　一九二〇年九月二十三日脱稿
　〔**附白**〕此剧本是三幕五场之计划，此为第一幕中之第二场，曾经单独地发表过一次，又本有独幕剧之性质，所以我就听它独立了。②

---

① 作者原注：严仲子名遂，战国时韩人，痛恶韩相侠累无道；严仲子与聂政交善，聂政受其委托，前去刺侠累。
② 作者原注：此"附白"中"三幕五场之计划"是原有计划，未完成。最后完成者为五幕剧，此为第一幕，内容略有不同。参看同名剧本《棠棣之花》。

第二辑

凤凰涅槃①

　　天方国②古有神鸟名"菲尼克司"(Phoenix),满五百岁后,集香木自焚,复从死灰中更生,鲜美异常,不再死。

　　按此鸟殆即中国所谓凤凰:雄为凤,雌为凰。《孔演图》③云:"凤凰火精,生丹穴。"《广雅》云:"凤凰……雄鸣曰即即,雌鸣曰足足。"

序　　曲

除夕将近的空中,
飞来飞去的一对凤凰,
唱着哀哀的歌声飞去,
衔着枝枝的香木飞来,
飞来在丹穴山上。

山右有枯槁了的梧桐,
山左有消歇了的醴泉,
山前有浩茫茫的大海,
山后有阴莽莽的平原,
山上是寒风凛冽的冰天。

天色昏黄了,

---

① 涅槃,梵语 Nirvana 的音译,意即圆寂。这里以喻凤凰的死而再生。
② 我国古代称阿拉伯半岛一带伊斯兰教发源地为天方或天房。
③ 《孔演图》应作《演孔图》,汉代纬书名。原书已佚,后来有辑本。

香木集高了,
凤已飞倦了,
凰已飞倦了,
他们的死期将近了。

凤啄香木,
一星星的火点迸飞。
凰扇火星,
一缕缕的香烟上腾。

凤又啄,
凰又扇,
山上的香烟弥散,
山上的火光弥满。

夜色已深了,
香木已燃了,
凤已啄倦了,
凰已扇倦了,
他们的死期已近了!

啊啊!
哀哀的凤凰!
凤起舞,低昂!
凰唱歌,悲壮!
凤又舞,
凰又唱,
一群的凡鸟,
自天外飞来观葬。

凤　歌

即即！即即！即即！
即即！即即！即即！
茫茫的宇宙，冷酷如铁！
茫茫的宇宙，黑暗如漆！
茫茫的宇宙，腥秽如血！

宇宙呀，宇宙，
你为甚么存在？
你自从哪儿来？
你坐在哪儿在？
你是个有限大的空球？
你是个无限大的整块？
你若是有限大的空球，
那拥抱着你的空间
他从哪儿来？
你的外边还有些甚么存在？
你若是无限大的整块，
这被你拥抱着的空间
他从哪儿来？
你的当中为甚么又有生命存在？
你到底还是个有生命的交流？
你到底还是个无生命的机械？
昂头我问天，
天徒矜高，莫有点儿知识。
低头我问地，
地已死了，莫有点儿呼吸。

伸头我问海，
海正扬声而鸣唈。

啊啊！
生在这样个阴秽的世界当中，
便是把金刚石的宝刀也会生锈！
宇宙呀，宇宙，
我要努力地把你诅咒：
你脓血污秽着的屠场呀！
你悲哀充塞着的囚牢呀！
你群鬼叫号着的坟墓呀！
你群魔跳梁着的地狱呀！
你到底为甚么存在？

我们飞向西方，
西方同是一座屠场。
我们飞向东方，
东方同是一座囚牢。
我们飞向南方，
南方同是一座坟墓。
我们飞向北方，
北方同是一座地狱。
我们生在这样个世界当中，
只好学着海洋哀哭。

凰　　歌

足足！足足！足足！
足足！足足！足足！

五百年来的眼泪倾泻如瀑。
五百年来的眼泪淋漓如烛。
流不尽的眼泪，
洗不净的污浊，
浇不熄的情炎，
荡不去的羞辱，
我们这缥缈的浮生
到底要向哪儿安宿？

啊啊！
我们这缥缈的浮生
好像那大海里的孤舟。
左也是溟漫，
右也是溟漫，
前不见灯台，
后不见海岸，
帆已破，
樯已断，
楫已飘流，
柂已腐烂，
倦了的舟子只是在舟中呻唤，
怒了的海涛还是在海中泛滥。

啊啊！
我们这缥缈的浮生
好像这黑夜里的酣梦。
前也是睡眠，
后也是睡眠，
来得如飘风，

去得如轻烟,
来如风,
去如烟,
眠在后,
睡在前,
我们只是这睡眠当中的
一刹那的风烟。

啊啊!
有甚么意思?
有甚么意思?
痴!痴!痴!
只剩些悲哀,烦恼,寂寥,衰败,
环绕着我们活动着的死尸,
贯串着我们活动着的死尸。

啊啊!
我们年青时候的新鲜哪儿去了?
我们年青时候的甘美哪儿去了?
我们年青时候的光华哪儿去了?
我们年青时候的欢爱哪儿去了?
去了!去了!去了!
一切都已去了,
一切都要去了。
我们也要去了,
你们也要去了,
悲哀呀!烦恼呀!寂寥呀!衰败呀!

凤凰同歌

啊啊!
火光熊熊了。
香气蓬蓬了。
时期已到了。
死期已到了。
身外的一切!
身内的一切!
一切的一切!
请了!请了!

群鸟歌

岩鹰

　　哈哈,凤凰!凤凰!
　　你们枉为这禽中的灵长!
　　你们死了吗?你们死了吗?
　　从今后该我为空界的霸王!

孔雀

　　哈哈,凤凰!凤凰!
　　你们枉为这禽中的灵长!
　　你们死了吗?你们死了吗?
　　从今后请看我花翎上的威光!

鸱枭

　　哈哈,凤凰!凤凰!
　　你们枉为这禽中的灵长!
　　你们死了吗?你们死了吗?

哦！是哪儿来的鼠肉的馨香？①

家　鸽

　　哈哈，凤凰！凤凰！
　　你们枉为这禽中的灵长！
　　你们死了吗？你们死了吗？
　　从今后请看我们驯良百姓的安康！

鹦　鹉

　　哈哈，凤凰！凤凰！
　　你们枉为这禽中的灵长！
　　你们死了吗？你们死了吗？
　　从今后请听我们雄辩家的主张！

白　鹤

　　哈哈，凤凰！凤凰！
　　你们枉为这禽中的灵长！
　　你们死了吗？你们死了吗？
　　从今后请看我们高蹈派②的徜徉！

凤凰更生歌

鸡　鸣

　　昕潮涨了，
　　昕潮涨了，
　　死了的光明更生了。

　　春潮涨了，

---

① 《庄子·秋水》篇记载：有一种叫鹓鶵的鸟，"非梧桐不止，非练实不食，非醴泉不饮"。有鸱鸟得一腐鼠，看到鹓鶵飞过，以为要来抢它的腐鼠，就仰头对鹓鶵"吓"了一声。这里引用《庄子》这则寓言，以喻鸱鸟看到凤凰死时的得意神情。
② 高蹈派，十九世纪中期法国资产阶级诗歌的一个流派，宣扬"为艺术而艺术"。

春潮涨了,

死了的宇宙更生了。

生潮涨了,

生潮涨了,

死了的凤凰更生了。

凤凰和鸣

我们更生了。

我们更生了。

一切的一,更生了。

一的一切,更生了。

我们便是他,他们便是我。

我中也有你,你中也有我。

我便是你。

你便是我。

火便是凰。

凤便是火。

翱翔!翱翔!

欢唱!欢唱!

我们新鲜,我们净朗,

我们华美,我们芬芳,

一切的一,芬芳。

一的一切,芬芳。

芬芳便是你,芬芳便是我。

芬芳便是他,芬芳便是火。

火便是你。

火便是我。

火便是他。

火便是火。
翱翔!翱翔!
欢唱!欢唱!

我们热诚,我们挚爱。
我们欢乐,我们和谐。
一切的一,和谐。
一的一切,和谐。
和谐便是你,和谐便是我。
和谐便是他,和谐便是火。
火便是你。
火便是我。
火便是他。
火便是火。
翱翔!翱翔!
欢唱!欢唱!

我们生动,我们自由,
我们雄浑,我们悠久。
一切的一,悠久。
一的一切,悠久。
悠久便是你,悠久便是我。
悠久便是他,悠久便是火。
火便是你。
火便是我。
火便是他。
火便是火。
翱翔!翱翔!
欢唱!欢唱!

我们欢唱,我们翱翔。

我们翱翔,我们欢唱。

一切的一,常在欢唱。

一的一切,常在欢唱。

是你在欢唱?是我在欢唱?

是他在欢唱?是火在欢唱?

欢唱在欢唱!

欢唱在欢唱!

只有欢唱!

只有欢唱!

欢唱!

　欢唱!

　　欢唱!

一九二〇年一月二十日初稿
一九二八年一月三日改削

天　狗

我是一条天狗呀!

我把月来吞了,

我把日来吞了,①

我把一切的星球来吞了,

我把全宇宙来吞了。

我便是我了!

---

① 我国旧时迷信,以为日食、月食是天狗吞食日月,遇日食或月食时就敲锣打鼓驱赶天狗。

我是月底光,
我是日底光,
我是一切星球底光,
我是 X 光线底光,
我是全宇宙底 Energy① 底总量!

我飞奔,
我狂叫,
我燃烧。
我如烈火一样地燃烧!
我如大海一样地狂叫!
我如电气一样地飞跑!
我飞跑,
我飞跑,
我飞跑,
我剥我的皮,
我食我的肉,
我吸我的血,
我啮我的心肝,
我在我神经上飞跑,
我在我脊髓上飞跑,
我在我脑筋上飞跑。

我便是我呀!
我的我要爆了!

一九二〇年二月初作

---

① Energy,物理学所研究的"能"。

心　灯

连日不住的狂风,
吹灭了空中的太阳,
吹熄了胸中的灯亮。
炭坑中的炭块呀,凄凉!

空中的太阳,胸中的灯亮,
同是一座公司底电灯一样:
太阳万烛光,我是五烛光,
烛光虽有多少,亮时同时亮。

放学回来我睡在这海岸边的草场上,
海碧天青,浮云灿烂,衰草金黄。
是潮里的声音?是草里的声音?
一声声道:快向光明处伸长!

有几个小巧的纸鸢正在空中飞放,
纸鸢们也好像欢喜太阳:
一个个恐后争先,争先恐后,
不断地努力、飞扬、向上。

更有只雄壮的飞鹰在我头上飞航,
他在闪闪翅儿,又在停停桨,
他从光明中飞来,又向光明中飞往,
我想到我心地里翱翔着的凤凰。

　　　　　　　　　　一九二〇年二月初作

炉 中 煤
——眷念祖国的情绪

啊,我年青的女郎!
我不辜负你的殷勤,
你也不要辜负了我的思量。
我为我心爱的人儿
燃到了这般模样!

啊,我年青的女郎!
你该知道了我的前身?
你该不嫌我黑奴卤莽?
要我这黑奴的胸中,
才有火一样的心肠。

啊,我年青的女郎!
我想我的前身
原本是有用的栋梁,
我活埋在地底多年,
到今朝总得重见天光。

啊,我年青的女郎!
我自从重见天光,
我常常思念我的故乡,
我为我心爱的人儿
燃到了这般模样!

一九二〇年一二月间作

无 烟 煤

"轮船要煤烧,
我的脑筋中每天至少要
三四立方尺的新思潮。"①

Stendhal② 哟!
Henri Beyle 哟!
你这句警策的名言,
便是我今天装进了脑的无烟煤了!

夹竹桃底花,
石榴树底花,
鲜红的火呀!
思想底花,
可要几时才能开放呀?

云衣灿烂的夕阳
照过街坊上的屋顶来笑向着我,
好像是在说:
"沫若哟! 你要往哪儿去哟?"
我悄声地对她说道:
"我要往图书馆里去挖煤去哟!"

---

① 这三句是司汤达被任为驻罗马教廷辖区契维塔韦基亚(现属意大利)领事时致狄·费奥尔信中的话。
② Stendhal(司汤达,原名亨利·贝尔 Henri Beyle,1783—1842),法国小说家,著有长篇小说《红与黑》等。

日　出

哦哦,环天都是火云!
好像是赤的游龙,赤的狮子,
赤的鲸鱼,赤的象,赤的犀。
你们可都是亚坡罗①的前驱?

哦哦,摩托车前的明灯!
你二十世纪底亚坡罗!
你也改乘了摩托车吗?
我想作个你的助手,你肯同意吗?

哦哦,光的雄劲!
玛瑙一样的晨鸟在我眼前飞腾。
明与暗,刀切断了一样地分明!
这正是生命和死亡的斗争!

哦哦,明与暗,同是一样的浮云。
我守看着那一切的暗云……
被亚坡罗的雄光驱除干净!
是凯旋的鼓吹呵,四野的鸡声!

　　　　　　　　　一九二〇年三月间作

---

① 亚坡罗,现通译为阿波罗,希腊神话中的太阳神。

晨　安

晨安！常动不息的大海呀！
晨安！明迷恍惚的旭光呀！
晨安！诗一样涌着的白云呀！
晨安！平匀明直的丝雨呀！诗语呀！
晨安！情热一样燃着的海山呀！
晨安！梳人灵魂的晨风呀！
晨风呀！你请把我的声音传到四方去吧！

晨安！我年青的祖国呀！
晨安！我新生的同胞呀！
晨安！我浩荡荡的南方的扬子江呀！
晨安！我冻结着的北方的黄河呀！
黄河呀！我望你胸中的冰块早早融化呀！
晨安！万里长城呀！
啊啊！雪的旷野呀！
啊啊！我所畏敬的俄罗斯呀！
晨安！我所畏敬的Pioneer①呀！

晨安！雪的帕米尔②呀！
晨安！雪的喜玛拉雅③呀！
晨安！Bengal的泰戈尔翁④呀！

---

① Pioneer,先驱者。
② 帕米尔,即帕米尔高原。
③ 喜玛拉雅,即喜马拉雅山。
④ 作者原注：泰戈尔（Tagore,1861—1941）,印度诗人和哲学家,曾在孟加拉省显替尼克丹森林中创设和平大学,主张将生活与教育融化在自然中,并以为调和东西文化可以为国际和平制造基础。

晨安！自然学园里的学友们呀！

晨安！恒河①呀！恒河里面流泻着的灵光呀！

晨安！印度洋呀！红海呀！苏彝士②的运河呀！

晨安！尼罗河畔的金字塔呀！

啊啊！你早就幻想飞行的达·芬奇③呀！

晨安！你坐在万神祠前面的"沉思者"④呀！

晨安！半工半读团的学友们呀！

晨安！比利时呀！比利时的遗民呀！

晨安！爱尔兰呀！爱尔兰的诗人呀！

啊啊！大西洋呀！

晨安！大西洋呀！

晨安！大西洋畔的新大陆呀！

晨安！华盛顿的墓呀！林肯的墓呀！惠特曼⑤的墓呀！

啊啊！惠特曼呀！惠特曼呀！太平洋一样的惠特曼呀！

啊啊！太平洋呀！

晨安！太平洋呀！太平洋上的诸岛呀！太平洋上的扶桑⑥呀！

扶桑呀！扶桑呀！还在梦里裹着的扶桑呀！

---

① 恒河,南亚的大河,发源于喜马拉雅山,大部分流经印度境内,至孟加拉国流入孟加拉湾。恒河在印度被看作"圣河",人们常在恒河中作"圣水浴"。根据佛教和印度教的宗教神话和传说,恒河水可以涤除罪孽,使人们脱离苦海,超升天国。
② 苏彝士,现通译苏伊士。
③ 达·芬奇(1452—1519),意大利文艺复兴期中的大画家,曾拟制造飞行工具。
④ 作者原注:法国近代雕刻家罗丹的作品,安置在巴黎万神祠前。
⑤ 惠特曼(1819—1892),美国诗人,提倡自由诗,他的诗多歌颂自由、理想,诗风热情奔放,著有《草叶集》等。
⑥ 《梁书·东夷传》:"扶桑在大汉国东二万余里,地在中国之东,其土多扶桑木,故以为名。"后来因称日本为扶桑。

醒呀！Mésamé① 呀！
快来享受这千载一时的晨光呀！

一九二〇年一月间作

笔立山头展望②

大都会的脉搏呀！
生的鼓动呀！
打着在，吹着在，叫着在，……
喷着在，飞着在，跳着在，……
四面的天郊烟幕朦胧了！
我的心脏呀，快要跳出口来了！
哦哦，山岳的波涛，瓦屋的波涛，
涌着在，涌着在，涌着在，涌着在呀！
万籁共鸣的 symphony③，
自然与人生的婚礼呀！
弯弯的海岸好像 Cupid④ 的弓弩呀！
人的生命便是箭，正在海上放射呀！
黑沉沉的海湾，停泊着的轮船，进行着的轮船，数不尽
　的轮船，
一枝枝的烟筒都开着了朵黑色的牡丹呀！
哦哦，二十世纪的名花！

---

① Mésamé，日文汉字"目觉"的读音，意为醒。
② 作者原注：笔立山在日本门司市西。登山一望，海陆船廛，了如指掌。
③ Symphony，交响乐。
④ Cupid（丘比特），罗马神话中的爱神，手持弓箭，背生双翼的童子，凡被他的箭射中的人便坠入情网。

近代文明的严母呀!

一九二〇年六月间作

浴　　海

太阳当顶了!
无限的太平洋鼓奏着男性的音调!
万象森罗,一个圆形舞蹈!
我在这舞蹈场中戏弄波涛!
我的血和海浪同潮,
我的心和日火同烧,
我有生以来的尘垢、秕糠
早已被全盘洗掉!
我如今变了个脱了壳的蝉虫,
正在这烈日光中放声叫:

太阳的光威
要把这全宇宙来熔化了!
弟兄们!快快!
快也来戏弄波涛!
趁着我们的血浪还在潮,
趁着我们的心火还在烧,
快把那陈腐了的旧皮囊
全盘洗掉!
新社会的改造
全赖吾曹!

一九一九年九月间作

立在地球边上放号

无数的白云正在空中怒涌,
啊啊!好幅壮丽的北冰洋的情景哟!
无限的太平洋提起他全身的力量来要把地球推倒。
啊啊!我眼前来了的滚滚的洪涛哟!
啊啊!不断的毁坏,不断的创造,不断的努力哟!
啊啊!力哟!力哟!
力的绘画,力的舞蹈,力的音乐,力的诗歌,力的律吕①哟!

一九一九年九十月间作

三个泛神论者

一

我爱我国的庄子,
因为我爱他的 Pantheism②,
因为我爱他是靠打草鞋吃饭的人③。

---

① 律吕,节奏、音律。
② 作者原注:Pantheism 即泛神论。这种学说认为自然界是本体的表相,本体是无乎不在的,不受时空的限制。有所谓神,那就是这个本体。在十六、十七世纪,泛神论曾起过积极的作用,成为无神论和唯物论的先导。
③ 关于庄子靠打草鞋吃饭的传说,可参看《庄子·列御寇》篇和作者《蒲剑集·庄子与鲁迅》一文。

二

我爱荷兰的 Spinoza①,
因为我爱他的 Pantheism,
因为我爱他是靠磨镜片吃饭的人②。

三

我爱印度的 Kabir③,
因为我爱他的 Pantheism,
因为我爱他是靠编鱼网吃饭的人。

电火光中

一 怀古——贝加尔湖畔之苏子卿④

电灯已着了光,
我的心儿却怎这么幽暗?
我孤独地在市中徐行,
想到了苏子卿在贝加尔湖湖畔。
我想象他披着一件白羊裘,

---

① 作者原注:斯宾诺莎(Spinoza,1632—1677),著名的荷兰唯物论哲学家。本为犹太人,犹太教会以其背叛教义,驱逐出境;后卜居于海牙,过着艰苦的生活。他不承认神是自然的创造主,认为自然本身就是神。他的唯物论学说,对十八世纪法国的唯物论者和德国的启蒙运动有着颇大的影响。
② 斯宾诺莎被驱逐出教会后,曾以磨制镜片为生。
③ 作者原注:加皮尔(Kabir,1440—1518),印度的禅学家和诗人。
④ 贝加尔湖,现在俄罗斯西伯利亚境内,中国古称北海。苏武,字子卿。苏武出使匈奴,被扣留在北海放牧十九年。

毡履,毡裳,毡巾复首,
独立在苍茫无际的西比利亚①荒原当中,
有雪潮一样的羊群在他背后。
我想象他在个孟春的黄昏时分,
待要归返穹庐,
背景中贝加尔湖上的冰涛,
与天际的白云波连山竖。
我想象他向着东行,
遥遥地正望南翘首;
眼眸中含蓄着无限的悲哀,
又好像燃着希望一缕。

　二　观画——Millet②的《牧羊少女》

电灯已着了光,
我的心儿却怎这么幽暗?
我想象着苏子卿的乡思,
我步进了街头的一家画馆。
我赏玩了一回四林湖③畔的日晡,
我又在加里弗尼亚州④观望瀑布——
哦,好一幅理想的画图!理想以上的画图!
画中的人!你可不便是胡妇吗?胡妇!⑤
一个野花烂漫的碧绿的大平原,
在我的面前展放。

---

① 西比利亚,现通译为西伯利亚。
② Millet,现通译米勒。作者原注:弥勒(Millet,1814—1875),法国名画家。大部分作品描写农民生活,充满对劳动的赞美。
③ 四林湖,在瑞士琉森州,阿尔卑斯山下。
④ 加里弗尼亚,现通译为加利福尼亚,美国西部的一个州。
⑤ 据《汉书·李广苏建传》,苏武在匈奴曾娶妻生子。

平原中立着一个持杖的女人,
背后也涌着了一群归羊。
那怕是苏武归国后的风光,
他的弃妻,他的群羊无恙;
可那牧羊女人的眼中,眼中,
那含蓄的是悲愤?怨望?凄凉?

三　赞像——Beethoven① 的肖像

电灯已着了光,
我的心儿却怎么这么幽暗?
我望着那弥勒的画图,
我又在《世界名画集》中寻检。
圣母,耶稣的头,抱破瓶的少女……
在我面前翩舞。
哦,贝多芬!贝多芬!
你解除了我无名的愁苦!
你蓬蓬的乱发如像奔流的海涛,
你高张的白领如像戴雪的山椒。
你如狮的额,如虎的眼,
你这如像"大宇宙意志"②自身的头脑!
你右手持着铅笔,左手持着原稿,
你那笔尖头上正在倾泻着怒潮。
贝多芬哟!你可在倾听甚么?

---

① 作者原注:贝多芬(Beethoven,1770—1827),德国伟大音乐家。家贫,幼年以善奏钢琴著名。三十岁后,耳渐聋。他一生创作了许多名曲,对后来的音乐界影响很大。
② 大宇宙,德文为 Makrokosmos,见歌德长篇诗剧《浮士德》第一部《夜》的一幕。大宇宙意志,意即把宇宙看成是一个和谐的有秩序的体系。

我好像听着你的 symphony 了!

一九一九年年末初稿
一九二八年二月一日修改

地球,我的母亲!

地球,我的母亲!
天已黎明了,
你把你怀中的儿来摇醒,
我现在正在你背上匍行。

地球,我的母亲!
你背负着我在这乐园中逍遥。
你还在那海洋里面,
奏出些音乐来,安慰我的灵魂。

地球,我的母亲!
我过去,现在,未来,
食的是你,衣的是你,住的是你,
我要怎么样才能够报答你的深恩?

地球,我的母亲!
从今后我不愿常在家中居住,
我要常在这开旷的空气里面,
对于你,表示我的孝心。

地球,我的母亲!
我羡慕你的孝子,田地里的农人,

他们是全人类的褓母,
你是时常地爱抚他们。

地球,我的母亲!
我羡慕你的宠子,炭坑里的工人,
他们是全人类的普罗美修士①,
你是时常地怀抱着他们。

地球,我的母亲!
我羡慕那一切的草木,我的同胞,你的儿孙,
他们自由地,自主地,随分地,健康地,
享受着他们的赋生。

地球,我的母亲!
我羡慕那一切的动物,尤其是蚯蚓——
我只不羡慕那空中的飞鸟:
他们离了你要在空中飞行。

地球,我的母亲!
我不愿在空中飞行,
我也不愿坐车,乘马,著袜,穿鞋,
我只愿赤裸着我的双脚,永远和你相亲。

地球,我的母亲!
你是我实有性的证人,
我不相信你只是个梦幻泡影,

---

① 普罗美修士,现通译为普罗米修斯,古希腊神话中的神。他曾以黏土造人,教以各种技艺,并盗天火给人间,因而触怒天帝,被缚在高加索山上,每天受着鹫鸟啄食肝脏的痛苦。

我不相信我只是个妄执无明①。

地球,我的母亲!
我们都是空桑中生出的伊尹②,
我不相信那缥缈的天上,
还有位甚么父亲。

地球,我的母亲!
我想这宇宙中的一切都是你的化身:
雷霆是你呼吸的声威,
霆雨是你血液的飞腾。

地球,我的母亲!
我想那缥缈的天球,是你化妆的明镜,
那昼间的太阳,夜间的太阴,
只不过是那明镜中的你自己的虚影。

地球,我的母亲!
我想那天空中一切的星球
只不过是我们生物的眼球的虚影;
我只相信你是实有性的证明。

地球,我的母亲!
已往的我,只是个知识未开的婴孩,
我只知道贪受着你的深恩,
我不知道你的深恩,不知道报答你的深恩。

---

① 妄执无明,佛家用语。妄执,虚妄的意念。无明,心地痴暗。
② 伊尹,商代大臣,辅佐成汤建立商王朝,传说他生于空桑。空桑,中空的桑树。

地球,我的母亲!
从今后我知道你的深恩,
我饮一杯水,纵是天降的甘霖,
我知道那是你的乳,我的生命羹。

地球,我的母亲!
我听着一切的声音言笑,
我知道那是你的歌,
特为安慰我的灵魂。

地球,我的母亲!
我眼前一切的浮游生动,
我知道那是你的舞,
特为安慰我的灵魂。

地球,我的母亲!
我感觉着一切的芬芳彩色,
我知道那是你给我的玩品,
特为安慰我的灵魂。

地球,我的母亲!
我的灵魂便是你的灵魂,
我要强健我的灵魂,
用来报答你的深恩。

地球,我的母亲!
从今后我要报答你的深恩,
我知道你爱我还要劳我,

我要学着你劳动,永久不停!

一九一九年十二月末作

雪　朝

——读 Carlyle:《The Hero as Poet》① 的时候

雪的波涛!
一个银白的宇宙!
我全身心好像要化为了光明流去,
Open – secret② 哟!

楼头的檐霤……
那可不是我全身的血液?
我全身的血液点滴出律吕的幽音,
同那海涛相和,松涛相和,雪涛相和。

哦哦! 大自然的雄浑哟!
大自然的 symphony 哟!
Hero – poet③ 哟!
Proletarian poet④ 哟!

一九一九年十二月作

---

① 卡莱尔(Thomas Carlyle,1795—1881),英国十九世纪的散文家和历史学家。《The Hero as Poet(作为诗人的英雄)》是他的一篇论文。
② Open – secret,公开的秘密。
③ Hero – poet,英雄诗人。
④ Proletarian Poet,无产阶级诗人。

登　临

终久怕要下雨吧,
我快登上山去!
山路儿淋漓,
把我引到了山半的庙宇,
听说是梅花的名胜地。

哦,死水一池!
几匹游鳞,
喁喁地向我私语:
"阳春还没有信来,
梅花还没有开意。"

庙中的铜马,
还带着夜来的清露。
驯鸽儿声声叫苦。
驯鸽儿!你们也有甚么苦楚?

口箫儿吹着,
山泉儿流着,
我在山路儿上行着,
我要登上山去。
我快登上山去!
山顶上别有一重天地!

血潮儿沸腾起来了!
山路儿登上一半了!

山路儿淋漓,
粘蜕了我脚上的木履。
泥上留个脚印,
脚上印着黄泥。

脚上的黄泥!
你请还我些儿自由,
让我登上山去!
我们虽是暂时分手,
我的形骸终久是归你所有。

唉,泥上的脚印!
你好像是我灵魂儿的象征!
你自陷了泥涂,
你自会受人蹂躏。
唉,我的灵魂!
你快登上山顶!

口箫儿吹着,
山泉儿流着,
伐木的声音丁丁着。
山上的人家早有鸡声鸣着。
这不是个交响乐团么?
司乐的人!你在哪儿藏着?

啊啊!
四山都是白云,
四面都是山岭,
山岭原来登不尽。

前山脚下,有两个行人,
好像是一男一女,
好像是兄和妹。
男的背着一捆柴,
女的抱的是甚么?
男的在路旁休息着,
女的在兄旁站立着。
哦,好一幅画不出的画图!

山顶儿让我一人登着,
我又感觉着凄楚,
我的安娜!我的阿和!①
你们是在家中吗?
你们是在市中吗?
你们是在念我吗?
终久怕要下雨了,
我要归去。

光　　海

无限的大自然,
成了一个光海了。
到处都是生命的光波,
到处都是新鲜的情调,
到处都是诗,
到处都是笑:
海也在笑,

---

① 安娜,作者的日本妻子佐藤富子。阿和,作者的儿子郭和夫。

山也在笑,
太阳也在笑,
地球也在笑,
我同阿和,我的嫩苗,
同在笑中笑。

翡翠一样的青松,
笑着在把我们手招。
银箔一样的沙原,
笑着待把我们拥抱。
我们来了。
你快拥抱!
我们要在你怀儿的当中,
洗个光之澡!
一群小学的儿童,
正在沙中跳跃:
你撒一把沙,
我还一声笑;
你又把我推翻,
我反把你揎倒。
我回到十五年前的旧我了。

十五年前的旧我呀,
也还是这么年少,
我住在青衣江上的嘉州①,

---

① 青衣江,在四川西部,古称沫水,是大渡河的支流,在四川省乐山市和大渡河汇合后流入岷江。嘉州,南北朝时北周置,隋废,唐复置。这里指当时的乐山县,今四川省乐山市。

我住在至乐山①下的高小。
至乐山下的母校呀!
你怀儿中的沙场,我的摇篮,
可还是这么光耀?
唉! 我有个心爱的同窗,
听说今年死了!

我契己的心友呀!
你蒲柳一样的风姿,
还在我眼底留连,
你解放了的灵魂,
可也在我身旁欢笑?
你灵肉解体的时分,
念到你海外的知交,
你流了眼泪多少?……
哦,那个玲珑的石造的灯台,
正在海上光照,
阿和要我登,
我们登上了。
哦,山在那儿燃烧,
银在波中舞蹈,
一只只的帆船,
好像是在镜中跑,
哦,白云也在镜中跑,
这不是个呀,生命底写照!

阿和,哪儿是青天?

---

① 至乐山,在乐山市内。

他指着头上的苍昊。
阿和,哪儿是大地?
他指着海中的洲岛。
阿和,哪儿是爹爹?
他指着空中的一只飞鸟。

哦哈,我便是那只飞鸟!
我便是那只飞鸟!
我要同白云比飞,
我要同明帆赛跑。
你看我们哪个飞得高?
你看我们哪个跑得好?

梅花树下醉歌
——游日本太宰府①

梅花!梅花!
我赞美你!我赞美你!
你从你自我当中
吐露出清淡的天香,
开放出窈窕的好花。
花呀!爱呀!
宇宙的精髓呀!
生命的泉水呀!
假使春天没有花,
人生没有爱,
到底成了个甚么世界?

---

① 太宰府,在日本北九州福冈市。

梅花呀！梅花呀！
我赞美你！
我赞美我自己！
我赞美这自我表现的全宇宙的本体！
还有甚么你？
还有甚么我？
还有甚么古人？
还有甚么异邦的名所？
一切的偶像都在我面前毁破！
破！破！破！
我要把我的声带唱破！

演奏会上

Violin 同 Piano① 的结婚，
Mendelsssohn 的《仲夏夜的梦》②都已过了。
一个男性的女青年
独唱着 Brahms 的《永远的爱》③，
她那 soprano④ 的高声，
唱得我全身的神经战栗。
一千多听众的灵魂都已合体了，
啊，沉雄的和雕，神秘的渊默，浩荡的爱海哟！

---

① Violin，小提琴。Piano，钢琴。
② 作者原注：门德尔松（Felix Mendelssohn - Bartholdy, 1809—1847），是德国的音乐名家，其曲品典雅而富诗趣。《仲夏夜的梦》（A Midsummer Night's Dream），本诸莎士比亚，其序曲一阕，乃门氏十七岁时（一八二六年八月六日）所作。
③ 作者原注：波拉车士（Johannes Brahms, 1833—1897），十九世纪后半叶德国乐坛之名家，且兼长文艺。生平作曲在五百品以上，曲品以理智胜，而伟丽的感情复洋溢于其中，歌词多取材于传说与情话，其颂美恋爱之悃忱，三昧，可称古今独步云。《永远的爱》原文是"Von ewiger Liebc"。
④ Soprano，女高音。

狂涛似的掌声把这灵魂的合欢惊破了,
啊,灵魂解体的悲哀哟!

夜步十里松原

海已安眠了。
远望去,只看见白茫茫一片幽光,
听不出丝毫的涛声波语。
哦,太空!怎么那样地高超,自由,雄浑,清寥!
无数的明星正圆睁着他们的眼儿,
在眺望这美丽的夜景。
十里松原中无数的古松,
都高擎着他们的手儿沉默着在赞美天宇。
他们一枝枝的手儿在空中战栗,
我的一枝枝的神经纤维在身中战栗。

我是个偶像崇拜者

我是个偶像崇拜者哟!
我崇拜太阳,崇拜山岳,崇拜海洋;
我崇拜水,崇拜火,崇拜火山,崇拜伟大的江河;
我崇拜生,崇拜死,崇拜光明,崇拜黑夜;
我崇拜苏彝士、巴拿马①、万里长城、金字塔,
我崇拜创造的精神,崇拜力,崇拜血,崇拜心脏;
我崇拜炸弹,崇拜悲哀,崇拜破坏;
我崇拜偶像破坏者,崇拜我!

---

① 苏彝士、巴拿马,指苏伊士运河和巴拿马运河。苏伊士运河和巴拿马运河都是人工开凿的巨大工程。

我又是个偶像破坏者哟！

一九二〇年五六月间作

太阳礼赞

青沉沉的大海,波涛汹涌着,潮向东方。
光芒万丈地,将要出现了哟——新生的太阳!

天海中的云岛都已笑得来火一样地鲜明!
我恨不得,把我眼前的障碍一概划平!

出现了哟! 出现了哟! 耿晶晶地白灼的圆光!
从我两眸中有无限道的金丝向着太阳飞放。

太阳哟! 我背立在大海边头紧觑着你。
太阳哟! 你不把我照得个通明,我不回去!

太阳哟! 你请永远照在我的面前,不使退转!
太阳哟! 我眼光背开了你时,四面都是黑暗!

太阳哟! 你请把我全部的生命照成道鲜红的血流!
太阳哟! 你请把我全部的诗歌照成些金色的浮沤!

太阳哟! 我心海中的云岛也已笑得来火一样地鲜明了!
太阳哟! 你请永远倾听着,倾听着,我心海中的怒涛!

沙上的脚印

一

太阳照在我右方,
把我全身的影儿
投在了左边的海里;
沙岸上留了我许多的脚印。

二

太阳照在我左方,
把我全身的影儿
投在了右边的海里;
沙岸上留了我许多的脚印。

三

太阳照在我后方,
把我全身的影儿
投在了前边的海里;
海潮哟,别要荡去了沙上的脚印!

四

太阳照在我前方,
太阳哟!可也曾把我全身的影儿
投在了后边的海里?
哦,海潮儿早已荡去了沙上的脚印!

新阳关三叠

一

我独自一人,坐在这海岸边的石梁上,
我要欢送那将要西渡的初夏的太阳。
汪洋的海水在我脚下舞蹈,
高伸出无数的臂腕待把太阳拥抱。
他,太阳,披着件金光灿烂的云衣,
要去拜访那四方的同胞兄弟。
他眼光耿耿,不转睛地,紧觑着我。
你要叫我跟你同路去吗?太阳哟!

二

我独自一人,坐在这海岸边的石梁上,
我在欢送那正要西渡的初夏的太阳。
远远的海天之交涌起蔷薇花色的紫霞,
中有黑雾如烟,仿佛是战争的图画。
太阳哟!你便是颗热烈的榴弹哟!
我要看你"自我"的爆裂,开出血红的花朵。
你眼光耿耿,不转睛地,紧觑着我,
我也想跟你同路去哟!太阳哟!

三

我独自一人,坐在这海岸边的石梁上,
我已欢送那已经西渡的初夏的太阳。
我回过头来,四下地观望天宇,
西北南东到处都张挂着鲜红的云旗。

汪洋的海水全盘都已染红了!
Bacchus① 之群在我面前舞蹈!
你眼光耿耿,可还不转睛地紧觑着我?
我恨不能跟你同路去哟! 太阳哟!

一九二〇年四五月间作

金字塔

其 一

一个,两个,三个,三个金字塔的尖端
排列在尼罗河畔——是否是尼罗河畔?——
一个高,一个低,一个最低,
塔下的河岸刀截断了一样地整齐,
哦,河中流泻着的涟漪哟! 塔后汹涌着的云霞哟!
云霞中隐约地一团白光,恐怕是将要西下的太阳。
太阳游历了地球东半,又要去游历地球西半,
地球上的天工人美怕全盘都已被你看完!
否,否,不然! 是地球在自转,公转,
就好像一个跳舞着的女郎将就你看。
太阳哟! 太阳的象征哟! 金字塔哟!
我恨不能飞随你去哟! 飞向你去哟!

其 二

左右蓊郁着两列森林,
中间流泻着一个反写的"之"字,

---

① Bacchus,巴克科斯,罗马神名,即古希腊神话中的狄俄倪索斯,是酒神与欢乐之神。

流向那晚霞重叠的金字塔底。
伟大的寂寥哟,死的沉默哟,
我凝视着,倾听着……
三个金字塔的尖端
好像同时有宏朗的声音在吐:
创造哟! 创造哟! 努力创造哟!
人们创造力的权威可与神祇比伍!
不信请看我,看我这雄伟的巨制吧!
便是天上的太阳也在向我低头呀!
哦哦,渊默的雷声! 我感谢你现身的说教!
我心海中的情涛也已流成了个河流流向你了!
森林中流泻着的"之"江可不是我吗?

一九二〇年六七月间作

巨炮之教训

博多湾①的海岸上,
十里松原的林边,
有两尊俄罗斯的巨炮,
幽囚在这里已十有余年,
正对着西比利亚的天郊,
比着肩儿遥遥望远。

我戴着春日的和光,
来在他们的面前,
横陈在碧荫深处,

---

① 博多湾,日本九州岛北端福冈市的海湾。

低着声儿向着他们谈天:

"幽囚着的朋友们呀,
你们真是可怜!
你们的眼儿恐怕已经望穿?
你们的心中恐怕还有烟火在燃?
你们怨不怨恨尼古拉斯①?
忏不忏悔穷兵黩战?
思不思念故乡?
想不想望归返?
"幽囚着的朋友们呀,
你们为甚么都把面皮红着?
你们还是羞?
你们还是怒?
你们的故乡早已改换了从前的故步。
你们往日的冤家,
却又闯进了你们的门庭大肆屠刽,②
可怜你们西比利亚的同胞
于今正血流漂杵。
…………"

我对着他们的话儿还未说完,
清凉的海风吹来了些睡眠,
轻轻地吻着我的眉尖。
我刚才垂下眼帘,
有两个奇异的人形前来相见:

---

① 尼古拉斯,指沙皇尼古拉二世。
② 指十月革命后日本与美国出兵西伯利亚,进行武装干涉。

一个好像托尔斯泰①,
一个好像列宁,
一个涨着无限的悲哀,
一个凝着坚毅的决心。

"托尔斯泰呀,哦!
你在这光天化日之中,
可有甚么好话教我?"

"年轻的朋友呀,你可好?
我爱你是中国人。
我爱你们中国的墨与老②。
他们一个教人兼爱,节用,非争;
一个倡导慈,俭,不敢先的三宝。
一个尊'天',一个讲'道',
据我想来,天便是道!"
"哦,你的意见真是好!"

"我还想全世界便是我们的家庭,
全人类都是我们的同胞。
我主张朴素,慈爱的生涯;
我主张克己,无抗的信条。③
也不要法庭;
也不要囚牢;

---

① 托尔斯泰(1828—1910),俄国文学家、思想家。著有《战争与和平》《安娜·卡列尼娜》《复活》等。
② 墨与老,指我国春秋时期的思想家墨子与老子。
③ 托尔斯泰早期站在自由派贵族立场揭露社会矛盾,后期站在宗法农民立场,一方面批判统治阶级,另一方面宣扬"勿以暴力抗恶""道德自我修养"和基督教的"博爱"思想。

也不要军人；
也不要外交。
一切的人能如农民一样最好！"
"哦,你的意见真是好！"

"唉！我可怜这岛邦①的国民,
他们的眼见未免太小！
他们只知道译读我的糟糠,
不知道率循我的大道。
他们就好像一群猩猩,
只好学着人的声音叫叫！
他们就好像一群疯了的狗儿,
垂着涎,张着嘴,
到处逢人乱咬！"

"同胞！同胞！同胞！"
列宁先生却只在一旁喊叫,
"为阶级消灭而战哟！
为民族解放而战哟！
为社会改造而战哟！
至高的理想只在农劳！
最终的胜利总在吾曹！
同胞！同胞！同胞！……"
他这霹雳的几声,
把我从梦中惊醒了。

一九二〇年四月初间作

---

① 岛邦,指日本。

匪徒颂

匪徒有真有假。

《庄子·胠箧》篇里说:"故跖之徒问于跖曰:'盗亦有道乎?'跖曰:'何适而无有道耶?夫妄意室中之藏,圣也;入先,勇也;出后,义也;知可否,智也;分均,仁也。五者不备而能成大盗者,天下未之有也。'"

像这样身行五抢六夺,口谈忠孝节义的匪徒是假的。照实说来,他们实在是军神武圣的标本。

物各从其类,这样的假匪徒早有我国的军神武圣们和外国的军神武圣们赞美了。小区区非圣非神,一介"学匪",只好将古今中外的真正的匪徒们来赞美一番吧。

一

反抗王政的罪魁,敢行称乱的克伦威尔①呀!
私行割据的草寇,抗粮拒税的华盛顿呀!
图谋恢复的顽民,死有余辜的黎塞尔②呀!
西北南东去来今,
　一切政治革命的匪徒们呀!
　　万岁!万岁!万岁!

二

鼓动阶级斗争的谬论,饿不死的马克思呀!

---

① 克伦威尔(1599—1653),英国十七世纪资产阶级革命领袖,曾率领起义军战胜王党军队,处死英王查理一世,建立共和国。
② 黎塞尔(1861—1896),现通译为黎萨尔,菲律宾的爱国诗人和民族独立运动领袖。他以诗文作号召,为争取菲律宾的自由、民主,从事反抗当时菲律宾统治者西班牙的斗争,后被西班牙殖民统治当局枪杀。

不能克绍箕裘,甘心附逆的恩格斯呀!①
亘古的大盗,实行共产主义的列宁呀!
西北南东去来今,
　　一切社会革命的匪徒们呀!
　　　　万岁!万岁!万岁!

三

反抗婆罗门的妙谛,倡导涅槃邪说的释迦牟尼②呀!
兼爱无父、禽兽一样的墨家巨子③呀!
反抗法王的天启,开创邪宗的马丁路德④呀!
西北南东去来今,
　　一切宗教革命的匪徒们呀!
　　　　万岁!万岁!万岁!

四

倡导太阳系统的妖魔,离经畔道的哥白尼⑤呀!
倡导人猿同祖的畜生,毁宗谤祖的达尔文⑥呀!

---

① 克绍箕裘,继承祖先的事业。恩格斯的父亲是工厂主,后来又曾在英国经商,属于资产阶级。"不能克绍箕裘,甘心附逆",反语,意指恩格斯背叛了他的父亲所属的阶级,投身于无产阶级解放事业。
② 释迦牟尼,佛教的创始者,古代印度北部迦毗罗卫国(现在尼泊尔境内)净饭王的儿子。佛经说他年轻时不满当时流行的婆罗门教教义,创立了佛教。
③ 《孟子·滕文公》篇:"杨氏为我,是无君也,墨氏兼爱,是无父也,无父无君是禽兽也。"巨子,墨家学派对其领袖的尊称。
④ 马丁路德(1483—1546),十六世纪德国宗教改革的倡导者。他否定教皇权威,反抗陈规和天主教旧的教义,创立新教,成为基督教路德派的创始人。
⑤ 哥白尼(1473—1543),波兰天文学家,"日心说"的创始人。他创立了地球绕日运行的学说,推翻了天文学上统治了一千多年的"地心说",是天文学上一次重大的革命,也是对基督教传统教义的背叛。
⑥ 达尔文(1809—1882),英国生物学家,科学的生物进化学说创始人。他提出人类由古猿进化的理论是近代自然科学的重大发现。

倡导超人哲学的疯癫,欺神灭像的尼采①呀!
西北南东去来今,
　　一切学说革命的匪徒们呀!
　　　万岁!万岁!万岁!

五

反抗古典三昧的艺风,丑态百出的罗丹②呀!
反抗王道堂皇的诗风,饕餮粗笨的惠特曼呀!
反抗贵族神圣的文风,不得善终的托尔斯泰③呀!
西北南东去来今,
　　一切文艺革命的匪徒们呀!
　　　万岁!万岁!万岁!

六

不安本分的野蛮人,教人"返自然"的卢梭④呀!
不修边幅的无赖汉,擅与恶疾儿童共寝的丕时大罗
　　启⑤呀!
不受约束的亡国奴,私建自然学园的泰戈尔呀!
西北南东去来今,

---

① 尼采(1844—1900),德国哲学家,唯意志论者,倡导"超人"哲学,认为"超人"创造历史,而普通人只是实现"超人"事业的工具。
② 罗丹(1840—1917),法国雕塑家。他倡导现实主义的创作方法,塑造出许多风格新颖、生动有力的艺术形象,对近代雕塑艺术有较大的影响。由于他在艺术上的创新,不受传统的约束,曾受到法国正统学派的抨击。
③ 托尔斯泰晚年厌弃贵族生活,弃家出走,途中患肺炎,死于阿斯塔波沃车站。
④ 卢梭(1712—1778),法国启蒙思想家、教育家和文学家。他提出"回到自然"的口号,主张顺应儿童的自然本性,让他们身心自由发展的教育学说。
⑤ 丕时大罗启(1746—1827),现通译为裴斯泰洛齐,瑞士的教育家,曾建立学校,根据卢梭的教育理论教育贫苦儿童。

一切教育革命的匪徒们呀！

万岁！万岁！万岁！

一九一九年年末作

胜利的死

爱尔兰独立军领袖，新芬①党员马克司威尼②，自八月中旬为英政府所逮捕以来，幽囚于剥里克士通监狱中，耻不食英粟者七十有三日，终以一千九百二十年十月二十五日死于狱。

其 一

Oh! once again to Freedom's cause return,

Thepatriot Tell – the Bruce of Bannockburn!

爱国者兑尔——邦诺克白村的布鲁士③，

哦，请为自由之故而再生！

————Thomas Campbell④

哦哦！这是张"眼泪之海"的写真呀！

---

① 新芬，爱尔兰语 Sinn Fein 的音译，意为"我们自己"，引申为"爱尔兰人之爱尔兰"的意思。新芬党是一九〇五年建立的主张爱尔兰独立的资产阶级政党，后分化，它的左翼曾参加反英起义并领导反英游击战争，右翼则同英国统治者妥协。
② 马克司威尼(1879—1920)，早年曾写过诗歌、剧本多种。一九一三年创建科克郡义勇军，积极从事爱尔兰独立运动，曾多次被英国政府逮捕。一九一七年当选为爱尔兰议会下院议员。一九二〇年三月，他的好友、科克市前市长麦考登被英政府杀害，他继任市长。八月十二日科克市新芬党法庭开庭审讯英政府警察，法庭遭政府袭击，马克司威尼被捕。他进行绝食斗争，虽经市民游行示威和世界舆论强烈要求，英政府仍不予释放。马克司威尼终于在绝食七十三天后逝世。
③ 作者原注：威廉·兑尔（现译为威廉·退尔）是十四世纪瑞士的爱国者。布鲁士是十四世纪苏格兰的爱国者。原诗在此是直喻十八世纪波兰爱国志士珂斯修士哥。
④ Thomas Campbell，即本篇"附白"中的康沫尔，现通译为坎贝尔。

森严阴耸的大厦——可是监狱的门前？可是礼拜堂的外面？
一群不可数尽的儿童正在跪着祈祷呀！

"爱尔兰独立军的领袖马克司威尼，
投在英格兰，剥里克士通监狱中已经五十余日了，
入狱以来耻不食英粟；
爱尔兰的儿童——跪在大厦前面的儿童
感谢他爱国的至诚，
正在为他请求加护，祈祷。"

可敬的马克司威尼呀！
可爱的爱尔兰的儿童呀！
自由之神终会要加护你们，
因为你们能自相加护，
因为你们是自由神的化身故！

十月十三日

其 二

Hope, for a season, bade the world farewell,
And Freedom shrieked—as Kosciuszko fell!
希望，暂时向世界告别了，
自由也发出惊叫——当珂斯修士哥①死了！

——Thomas Campbell

---

① 珂斯修士哥（1746—1817），十八世纪波兰爱国志士，曾参加美国独立战争，一七九四年三月，在克拉科夫发动和领导了反对俄国占领军的起义，解放了华沙。起义军后在俄、普、奥三国军队镇压下失败，珂斯修士哥被关入狱，后获释流亡国外，客死瑞士。

爱尔兰的志士！马克司威尼！
今天是十月二十二日了！（我壁上的日历永不曾引我
　如此注意）
你因在剥里克士通监狱中可还活着在吗？
十月十七日伦敦发来的电信
说你断食以来已经六十六日了，
然而容态依然良好；
说你十七日的午后还和你的亲人对谈了须臾，
然而你的神采比从前更加光辉；
说你身体虽日渐衰颓，
然而今天是十月二十二日了！
爱尔兰的志士！马克司威尼呀！
此时此刻的有机物汇当中可还有你的生命存在吗？
十月十七日你的故乡——可尔克①市——发来的电信
说是你的同志新芬党员之一人，匪持谢乐德，
因在可尔克市监狱中断食以来已六十有八日，
终以十七日之黄昏溘然长逝了。
——啊！有史以来罕曾有的哀烈的惨死呀！
爱尔兰的首阳山！爱尔兰的伯夷、叔齐哟！
我怕读得今日以后再来的电信了！

十月二十二日

其　　三

Oh! sacred Truth! thy triumph ceased a while,
And Hope, thy sister, ceased with thee to smile.
哦，神圣的真理！你的胜利暂停了一忽，

---

①　可尔克,现通译科克,爱尔兰南部重要海港和工业城市。

你的姊妹,希望,也同你一道停止了微笑。

————Thomas Campbell

十月二十一日伦敦发来的电信又到了!
说是马克司威尼已经昏死了去三回了!
说是他的妹子向他的友人打了个电报:
望可尔克的市民早为她的哥哥祈祷,
祈祷他早一刻死亡,少一刻痛伤!

不忍卒读的伤心人语哟!读了这句话的人有不流眼泪的吗?

猛兽一样的杀人政府哟!你总要在世界史中添出一个永远不能磨灭的污点!

冷酷如铁的英人们呀!你们的血管之中早没有拜伦①、康沫尔的血液循环了吗?

你暗淡无光的月轮哟!我希望我们这阴莽莽的地球,就在这一刹那间,早早同你一样冰化!

十月二十四日

其 四

Truth shall restore the light by Nature given,
And, like Prometheus, bring the fire of
Heaven!
真理,你将恢复自然所给予的光,
如像普罗美修士带来天火一样!

————Thomas Compbell

---

① 拜伦(1788—1824),英国浪漫主义诗人。参见本篇"附白"。

汪洋的大海正在唱着他悲壮的哀歌,
　　穹窿无际的青天已经哭红了他的脸面,
　　远远的西方,太阳沉没了!——
　　悲壮的死哟!金光灿烂的死哟!凯旋同等的死哟!胜利的死哟!
　　兼爱无私的死神!我感谢你哟!你把我敬爱无暨的马
　　　　克司威尼早早救了!
　　自由的战士,马克司威尼,你表示出我们人类意志的权
　　　　威如此伟大!
　　我感谢你呀!赞美你呀!"自由"从此不死了!
　　夜幕闭了后的月轮哟!何等光明呀!……

十月二十七日

　〔附白〕这四节诗是我数日间热泪的结晶体。各节弁首的诗句都是从苏格兰诗人康沫尔(Thomas Campbell,1777—1844)二十二岁时所作《哀波兰》(The Downfall of Poland)一诗引出,此诗余以为可与拜伦的《哀希腊》一诗并读。拜伦助希腊独立,不得志而病死;康氏亦屡捐献资金以惠助波兰,两诗人义侠之气亦差堪伯仲。如今希腊、波兰均已更生,而拜伦、康沫尔均已逝世;然而西方有第二之波兰,东方有第二之希腊,我希望拜伦、康沫尔之精神"Once again to Freedom's cause return!"(请为自由之故而再生!)

辍了课的第一点钟里

一

　　"先生辍课了!"
　　我的灵魂拍着手儿叫道:好好!
　　我赤足光头,

忙向自然的怀中跑。

二

我跑到松林里来散步,
头上沐着朝阳,
脚下濯着清露,
冷暖温凉,
一样是自然生趣!

三

我走上了后门去路,
后门儿……呀!你才紧紧锁着!
咳!我们人类为甚么要自作囚徒?
啊!那门外的海光远远地在向我招呼!

四

我要想翻出墙去;
我监禁久了的良心,
他才有些怕惧。
一对雪白的海鸥正在海上飞舞,
啊!你们真是自由!
咳!我才是个死囚!

五

我踏只脚在门上,
我正要翻出监墙,
"先生!你别忙!"
背后的人声
叫得我面皮发烧,心发慌。

六

一个扫除的工人,
挑担灰尘在肩上,
慢慢地开了后门,
笑嘻嘻地把我解放……

七

工人！我的恩人！
我在这海岸上跑去跑来,
我真快畅！
工人！我的恩人！
我感谢你得深深,
同那海心一样！

夜

夜！黑暗的夜！
要你才是"德谟克拉西①！"
你把这全人类来拥抱：
再也不分甚么贫富、贵贱,
再也不分甚么美恶、贤愚,
你是贫富、贵贱、美恶、贤愚一切乱根苦蒂的大熔炉。
你是解放、自由、平等、安息,一切和胎乐蕊的大工师。
黑暗的夜！夜！
我真正爱你,
我再也不想离开你。

---

① 德谟克拉西,民主。

我恨的是那些外来的光明:
他在这无差别的世界中
硬要生出一些差别起。

一九一九年间作

死

嗳!
　　要得真正的解脱吓,
　　还是除非死!
死!
　　我要几时才能见你?
　　你譬比是我的情郎,
　　我譬比是个年轻的处子。
　　我心儿很想见你,
　　我心儿又有些怕你。
我心爱的死!
　　我到底要几时才能见你?

一九一九年间作

第三辑

Venus[①]

我把你这张爱嘴,

---

① Venus:通译作"维纳斯",罗马神话中司爱与美的女神。

比成着一个酒杯。
喝不尽的葡萄美酒,
会使我时常沉醉!

我把你这对乳头,
比成着两座坟墓。
我们俩睡在墓中,
血液儿化成甘露!

一九一九年间作

别　　离

残月黄金梳,
我欲掇之赠彼姝。
彼姝不可见,
桥下流泉声如泫。

晓日月桂冠,
掇之欲上青天难。
青天犹可上,
生离令我情惆怅。

〔**附白**〕此诗内容余曾改译如下:
　一弯残月儿
　　还高挂在天上。
　一轮红日儿
　　早已出自东方。
　我送了她回来,

走到这旭川桥上；
应着桥下流水的哀音，
  我的灵魂儿
  向我这般歌唱：
月儿啊！
  你同那黄金梳儿一样。
  我要想爬上天去，
  把你取来；
  用着我的手儿，
  插在她的头上。
咳！
  天这样的高，
  我怎能爬得上？
  天这样的高，
  我纵能爬得上，
我的爱呀！
  你今儿到了哪方？

太阳呀！
  你同那月桂冠儿一样。
  我要想爬上天去，
  把你取来；
  借着她的手儿，
  戴在我的头上。
咳！
  天这样的高，
  我怎能爬得上？
  天这样的高，
  我纵能爬得上，
我的爱呀！

你今儿到了哪方？
　一弯残月儿
　　还高挂在天上。
　一轮红日儿
　　早已出自东方。
　我送了她回来
　　走到这旭川桥上；
　应着桥下流水的哀音，
　　我的灵魂儿
　　向我这般歌唱。

一九一九年三四月间作

春　　愁

是我意凄迷？
是天萧条耶？
如何春日光，
惨淡无明辉？
如何彼岸山，
低头不展眉？
周遭打岸声，
海兮汝语谁？
海语终难解，
空见白云飞。

一九一九年三四月间作

司健康的女神

Hygeia① 哟!
你为甚么弃了我?
我若再得你蔷薇花色的脸儿来亲我,
我便死——也灵魂安妥。
Hygeia 哟,
你为甚么弃了我?

新月与白云

月儿呀! 你好像把镀金的镰刀。
你把这海上的松树斫倒了,
哦,我也被你斫倒了!

白云呀! 你是不是解渴的凌冰?
我怎得把你吞下喉去,
解解我火一样的焦心?

一九一九年夏秋之间作

死的诱惑

一

我有一把小刀

---

① Hygeia,希腊文为 Hygieia(许癸厄亚),古希腊神话中司健康的女神。

倚在窗边向我笑。
她向我笑道:
沫若,你别用心焦!
你快来亲我的嘴儿,
我好替你除却许多烦恼。

二

窗外的青青海水
不住声地也向我叫号。
她向我叫道:
沫若,你别用心焦!
你快来入我的怀儿,
我好替你除却许多烦恼。

〔附白〕这是我最早的诗,大概是一九一八年初夏作的。

火葬场

我这瘟颈子上的头颅
好像那火葬场里的火炉;
我的灵魂呀,早已被你烧死了!
哦,你是哪儿来的凉风?
你在这火葬场中
也吹出了一株——春草。

鹭鹚

鹭鹚!鹭鹚!
你自从哪儿飞来?

你要向哪儿飞去？
你在空中画了一个椭圆，
突然飞下海里，
你又飞向空中去。
你突然又飞下海里，
你又飞向空中去。

雪白的鹭鹚！
你到底要飞向哪儿去？

一九一九年夏秋之间作

鸣　蝉

声声不息的鸣蝉呀！
秋哟！时浪的波音哟！
一声声长此逝了……

晚　步

松林呀！你怎么这样清新！
我同你住了半年，
从也不曾看见
这沙路儿这样平平！

两乘拉货的马车从我面前经过，
倦了的两个车夫有个在唱歌。
他们那空车里载的是些甚么？
海潮儿应声着：平和！平和！

春　蚕

蚕儿呀,你在吐丝……
哦,你在吐诗!
你的诗,怎么那样地
纤细、明媚、柔腻、纯粹!
那样地……嗳!我已形容不出你。

蚕儿呀,你的诗
可还是出于有心?无意?
造作矫揉?自然流泻?
你可是为的他人?
还是为的你自己?

蚕儿呀,我想你的诗
终怕是出于无心,
终怕是出于自然流泻。
你在创造你的"艺术之宫",
终怕是为的你自己。

蜜桑索罗普①之夜歌

无边天海呀!
一个水银的浮沤!
上有星汉湛波,
下有融晶泛流,

---

① 作者原注:蜜桑索罗普(Misanthrope),厌世者。

正是有生之伦睡眠时候。
我独披着件白孔雀的羽衣,
遥遥地,遥遥地,
在一只象牙舟上翘首。

啊,我与其学作个泪珠的鲛人①,
返向那沉黑的海底流泪偷生,
宁在这缥缈的银辉之中,
就好像那个坠落了的星辰,
曳着带幻灭的美光,
向着"无穷"长殒!
前进!……前进!
莫辜负了前面的那轮月明!

一九二〇年十一月二十三日

霁　月

淡淡地,幽光
浸洗着海上的森林。
森林中寥寂深深,
还滴着黄昏时分的新雨。

云母面就了般的白杨行道
坦坦地在我面前导引,
引我向沉默的海边徐行。
一阵阵的暗香和我亲吻。

---

① 鲛人,神话中的人鱼,泣泪成珠。

我身上觉着轻寒,
你偏那样地云衣重裹,
你团圞无缺的明月哟,
请借件缟素的衣裳给我。

我眼中莫有睡眠,
你偏那样地雾帷深锁。
你渊默无声的银海哟,
请提起幽渺的波音和我。

晴　　朝

池上几株新柳,
柳下一座长亭,
亭中坐着我和儿,
池中映着日和云。

鸡声、群鸟声、鹦鹉声
溶流着的水晶一样!
粉蝶儿飞去飞来,
泥燕儿飞来飞往。

落叶蹁跹,
飞下池中水。
绿叶蹁跹,
翻弄空中银辉。

一只白鸟

来在池中飞舞。
哦,一湾的碎玉!
无限的青蒲!

岸　　上

其　一

岸上的微风
早已这么清和!
远远的海天之交,
只剩着晚红一线。
海水渊青,
沉默着断绝声哗。
青青的郊原中,
慢慢地移着步儿,
只惊得草里的虾蟆四窜。
渔家处处,
吐放着朵朵有凉意的圆光。
一轮皓月儿
早在那天心孤照。
我吹着支
小小的哈牟尼笳①,
坐在这海岸边的破船板上。
一种寥寂的幽音
好像要充满那莹洁的寰空。
我的身心

---

① 哈牟尼笳(Harmonica),口琴。

好像是——融化着在。

一九二〇年七月二十六日

其　二

天又昏黄了。
我独自一人
坐在这海岸上的渔舟里面,
我正对着那轮皓皓的月华,
深不可测的青空!
深不可测的天海呀!
海湾中喧豗着的涛声
猛烈地在我背后推荡!
Poseidon① 呀,
你要把这只渔舟
替我推到那天海里去?

一九二〇年七月二十七日

其　三

哦,火!
铅灰色的渔家顶上,
昏昏的一团红火!
鲜红了……嫩红了……
橙黄了……金黄了……
依然还是那轮皓皓的月华!
"无穷世界的海边群儿相遇。

---

① Poseidon,波塞冬,古希腊神话中的海神。

无际的青天静临,
不静的海水喧豗。
无穷世界的海边群儿相遇,叫着,跳着。"①
我又坐在这破船板上,
我的阿和
和着一些孩儿们
同在沙中游戏。
我念着泰戈尔的一首诗,
我也去和着他们游戏。
嗳！我怎能成就个纯洁的孩儿?

一九二〇年七月二十九日

晨　兴

月光一样的朝暾
照透了这翁郁着的森林,
银白色的沙中交横着迷离的疏影。

松林外海水清澄,
远远的海中岛影昏昏,
好像是,还在恋着他昨宵的梦境。

携着个稚子徐行,
耳琴中交响着鸡声、鸟声,
我的心琴也微微地起了共鸣。

---

① 这是泰戈尔的长诗《吉檀迦利》中的诗句。

春之胎动

独坐北窗下举目向楼外四望:
春在大自然的怀中胎动着在了!

远远一带海水呈着雌虹般的彩色,
俄而带紫,俄而深蓝,俄而嫩绿。

暗影与明辉在黄色的草原头交互浮动,
如像有探海灯在转换着的一般。

天空最高处作玉蓝色,有几朵白云飞驰;
白云的缘边色如乳糜,叫人微微眩目。

楼下一只白雄鸡,戴着鲜红的柔冠,
长长的声音叫得已有几分倦意了。

几只杂色的牝鸡偃伏在旁边的沙地中,
那些女郎们都带着些娇慵无力的样儿。

海上吹来的微风才在鸡尾上动摇,
早悄悄地偷来吻我的颜面,又偷跑了。

空漠处时而有小鸟的歌声。
几朵白云不知飞向何处去了。

海面上突然飞来一片白帆……
不一刹那间也不知飞向何处去了。

二月二十六日

日暮的婚筵

夕阳，笼在蔷薇花色的纱罗中，
如像满月一轮，寂然有所思索。

恋着她的海水也故意装出个平静的样儿，
可他嫩绿的绢衣却遮不过他心中的激动。

几个十二三岁的小姑娘，笑语娟娟地，
在枯草原中替他们准备着结欢的婚筵。

新嫁娘最后涨红了她丰满的庞儿，
被她最心爱的情郎拥抱着去了。

二月二十八日

新　　生

紫萝兰的，
圆锥。
乳白色的，
雾帷。
黄黄地，
青青地，
地球大大地
呼吸着朝气。
火车
高笑

向……向……
向……向……
向着黄……
向着黄……
向着黄金的太阳
飞……飞……飞……
飞跑,
飞跑,
飞跑。
　好!好!好!……

一九二一年四月一日

海舟中望日出

铅的圆空,
　蓝靛的大洋,
四望都无有,
　只有动乱,荒凉,
黑汹汹的煤烟
　恶魔一样!

云彩染了金黄,
　还有一个爪痕露在天上。
那只黑色的海鸥
　可要飞向何往?

我的心儿,好像
　醉了一般模样。

我倚着船栏,
　　吐着胆浆……

哦!太阳!
　　白晶晶地一个圆珰!
在那海边天际
　　黑云头上低昂。
我好容易才得盼见了你的容光!
　　你请替我唱着凯旋歌哟!
我今朝可算是战胜了海洋!

　　　　　　　　　　　　四月三日

黄浦江口

平和之乡哟!
　　我的父母之邦!
岸草那么青翠!
　　流水这般嫩黄!

我倚着船栏远望,
　　平坦的大地如像海洋,
除了一些青翠的柳波,
　　全没有山崖阻障。

小舟在波上簸扬,
　　人们如在梦中一样。
平和之乡哟!
　　我的父母之邦!

　　　　　　　　　　　　四月三日

上海印象

我从梦中惊醒了!
　　Disillusion① 的悲哀哟!

游闲的尸,
　　淫嚣的肉,
长的男袍,
　　短的女袖,
满目都是骷髅,
　　满街都是灵柩,
乱闯,
　　乱走。
我的眼儿泪流,
　　我的心儿作呕。

我从梦中惊醒了。
　　Disillusion 的悲哀哟!

四月四日

西湖纪游

沪杭车中

一

我已几天不见夕阳了,

---

① Disillusion,幻灭。

那天上的晚红
不是我焦沸着的心血吗?
我本是"自然"的儿,
我要向我母怀中飞去!

二

巨朗的长庚①
照在我故乡的天野,
啊!我所渴仰着的西方哟!
紫色的煤烟
散成了一朵朵的浮云
向空中消去。
哦!这清冷的晚风!
火狱中的上海哟!
我又弃你去了。

三

火车向着南行,
我的心思和他成个十字:
我一心念着我西蜀的娘,
我一心又念着我东国的儿,
我才好像个受着磔刑的耶稣哟!

四

唉!我怪可怜的同胞们哟!
你们有的只拚命赌钱,
有的只拚命吸烟,

---

① 长庚,即金星。我国古代称金星为太白,晨出东方为启明,昏见西方为长庚。

有的连倾啤酒几杯,
有的连翻番菜几盘,
有的只顾酣笑,
有的只顾乱谈。
你们请看哟!
那几个肃静的西人
一心在勘校原稿哟!
那几个骄慢的东人
在一旁嗤笑你们哟!
啊!我的眼睛痛呀!痛呀!
要被百度以上的泪泉涨破了!
我怪可怜的同胞们哟!

四月八日

雷峰塔①下

其　　一

雷峰塔下
一个锄地的老人
脱去了上身的棉衣
挂在一旁嫩桑的枝上。
他息着锄头,
举起头来看我。
哦,他那慈和的眼光,
他那健康的黄脸,

---

① 雷峰塔,在杭州西湖南岸夕照山上。"雷峰夕照",是"西湖十景"之一。此塔已于一九二四年倾圮。鲁迅曾著文《论雷峰塔的倒掉》。

他那斑白的须髯,
他那筋脉隆起的金手。
我想去跪在他的面前,
叫他一声:"我的爹!"
把他脚上的黄泥舔个干净。

　　　其　　二

菜花黄,
湖草平,
杨柳毵毵,
湖中生倒影。

朝日曛,
鸟声温,
远景昏昏,
梦中的幻境。

好风轻,
天宇莹,
云波层层,
舟在天上行。

　　　　　　　　　四月九日

　　赵公祠畔

钟声,
鸦鸟鸣,
赵公祠畔
朝气氤氲。

儿童的歌声远闻。

醉红的新叶,
青嫩的草藤,
高标的林树
都含着梦中幽韵。
白堤前横,
湖中柳影青青。
两张明镜!

草上的雨声
打断了我的写生。
红的草叶不知名,
摘去问问舟人。

雨打平湖点点,
舟人相接殷勤。
登舟问草名,
我才不辨他的土音。
汲取一杯湖水,
把来当作花瓶。

三潭印月

一

沿堤的杨柳
倒映潭心,
苍黄、绿嫩。

不须有月来,
已自可人。

二

缓步潭中曲径,
烟雨溟溟,
衣裳重了几分。

雨中望湖
——湖畔公园小御碑亭上

雨声这么大了,
湖水却染成一片粉红。
四围昏蒙的天
也都带着醉容。

浴沐着的西子①哟,
裸体的美哟!
我的身中……
这么不可言说的寒噤!
哦,来了几位写生的姑娘,
可是,unschöh②。

四月十日

---

① 西子,原指春秋时越国美女西施。宋代诗人苏轼用她比拟风光秀丽的杭州西湖。有诗云:"欲把西湖比西子,淡妆浓抹总相宜。"因此后人也称西湖为西子湖。这里是用双关语意,代指杭州西湖。
② unschön,不美丽、不漂亮。

司春的女神歌

司春的女神来了。
提着花篮来了。
散着花儿来了。
唱着歌儿来了。

"我们催着花儿开,
我们散着花儿来,
我们的花儿
只许农人簪戴。"

红的桃花,白的李花,
黄的菜花,蓝的豆花,
还有许多不知名的草花,
散在树上,散在地上,
散在农人们的田上。
沿路走,沿路唱:

"花儿也为诗人开,
我们也为诗人来,
如今的诗人
可惜还在吃奶。"

司春的女神去了。
提着花篮去了。
散完花儿去了。
唱着歌儿去了。

四月十一日,游西湖归,沪杭车中作

星　空[①]

　　Zwei Dinge erfuellen das Gemuth mit immer neuer und zunehmender Bewunderung und Erfurcht, je oefter und anhaltender sich die Nachdenkung damit beschaeftigt, der besternte Himmel ueber mir und das moralische Geselz in mir.

——Kant

　　有两样东西，我思索的回数愈多，时间愈久，他们充溢我以愈见刻刻常新，刻刻常增的惊异与严肃之感，那便是我头上的星空和心中的道德律。

——康德

献　诗

啊，闪烁不定的星辰哟！
你们有的是鲜红的血痕，
有的是净朗的泪晶——
在你们那可怜的幽光之中
含蓄了多少沉深的苦闷！

我看见一只带了箭的雁鹅，
啊！它是个受了伤的勇士，

[①]　《星空》，原为诗歌、戏剧和散文集，本辑只收诗歌和诗剧。

它偃卧在这莽莽的沙场之时
仰望着那闪闪的幽光，
也感受了无穷的安慰。

眼不可见的我的师哟！
我努力地效法了你的精神：
把我的眼泪，把我的赤心，
编成了一个易朽的珠环，
捧来在你脚下献我悃忱。

一九二二年十二月二十四日夜，星影初现时作此

星　空

美哉！美哉！
天体于我，
不曾有今宵欢快！
美哉！美哉！
我今生有此一宵，
人生诚可赞爱！
永恒无际的合抱哟！
惠爱无涯的目语哟！
太空中只有闪烁的星和我。

哦，你看哟！
你看那双子①正中，

---

① 双子，星座名。黄道十二星座之一。

五车①正中,
W 形的 Cassiopeia②
横在天河里。
天船积尸的 Perseus③
也横在天河里。
半钩的新月
含着几分凄凉的情趣。
绰约的 Andromeda④,
低低地垂在西方,
乘在那有翼之马的
Pegasus⑤ 背上。
北斗星低在地平,
斗柄,好像可以用手斟饮。
斟饮呀,斟饮呀,斟饮呀,
我要饮尽那天河中流荡着的酒浆,
拼一个长醉不醒!
花毡一般的 Orion⑥ 星,
我要去睡在那儿,
叫织女⑦来伴枕,
叫少女⑧来伴枕。
唉,可惜织女不见面呀,
少女也不见面呀。

---

① 五车,中国古星名。
② 仙后座。
③ 英仙座。
④ 仙女座。
⑤ 飞马座。
⑥ 猎户座。
⑦ 中国古星名,即天琴座。
⑧ 通称室女座。

目光炯炯的大犬,小犬①,
监视在天河两边,
无怪那牧牛的河鼓②,
他也不敢出现。

天上的星辰完全变了!
北斗星高移在空中,
北极星依然不动。
正西的那对含波的俊眼,
可便是双子星吗?
美哉!美哉!
永恒不易的天球
竟有如许变换!
美哉!美哉!
我醉后一枕黑酣,
天机却永恒在转!
常动不息的大力哟,
我该得守星待旦。

我迎风向海上飞驰,
人籁无声,
古代的天才
从星光中显现!
巴比仑的天才,
埃及的天才,
印度的天才,

---

① 大犬,南天星座之一;小犬,赤道带星座之一。
② 中国古星名,即天鹰座。

中州①的天才,
星光不灭,
你们的精神
永远在人类之头昭在!
泪珠一样的流星坠了,
已往的中州的天才哟!
可是你们在空中落泪?
哀哭我们堕落了的子孙,
哀哭我们堕落了的文化,
哀哭我们滔滔的青年
莫几人能知
哪是参商,哪是井鬼?②
悲哉! 悲哉!
我也禁不住滔滔流泪……

哦,亲惠的海风!
浮云散了,
星光愈见明显。
东方的狮子③
已移到了天南,
光琳琅的少女哟,
我把你误成了大犬。
蜿蜒的海蛇④
你横亘在南东,

---

① 指中国。
② 参商指参星和商星,井鬼,二十八宿中朱雀七宿的第一、二宿。
③ 星座名,黄道十二星座之一。
④ 通称长蛇座。

毒光能熊的蝎与狼①,
你们怕不怕 Apollo 的金箭?
哦,Orion 星何处去了?
我想起《绸缪》②一诗来了。
那对从昏至旦地
欢会着的爱人哟!
三星在天③时,
他们邂逅山中;
三星在隅时,
他们避人幽会;
三星在户时,
他们犹然私语!
自由优美的古之人,
便是束草刈薪的村女山童,
也知道在恒星的推移中
寻觅出无穷的诗料,
啊,那是多么可爱哟!
可惜那青春的时代去了!
可惜那自由的时代去了!
唉,我仰望着星光祷告,
祷告那青春时代再来!
我仰望着星光祷告,
祷告那自由时代再来!
鸡声渐渐起了,

---

① 天蝎座和天狼星。
② 《诗经·唐风》篇名。
③ "三星在天"和下面的"三星在隅""三星在户",是《诗经·唐风·绸缪》篇三章的首句。据作者《卷耳集·唐风·绸缪》的译文,是指参宿三星,即唐代孔颖达《毛诗正义》引《汉书·天文志》所说"参白虎宿三星"。

初升的朝云哟,
我向你再拜,再拜。

一九二二年二月四日晨

洪水时代

一

我望着那月下的海波,
想到了上古时代的洪水,
想到了一个浪漫的奇观,
使我的中心如醉。
那时节茫茫的大地之上
汇成了一片汪洋;
只剩下几朵荒山
好像是海洲一样。
那时节,鱼在山腰游戏,
树在水中飘摇,
孑遗的人类
全都逃避在山椒。

二

我看见,涂山之上
徘徊着两个女郎:
一个抱着初生的婴儿,
一个扶着抱儿的来往。
她们头上的散发,

她们身上的白衣,
同在月下迷离,
同在风中飘举。
抱儿的,对着皎皎的月轮,
歌唱出清越的高音;
月儿在分外扬辉,
四山都生起了回应。

三

"等待行人呵不归,
滔滔洪水呵几时消退?
不见净土呵已满十年,
不见行人呵已满周岁。
儿生在抱呵儿爱号咷,
不见行人呵我心寂寥。
夜不能寐呵在此徘徊,
行人何处呵今宵?——
唉,消去吧,洪水呀!
归来吧,我的爱人呀!
你若不肯早归来,
我愿成为那水底的鱼虾!"

四

远远有三人的英雄
乘在只独木舟上,
他们是椎髻、裸身,
在和激涨的潮流接仗。

伯益在舟前撑篙,
后稷在舟后摇艄,
夏禹手执斧斤,
立在舟之中腰。
他有时在斫伐林树,
他有时在开凿山岩。
他们在奋涌着原人的力威
想把地上的狂涛驱回大海!

五

伯益道:"好悲切的歌声!
那怕是涂山上的夫人?"
后稷道:"我们摇船去吧,
去安慰她耿耿的忧心!"
夏禹,只把手中的斤斧暂停,
笑说道:"那只是虚无的幻影!
宇宙便是我的住家,
我还有甚么个私有的家庭。
我手要胼到心,
脚要胼到顶,
我若不把洪水治平,
我怎奈天下的苍生?"……

六

哦,皎皎的月轮
早被稠云遮了。
浪漫的幻景

在我眼前闭了。
我坐在岸上的舟中,
思慕着古代的英雄,
他那刚毅的精神
好像是近代的劳工。
你伟大的开拓者哟,
你永远是人类的夸耀!
你未来的开拓者哟,
如今是第二次的洪水时代了!

一九二一年十二月八日作

〔**附注**〕此诗出典见《吕氏春秋·季夏纪·音初篇》。篇中有云:"禹行功,见涂山之女。禹未之遇而巡省南土。涂山氏之女乃命其妾候禹于涂山之阳,女乃作歌曰:'候人兮,猗!'实始作为南音。"

此外《尚书·咎繇谟》据今文《尚书》有"娶于涂山,辛壬癸甲,启呱呱而泣,予弗子,惟荒度土功"数语。禹父治水九年不成,禹娶后三日而出,迄启呱呱坠地时当已一年,故上有"不见净土呵已满十年"之语,非系杜撰也。

月下的司芬克司
——赠陶晶孙①

夜已半,
一轮美满的明月
露在群松之间。

---

① 陶晶孙(1897—1952),江苏无锡人。早期创造社成员。

木星照在当头,
照着两个"司芬克司"在走。
夜风中有一段语声泄漏——

一个说:
好像在尼罗河畔
金字塔边盘桓。

一个说:
月儿是冷淡无语,
照着我红豆子的苗儿。

苦味之杯

啊啊,苦味之杯哟,
人生是自见此地之光
不得不尽量倾饮。
呱呱坠地的新生儿的悲声!
为甚要离开你温暖的慈母之怀,
来在这空漠的、冷酷的世界?

啊啊,天光渐渐破晓了,
群星消沉,
美丽的幻景灭了。
晨风在窗外呻吟,
我们日日朝朝新尝着诞生的苦闷。

啊啊,
人为甚么不得不生?

天为甚么不得不明?
苦味之杯哟,
我为甚么不得不尽量倾饮?

静　　夜

月光淡淡
笼罩着村外的松林。
白云团团,
漏出了几点疏星。

天河何处?
远远的海雾模糊。
怕会有鲛人在岸,
对月流珠?

偶　　成

月在我头上舒波,
海在我脚下喧豗,
我站在海上的危崖,
儿在我怀中睡了。

南　　风

南风自海上吹来,
松林中斜标出几株烟霭。
三五白帕蒙头的青衣女人,
殷勤勤地在焚扫针骸。

好幅典雅的画图,
引诱着我的步儿延伫,
令我回想到人类的幼年,
那恬淡无为的太古。

一九二一年十月十日

白　云

鱼鳞斑斑的白云,
波荡在海青色的天里;
是首韵和音雅的,
灿烂的新诗。

听哟,风在低吟,
海在扬声唱和;
这么冰感般的,
幽缭的音波。

新　月

小小的婴儿,
坐在檐前欢喜,
拍拍着两两的手儿,
又伸伸着向天空指指。

夕阳的返照,
还淡淡地晕着微红,

原来是黄金的月镰,
业已现在西空。

一九二一年十月十四日

雨　　后

雨后的宇宙,
好像泪洗过的良心,
寂然幽静。

海上泛着银波,
天空还晕着烟云,
松原的青森!

平平的岸上,
渔舟一列地骈陈,
无人踪印。

有两三灯火,
在远远的岛上闪明——
初出的明星?

一九二一年十月二十日

天上的市街

远远的街灯明了,
好像闪着无数的明星。

天上的明星现了,
好像点着无数的街灯。

我想那缥渺的空中,
定然有美丽的街市。
街市上陈列的一些物品,
定然是世上没有的珍奇。

你看,那浅浅的天河,
定然是不甚宽广。
那隔河的牛郎织女,
定能够骑着牛儿来往。

我想他们此刻,
定然在天街闲游。
不信,请看那朵流星,
那怕是他们提着灯笼在走。

一九二一年十月二十四日

黄海中的哀歌

我本是一滴的清泉呀,
我的故乡,
本在那峨眉山的山上。
山风吹我,
一种无名的诱力引我,
把我引下山来;
我便流落在大渡河里,

流落在扬子江里，
　　　流过巫山，
　　　流过武汉，
　　　流通江南，
一路滔滔不尽的浊潮
把我冲荡到海里来了。
　　　浪又浊，
　　　漩又深，
　　　味又咸，
　　　臭又腥，
险恶的风波
没有一刻的宁静，
滔滔的浊浪
早已染透了我的深心。
我要几时候
才能恢复得我的清明哟？

仰　　望

污浊的上海市头，
干净的存在
只有那青青的天海！

污浊了的我的灵魂！
你看那天海中的银涛，
流逝得那么愉快！

一只白色的海鸥飞来了。

污浊了的我的灵魂!
你乘着它的翅儿飞去吧!

江湾即景

蝉子的声音!

一湾溪水,
满面浮萍。

郊原的空气——
这样清新!

对岸的杨柳
摇…摇…

白头鸟!
十年不见了!

柳荫下,
浮着一群鸭子呀!

吴淞堤上

一道长堤
隔就了两个世界。
堤内是中世纪的风光,
堤外是未来派的血海。
可怕的血海,

混沌的血海,
白骨翻澜的血海,
鬼哭神号的血海,
惨黄的太阳照临着在。
这是世界末日的光景,
大陆,陆沉了吗!

赠　　友

吴淞堤上的晚眺,
吴淞江畔的夜游,
多情的明月与夕阳
把我们的影儿
写在水里,印在沙上。
沙与水上的影儿
是容易消灭的,
我心眼中的一个影儿
是永不消灭的。

火星从窗外窥人,
月儿在白杨树外偷听,
偷听你那么清婉的歌音。
星与月的影儿
有离去的时候,
我心耳中的一段歌声
永没有离去的时候。
朋友!
我读你的诗,
我是多么荣幸哟!

你读我的诗,
我又是多么荣幸哟!
宇宙中好像只有我和你,
宇宙万汇都有死,
我与你是永远不死。

夜　　别

轮船停泊在风雨之中,
你我醉意醺浓,
在暗淡的黄浦滩头浮动。
凄寂的呀,
我两个飘蓬!

你我都是去得匆匆,
终个是免不了的别离,
我们辗转相送。
凄寂的呀,
我两个飘蓬!

海　　上

夕阳,
瞬刻万变的霞光!
西方的那朵木星哟,
又巨,又朗!
那儿的下面
便是昨儿别了的
风吹雨打的故乡。

故乡!
你虽是雨打风吹,
我总觉心儿惆怅。

彷徨,彷徨,
欲圆未圆的月儿
已高高露在天上。
旷渺无际的光波!
旷渺无际的海洋!
大海平铺,
大船直往。
我愿我有限的生涯,
永在这无际之中彷徨!

灯 台

那时明时灭的,
那是何处的灯台?
陆地已近在眼前了吗?
转令我中心不快。

啊,我怕见那黑沉沉的山影,
那好像童话中的巨人!
那是不可抵抗的,
陆地已近在眼前了!

拘留在检疫所中

隔海的廛肆那样辉煌!

夜中的海色那样迷茫!
St·Helena 上的拿翁①哟,
高加索斯山下的 Prometheus 哟,
你们的悲哀我知道了!

归　来

游子归来了,
在这风雨如晦之晨,
游子归来了。
虽说不是,不是故乡,
也和我,和我的故乡一样。
我的爱人无恙,
爱子无恙,
一切的风光无恙;
只有儿们大了!
他们畏畏缩缩地,
怕是我也老了!
可喜的成长哟,
可惧的成长哟,
大海开张在我前面!
拥抱,拥抱,拥抱,
胸儿压着胸,
脸儿亲着脸……

　　　　　　　　九月二十日清晨

---

① 拿翁,指拿破仑(1769—1827)。他失败后被囚在大西洋的圣·赫勒拿(St·Helena)岛,并死于该岛。

Paolo 之歌

好像是但丁①来了!
风在哀叫,
海在怒号,
周遭的宇宙——
地狱底的深牢!

"Francesca da Ramini② 哟,
你的身旁,
便是地狱里的天堂!
我不怕净罪山的艰险,
我不想上那地上乐园!"

冬 景

海水怀抱着死了的地球,
泪珠在那尸边跳跃。
白衣女郎的云们望空而逃,
几只饥鹰盘旋着飞来吊孝。

尸体中涌出的一群勇蛆,
高兴着在作战中的儿戏;

---

① 但丁(1265—1321)。意大利文艺复兴时期诗人。
② Francesca 系 de Polenta(达·波伦塔)之女。其父将她嫁给有勇而貌丑的吉昂乔托,吉之弟 Paolo 貌美,与 Francesca 相欢爱。后二人为吉所杀。请参看但丁的《神曲·地狱篇》第五章。

我不知道还是该唱军歌?
我不知道还是该唱薤露①?

夕　　暮

一群白色的绵羊,
团团睡在天上,
四围苍老的荒山,
好像瘦狮一样。

昂头望着天
我替羊儿危险,
牧羊的人哟,
你为甚么不见?

暗　　夜

天上没有日光,
街坊上的人家都在街上乘凉。
我右手抱着一捆柴,
左手携着个三岁的儿子,
我向我空无人居的海屋走去。

——妈妈哪儿去了呢?
——儿呀,出去帮人去了。
——妈妈帮人去了吗?
——儿呀,出去帮人去了。

---

① 薤露,乐府《相和曲》名,古代送葬时的挽歌。

远远只听着海水的哭声,
黑魆魆的松林中也有风在啜泣。
儿子不住地咿咿哑哑地哀啼……
儿子抱在我手里,
眼泪抱在我眼里。

春　　潮

睡在岸舟中望着云涛,
原始的渔人们摇着船儿去了。
阳光中波涌着的松林,
都在笑说着阳春已到!

我的灵魂哟!阳春已到!
你请学着那森森的林木高标!
自由地、刚毅地、稳慎地,
高标出,向那无穷的苍昊!

新　　芽

新芽!嫩松的新芽!
比我拇指还大的新芽!
一尺以上的新芽!
你是今年春天的纪念碑呀!
生的跃进哟!
春的沉醉哟!
哦,我!
我是个无机体吗?

大　鹫

西比利亚的大鹫！
你大比肥鹅而瘦，
你囚在个庞大的铁网笼中，
笼中有一只家兔，两匹驯鸠！

西比利亚的大鹫！
你喙如黄铜，爪如铁钩，
你棱眼望着天空，
拍拍地鼓着翅儿怒吼。

西比利亚的大鹫！
你不搏家兔，不击驯鸠，
你是圣雄主义①的象征哟，
哦，西比利亚的大鹫！

地　震

地球复活了！
一切的存在都在动摇！
但是只有一瞬时
又归沉静了。——

摇动后的沉静，

---

① 圣雄主义，即甘地主义。甘地（1869—1948），印度民族运动领袖，主张"非暴力抵抗"，倡导对英国殖民政府开展"不合作运动"，在印度被尊为圣雄。

死灭一般的沉静,
阳光在向着儿们微笑,
向着惊骇了的儿们微笑。

回想起我的幼年,
母亲说是鳌鱼眨眼;
地底果有鳌鱼吗?
我幼时的心眼中是曾看见。

如今是鳌鱼死了:
我知道地在空中盘旋,
我知道是由地陷或是火山,
但我何曾更见聪明半点?

两个大星

婴儿的眼睛闭了,
青天上现出了两个大星。
婴儿的眼睛闭了,
海边上坐着个年少的母亲。

"儿呀,你还不忙睡吧,
你看那两个大星,
黄的黄,青的青。"

婴儿的眼睛闭了,
青天上现出了两个大星。
婴儿的眼睛闭了,
海边上站着个年少的父亲。

"爱呀,你莫用唤醒他吧,
婴儿开了眼睛时,
星星会要消去。"

石　　佛

海雾蒙蒙,
松林清净,
小鸟儿的歌声,
鸡在鸣。
松林顶上,
盘旋着一只飞鹰。

我沿着古寺徐行。
古寺内石佛一尊。
佛哟,痴人!
你出了家庭作甚?
赢得个石头冰冷,
锁着了你的灵魂。

孤竹君之二子

开幕。
渤海北岸,海水平静,直与天接,天上云峰怒涌。
海滨后段为沙岸,前段为草坪,坪中杂色草花点缀。右翼临海处岩石嶙峋,高低不等;稍前垂柳一株。左翼一带为原始的森林。
初夏的正午时分,时阴时晴。
土人女子年二十四五,装束如印度风,以黄衣蒙头裹身,耳上垂大铜环,赤足,倚睡柳树荫下,抱一婴儿在怀中哺乳。

女　子　（口中低低唱歌）

　　　　　　　日头高,柳丝长,
　　　　　　　柳丝牵儿入梦乡,
　　　　　　　梦乡便在娘身上。
　　　　　　　娘在望你爹爹呢,
　　　　　　　儿呀,儿呀,
　　　　　　　你在望他吗?

　　　　　　　暖风吹,笑纹涨,
　　　　　　　涨在婴儿脸儿上,
　　　　　　　涨在海洋水面上。
　　　　　　　海水贪着午睡了,
　　　　　　　儿呀,儿呀,
　　　　　　　你也睡睡吧!

女　子　（边唱歌,边自言自语）今天他怎么回来得这么迟呢？午饭时分了,还不见回来,怕他到上湾去了。……等人真是难等呀！（连掩口作几次呵欠。）

　　　母子在柳树下睡去。

　　　有顷,渔父一人年纪三十上下,裸身赤足,皮色如赤铜,腰部以茶色布片遮裹,头发蓬茸,须髯满颊,左耳上亦贯一大铜环。右肩搭鱼网,左手提鱼篮,自林中走出。

渔　父　（自语）世道不好,连海里的鱼都去逃难去了。打了半天的鱼,才打了两匹大鱼秧子……（瞥见柳树下母子两人）哦,他们早在那儿等我了,他们是睡熟了的吗？……哈哈,真好稳熟地安睡！青草面着这么柔软的寝床,杨柳张着那么轻轻的罗帐,听着海水的睡歌,盖着温暖的阳光,他们真是安稳,稳睡得如像死人一样！……好,我不用惊醒他们,等我采些野花来替他们作葬礼吧。(置鱼网、鱼篮于草坪上)他们能得这么死去,他们真是幸福:免得恶魔来吃他们的心,免得恶魔来吃他们的肉。(弓背在草原中采花,时时抬头看母子两人)啊,他们真是睡得安稳!……花已采了这么一大把了,等我拿去散在他们身上吧!(低唱)

  青天呀!你在头上照临,

  太阳呀,你请倾耳静听!

  这儿安睡着两个无垢的人,

  我采摘花儿来把他们埋殡。(散花母子身上。)

女　子　(醒)哦,爸爸,你回来了。嗳哟,你又在作甚么玩意儿哟?

渔　父　(狂笑)哈哈,我以为你们是死了,我在替你们散花作葬礼呢。

女　子　(抱婴儿起)你总爱这么作玩笑呀。你还在,我们哪便会死呢?

渔　父　儿子醒了吗?哦,睁起一双大大的眼睛!(抱过婴儿来连连接吻。)

女　子　我等了你多一阵了,你到甚么地方去了来?

渔　父　今天运气不好,我在这里打了一阵鱼,连一尾鱼秧子也没打到,我便到上湾去了来。你们怕在等我回去吃午饭吧?呵,今天又会吃不饱饭了,打了半天只打了两尾小鱼儿,我们回去的时候,你还得送一尾到柳孤儿家里去才好。

女　子　(攀折杨柳两枝,纽成小环,拾取地上落花,穿缀环上)柳孤儿的父亲,算起来快要满两周年了呢。

渔　父　可不是吗!他不该要到那都会地方去。他到了朝歌①,依然还是打鱼;他有天早晨在结了冰的河里打鱼,被殷王受辛②看见了,怪他不怕冷,说他骨髓里一定有甚么与众不同的地方,便把他捉去,把脚胫斫了。唉,可怜他就是那么死

---

① 朝歌,商朝后期的都城,在今河南省淇县。

② 即殷纣王。

了。他真是睁起眼睛,到都会地方去寻死的呢。

女　子　(编花环成,戴在婴儿头上)我把这顶花圈戴在我儿子的头上,祝他长大了不要学那柳孤儿的父亲一样。

渔　父　等到他长大了,我们还能够在这平安的乡下生活,那是再好也没有的了。可惜我们这种生活,同这柳枝草花一样,是容易败坏的。如今,我们已隐隐感受着一种威胁了。

女　子　有甚么灾难吗?

渔　父　我早就想对你说,但是我又怕你担心。你须知担心也是无益的,你请不要空担心。你还不曾知道,近来的殷王受辛更是暴虐得没有边际了。我听说他近来喜欢吃起人肉来。他爱把婴儿的肉蒸来吃,爱把人的心脏烧来吃。朝歌里的小孩子们快要被他吃干净了,他便把些怀了胎的女人的肚腹来剖开,把胎儿取出来吃。他把他叔父的心脏也剖开,烧来吃了。

女　子　呵,天地间有这样的人吗?

渔　父　这样的人正是多着呢。听说他的部下那些有爵位的人,那些有爪牙的人,都是和他一样吃人的魔鬼。他们把都会的人吃干净了,不消说就要吃到我们乡里来。如今乡里的人见机的都逃走了。他们都是逃往岐山①下面的周国去的。听说那儿的周王②爱老百姓就如像我们爱我们的儿子一样啦,……你看,我们这个儿子,他是多么可爱!假如有人要来挖他的心,我是要和他拼命!

女　子　我要叫他先来把我的心挖去!

渔　父　等得他们来挖去你的心,那是我早已不在这人间了。——但是我是不想逃走的。我不相信如今有爵位的人真会爱我们如像我们爱我们的儿子。我想那些都是假的。他们不过

---

①　岐山,周王朝发源地。
②　指周文王姬昌。

是披着人皮的鳄鱼,他们不过想利用我们的生命去巩固他们的爵位罢了。即使他们能够把那些吃人的魔鬼除去,也不过另外换一批鳄鱼来,我们依然要被他们吃。我和部落里的人前几天已经商量过了,我们绝对不逃走,不去依赖鳄鱼。我们在部落里大家相辅相卫,等有吃人的魔鬼来,我们便和他决一死战。……

女　子　(呈惊愕状,向右方指示)爸爸,哦,你看!你看!那儿来的是甚么?

渔　父　唔,唔,那像是位……。你看他的装束,那的确是……唔,唔,说不定怕就是吃人的魔鬼来了。……你去,你快去,你抱着儿子快往林子里去躲藏,我随后便来。(授儿与其妻。)

女　子　(抱儿飞跑入林中,回呼)爸爸,你也快来,不用和他争斗吧!

　　　　渔父点头,收拾鱼篮鱼网,向右探望一回,旋即躲入林中。

　　　　伯夷年三十上下,装如朝鲜上流人风度,戴笠着屦,徐徐自右翼走出。伫立四顾,呈欣悦态。俄而脱笠露髻,引臂作鸟伸势,放歌。——太阳光线,分外晴明。

伯　夷　(放歌)

　　　　　　呵呵,寥寂庄严的灵境,
　　　　　　这般地雄浑、坦荡、清明!
　　　　　　地上是百花灿烂的郊原,
　　　　　　眼前是原始的林木萧森;

　　　　　　无边的大海璀璨在太阳光中,
　　　　　　五色的庆云在那波间浮动:
　　　　　　哦哦,天际簇涌着的云峰哟,
　　　　　　那是自由的欢歌,箫韶的九弄!

　　　　　　我这尘寰中三十年的囚佣,
　　　　　　到今天才得解放了五官的闭壅,

我俯仰在天地之间呼吸乾元,
造化的精神在我胸中溃涌!

三十年来的新我方庆诞生,
三十年前的生涯真如一梦!
啊啊,我回顾那堕落了的人寰,
我还禁不住愤怒重重,痛定思痛。

那儿是奴役因袭的铁狱铜笼,
那儿有险狠、阴贼、贪婪,涌聚如蜂。
毒蛇猛兽之群在人上争搏雌雄,
奴颜婢膝者流在脓血之间争宠。

啊啊,原人的纯洁,原人的真诚,
是几时便那样地消磨罄尽?
我如今离开了那罪和不幸之门,
我可在这高天大地之中瞑目而殒。

啊啊,我自从离开了孤竹,计算起来,昼夜已交替了十次了。我随着辽河南下,我终竟到了这寥无人迹的境地上来,我逃人如像逃影一般,我终竟到了这寥无人迹的境地来了!我幼时所景慕、所渴念、所萦梦的大海,如今浮泛着五色的庆云在我眼前灿烂。我好像置身在唐虞时代以前;在那时代的自由纯洁的原人,都好像从岩边天际笑迎而来和我对语。啊,我此刻真是荣幸呀!

我的周遭没一样不是新奇的现象:我头上穹窿着的苍天,我脚下净凝着的大地,我眼前生动着的自然,我心中磅礴着的大我!啊,我污池中的白莲,如今才移根在瑶池里来了!

我回想到唐虞以前的人,那是何等自由、纯洁、高迈哟!

他们是没有物我的区分,没有国族的界别,没有奴役因袭的束累,他们与其受人爵禄,宁肯负石投河,牺牲一己的生命而死。如今呢?啊,如今的人是不惜牺牲人的生命以求尊宠了!堕落了的人类哟!不可挽救的人类哟!可那不是同受高天厚地的复载,同受浩气的嘘息,同受原人血液的流灌?却怎堕落成私欲的集团,如牛马屎的混积一样去了?归究起来,还是要怪那万恶不赦的夏启!一切的罪恶和不幸的根芽,都是从他那家天下①的制度种下,是他把人类浊化了呀!(扬声而放歌)

啊啊,你万恶不赦的夏启呀!
我们古人本来没有国家,本来没有君长,
偶尔应时势的要求,
才由多数人民选出个贤者在上。
伏羲之后不知历多少年代才有神农,
神农之后又不知历多少年代才有黄帝,
他们何尝是酒池肉林琼台玉食的专擅魔王?
他们不过是我们古人的看牛的牧夫,
耕地的农人,缝衣制车的工匠。
唐虞时代洪水横流,
便是治水有功的你的父亲,
也不过是我们古人选出的治水的工头。
不幸他才生了你,
你不肖的儿子哟,你万恶不赦的夏启!

你敢在公有的天下中创下家天下的制度。
你擅自捏造个人形的上帝顶在头颅。
你说天下是上帝传给你的父亲,

---

① 家天下,指禹死后帝位传给他儿子启,从此开始了世袭制度。

是你夏家的私有财产；
该你传子传孙,该你分封功臣,
由你把整洁的寰中纵横宰砍。
你说你是万民的父母,你是上帝的代身,
该你作福作威,寿夭人的生命。
到如今你的血食何存?
你徒使后人效尤,
制出了许多礼教,许多条文,
种下了无穷无际的罪和不幸。
啊,你私产制度的遗恩!
你偶像创造的遗恩!
比那洪水的毒威还要剧甚!
惨毒的洪水怎不曾把个呱呱堕地的婴儿,
你生在涂山未曾毒祸人类的婴儿,
从人类的命运之中解救了去?

啊,滔滔不尽的夏启的追随者哟!
人类的祸灾是万劫不能解救!
我在这高天厚地之中发誓宣明:
我只能离群索居,独善吾身!
你们屈服在奴役积威之下的人们哟,
囚笼中的小鸟还想飞返山林,
豢池中的鱼鳞还想逃回大海;
你们如不甘那样的奴隶生涯,
你们还请在这"独善的大道"上大胆徘徊!
你们踏跼在牢狱之中还嫌身太自由,
你们顶戴着暴君还要供献羔羊、春酒,
你们男耕女织替他衣食爪牙,
你们献税纳租向着蝗虫求报,

你们养虎自毙,作茧自缠,
你们步着死路的屠羊,为甚帖耳不返?

可怜无告的人类哟!
他们教你柔顺,教你忠诚,
教你尊崇名分,教你牺牲,
教你如此便是礼数,如此便是文明;
我教你们快把那虚伪的人皮剥尽!
你们回到这自然中来,
过度纯粹赤裸的野兽生涯,
比在囚牢之中做人还胜!
宇宙中有不尽的资源,
我们各尽所能足以滋乳生生;
我们各有理性天良足以扶危济困;
我们何有于君长神圣?何有于礼教文明?
可怜无告的人们哟!快醒!醒!
我在这自然之中,在这独善的大道之中,
高唱着人性的凯旋之歌,表示欢迎!

（浩歌独白中,初犹沉毅,继则渐激渐烈,挥笠振衣,在岸上手舞足蹈,状如发狂。）

渔父夫妇在林中时隐时现,男者间或出头窥听,俄复隐去。至此始大胆走出,两人趋伯夷前伏地施礼。

渔　父　哦,人类的教化者!我们的上帝!你恕我们渎亵了你!我们刚才把你当成那吃人的魔鬼,你恕我们渎亵了你!请你眷顾我们!你的启示,我们句句都听得很明白了。

伯　夷　（和婉）我说的话,你们听见了吗?

女　子　上帝!你的启示,我们句句都听明白了。

伯　夷　（扶渔人夫妇起）你们起来,起来。我并不是甚么上帝,我同你们一样只是一个人。假使是有上帝,我们只要能够循着自己的本性生活,不为一切人为的桎梏的奴隶的时候,那便甚么人都是上帝了。我们的本性,原来是纯真无染的。你看你们这个婴儿,他何曾带着点人类的一切罪恶的烙印呢?他只有完全整块的一个浑圆的自我!(抚摩幼儿头额)啊啊,你们这个小上帝快满一岁了吗?

女　子　已经十一个月了。

伯　夷　我祝他永远是个孩子,我平生最厌恶俗人,我只爱无知的婴孩,无知的草木,我还单爱我一个兄弟,因为他便是一个永远的孩子。可怜我忍心,把他丢在牢笼里了。

渔　父　啊,你真的是个人吗?

伯　夷　你看我和你有甚么不同呢?我不瞒你们,我自己本是孤竹国的王子。我的父亲不久才死了,我得到了这个机会,我才逃走了出来。我一逃走了出来,我倒自由了,可怜我的兄弟他便不能不作孤竹国的国君。但是我的兄弟他是很聪明的人。聪明人是只想支配自己不想支配别人的。我想他一定也会和我一样,寻个机会逃走。

渔　父　啊,你这位难得的王子!如今的人谁个不想支配人?谁个不想争权夺禄?偏你把应当享受的王位也同丢个臭鱼一样丢弃了。你真难得呢!

伯　夷　没有甚么难得,不过如你所说,丢了个臭鱼罢了。

渔　父　如果一切在上位的人都和你一样,把自己的爵禄抛弃了,真真作个自食其力的平民,那可就好了。

女　子　那是望石头开花,马生角呢!他们不是还要来剜我们的心脏,吃我们的肉吗?

渔　父　怕他们不来!他们来我总先叫他们的心脏和肉让给海里的鱼吃!

　　　　　此时右翼起哄闹之声:"不要把他放走了!""朋友们!朋友们!快赶上去!快赶上去!""他分明说他是王子呢,快追赶上去!快追赶上去!"……多人脚步杂乱声。

伯　夷　（惊愕）哈哈，他们追赶我来了吗？我才好像一个罪人一样，连一个王位也逃不掉！我……

　　　　叔齐年纪二十六七光景，装束与伯夷相似，仓惶自右翼跑出。

叔　齐　（瞥见伯夷，突前捉臂牵曳）哦哦！哥哥，你才在这儿！他们追赶来了，快走！快走！

伯　夷　（拒绝）叔齐呀，我想不到你还会率领人们来追赶我啦。我既不愿意，并且又是父亲死时的遗嘱，你为甚么要率领着他们来追赶我？你是空费心血了。

叔　齐　（摇头强曳）哥哥，不是，不是，我也不愿意呢。他们追赶得很紧了，快走！快走！

　　　　追呼之声愈近。

伯　夷　你要叫我往哪儿走？你想叫我回孤竹去吗？你毕竟还是不了解我！

叔　齐　（摇头强曳）不是呀，哥哥，总之你跟着我走吧！我也是不愿意的。

伯　夷　你也不愿意，你为甚么不叫他们任意选择一个？为甚么要率领他们来追赶我？啊啊，我始终把你误解了。我才在庆幸我出了牢笼，你们真像追捕逃犯一样又要来促我去投入罗网？我在人世中只挂念着你，如今我一点挂念也没有了。（脱身驰向海边欲投海。）

　　　　叔齐及渔人夫妇趋前挽勒之。

叔　齐　啊啊，哥哥，你误会了我，你误会了我，我不是来追你的。我……

　　　　野人一群手中各持铜器或石器，自右翼跑出。

叔　齐　啊，他们已经追赶到了！哥哥，……
野人甲　好了，他在这儿了，哈哈，还是两个！
野人乙　凌渔父夫妇也在这儿。

　　　　群人蜂拥围集。

渔　父　你们怎这么大惊小怪的？为的是甚么事情？

野人甲　(指叔齐)我们追赶这位自称王子的恶魔！他是吃人的殷王受辛的儿子，他胆敢到我们部落里来了。

野人丙　他到柳孤儿家里去讨茶水，柳孤儿的母亲问他是甚么人，他起初还支吾，后来他说他自己是出外游历的王子。柳孤儿的母亲问他要往甚么地方去，他说要往朝歌。柳孤儿的母亲才忽然想起他是杀她丈夫的仇人的儿子，她便来告诉我们，我们大家就来捉他。他见不是势头，便乘机逃跑到这儿来。

伯　夷　哈哈，你们误会了，我也误会了。这是我的兄弟……

野人丁　哦，你也是殷王受辛的儿子吗？

野人乙　好，我们一并结果了他。

渔　父　(制止众人)你们不得胡闹！你们听这位孤竹国的王子说话！

伯　夷　我听了这几位朋友的话，我才恍然大悟了。渔父！我刚才对你说过我有一个兄弟，这便是我的兄弟叔齐了。我的名字叫伯夷。——朋友们，你们误解了。我们不是殷王的儿子，我们是那辽河上流的孤竹国的人。不错，我们也是两个王子，但是我们不是那吃人肉的魔王。——叔齐，我不想你便也早早得手逃出来了呢。

叔　齐　哥哥，自从父亲死的那晚上你失踪了，国内的人骚乱得甚么似的。他们有人说你是孝子，怕因为太伤心，跳进辽河里面淹死了，他们第二天清早便在辽河一带洮河，想洮得你的尸首。只有我自己是明白的。我知道你一定是不想作国王，悄悄地逃走了。所以他们在洮你尸首的时候，我乘着机会便也逃走了出来。我出国的时候，不知你的去向，但是我们对于西方的景仰，好像是我们先天的遗传。我们的祖先是从西方来的。我们常常所梦想的华胥国，也是在远远的西方。我想你一定也是向着西方去的，所以我沿着辽河走到海上来，我没想到在这儿遇着你。

渔　父　难得你们这两位贤德的王子！
野人甲　我们真冒失了。
野人乙　请这两位王子到我们部落里去。我们要多捕些海鱼来款待他们。
凌　妻　柳孤儿和他的妈妈也赶来了！

　　　　　柳孤儿十岁光景的孩子，柳妈四十上下的妇人，从右翼匆匆出。舞台变成绿光，表示太阳阴去。

野人丙　柳妈妈，你错认了人呢！他不是殷王受辛的儿子。
野人丁　他是孤竹国的王子呢。
柳　妈　怎么？他不是说的出外来游历，现刻要往西方，要往朝歌去的吗？如今不是殷王的亲人，只有从朝歌出来的人，没有人会往朝歌去的。他怎么不会是殷王的儿子呢？你们不要受了他的欺骗。
叔　齐　啊，这是我说话失了检点，我不知道有这样的委曲。
伯　夷　你怎么说你要到朝歌去呢？
叔　齐　哥哥，我的心事只有你一人知道。我原是顺路想往岐山访个友人。说不定要向朝歌去一趟。
伯　夷　你这意思连我也不知道了。你在岐山有甚么个友人？
叔　齐　哥哥，你忘记了么？十几年前周君姬昌被殷王受辛幽囚在羑里的时候，他的臣下不是有一个人到了我们孤竹国来征求过宝物吗？他要征求些宝物去献给殷纣王，赎回他们的主子。
伯　夷　哈哈，闳夭①吗？是，是，我记起来了。那要算是十四年前的故事了。那时候你才十三岁啦，闳夭到我们国里来，我们国里没有宝物给他。他看见我们父亲的侍女，才满十五岁的孟姜——啊啊，可怜的孟姜！她便在那年离开了我们了——闳夭向我们父亲要她，要把她带去献给殷纣王。我

---

①　周文王的臣子。

们那顽梗的父亲,会拿人的生命来作礼品的父亲,他公然答应了。可怜孟姜离开我们走的时候,她流了多少眼泪呵。你喜欢孟姜,孟姜也喜欢你。孟姜走了之后,你还时常向我哭。后来你不哭了,我以为你是忘了。你现在说要去访闳夭,你是要去问孟姜的下落吗?

叔　齐　我自从离开了孟姜,哥哥,你是晓得的,我就好像失了我的魂一样。

柳　妈　你们说起孟姜来,我的仇人也就是你们的仇人了。说起孟姜,这在朝歌城里,甚么人都是知道的。

叔　齐　啊,妈妈,你知道孟姜的下落吗?千万请你告诉我们。

柳　妈　是的,孟姜,十几岁的一个女孩子,她才到朝歌的时候,听说是周国的人献来的美女。每年献进朝歌城的美女,不知道有多少人呵,但是没有一个人能像孟姜一样,人人都称赞她,人人都替她流泪。人们称赞她,说她的面貌就好像木槿花,说她的声音就好像玉磬的声音,说她的身材就好像翩飞着的燕子。人们说她献进宫里去的时候,那淫虐的殷王受辛真是十分宠爱她,比爱苏妲己还要爱。但是孟姜她总是哭,她总不爱殷王受辛。殷纣王千方百计想安慰她,给她作玉石砌成的宫殿,象牙的寝床,珊瑚树的妆台,赤金的照面,但是她总不爱他。倒是苏妲己生了嫉妒了。说是有一天晚上,月亮很好的晚上,苏妲己把孟姜诱引到后花园里去。孟姜一走到花园里,月亮见了她便分外放出了一段光耀;池塘里睡了的莲花又开起花来,放出异样的清香。花园中睡了的鸟儿也唱起歌来,唱得非常清婉。因此苏妲己愈见嫉妒她,诱引她到一眼古井旁边去。井旁边立着一株梧桐,梧桐叶里也发出一段幽扬的琴音。苏妲己便对孟姜说:"孟姜,我想你一定是齐国的人;你一定是想回你的故乡。这眼古井是和东海的海水相通的,你假如肯跳了下去,……"孟姜不等她的话说完,便如像一个燕子一样,飞下井里去了……

叔　齐　哎？孟姜她飞下井里去了！

柳　妈　她飞下井里去，月亮被乌云遮了，莲花也闭了，群鸟的歌声也息了，梧桐的琴音也断了，只有苏妲己在黑暗中痴笑。后来便没有人知道孟姜的下落了。

叔　齐　(在岸上徘徊，扬声悲歌)

　　　　月儿收了光，
　　　　莲花凋谢了，
　　　　凋谢在污浊的池中。

　　　　燕子息了歌，
　　　　琴儿弦断了，
　　　　弦断了枯井上的梧桐。

　　　　我是那枯井上的梧桐，
　　　　我这一张断弦琴
　　　　弹得出一声声的哀弄：

　　　　丁东，琤琮，玲珑，
　　　　一声声是梦，
　　　　一声声是空空。

　　　　同歌往复歌唱，边唱边在岸上盘旋。

　　　　余人伫立岸上，俯首无语。

伯　夷　(沉抑)叔齐！我们不能长在这儿缠绵，你还是想到朝歌去吗？

叔　齐　(止步)哎？我不，不想到甚么地方去了。

伯　夷　啊啊，我们不幸生为了王子！一出了宫廷连自食其力的本领也没有。我刚才的一片狂欢，你现在的一片哀情，这就是我们的本领。我听说首阳山上，薇草甚多；我们往那儿去，靠着自然的恩惠过活吧。叔齐，你肯和我往那儿去吗？

　　　　　　叔齐颔首。

伯　　夷　（向众人）列位兄弟们、妈妈们,祝你们多打些大鱼,我们走了。(向众人揖别后,携叔齐手向林中隐去。)

　　　　　　凌妻置婴儿草地上,随众人步往林边默送。
　　　　　　柳孤儿在一旁逗婴儿发笑。
　　　　　　林中叔齐歌声复起,渐渐隐微,渐渐消逝。

——幕下

一九二二年十一月二十三日脱稿

广寒宫

时：地上黑暗与睡眠支配着的时候。
地：月里广寒宫嫦娥们读书之别院。
景：一片冰岩雪窟,正中簇拥书院一椽,以碧玉为阶,以朱玉为柱,无窗户门壁,以云母为帘,垂而未卷,屋瓦凝冰,一片皑白。

　　　　院前场地,上积冰雪。中央有桂树一株,大可合抱,高与屋齐,枝叶畅茂。群叶如玉片纷披,枝干如青铜滑腻。
　　　　上有一片蔚蓝色的天空,明星点点。

　　　　　　嫦娥二人自右翼负书笈而出。散发,勒以金环,额前着银星一朵。衣色纯白,长袖宽博,裾长曳地。

嫦娥一　妹妹,地上的嚣声,已如远潮一样,渐渐消退,群星都已醒来,这正是我们歌舞的时候了。

嫦娥二　我们来得太早,姊妹们都还没有起来呢。

嫦娥一　她们总爱贪睡,不怕天鸡叫得多么高,总不容易把她们叫醒。等她们醒来的时候,张果老先生又要起来干涉我们了。

嫦娥二　可不是吗!我们那张果老先生,真是令人讨厌。我们唱歌时,群星也在同我们唱歌。我们跳舞时,群星也在同我们跳舞。那是多么高兴！他总要来管束我们，要叫我们去读那不可了解的怪书。我们真是把他没办法呢。我们能得想个法子出来，把他拘束着，听随我们自由，那是多么好啦！

嫦娥一　可不是吗！但是我们想不出法子来，也就只好偷着空儿取乐，可惜她们偏偏又要贪睡呢。

　　　　两人走至桂花树下，攀吊树枝，作秋千舞。

嫦娥二　姐姐，你可知道，这株树子是甚么名儿？
嫦娥一　这是地上的桂花树儿，我是昨天才听见张果老先生讲的。
嫦娥二　地上的树木，为甚么能够生长在我们月宫里呢？
嫦娥一　他说是在不知道多少年辰以前，那银河东岸住着的织女姑娘，无端想和对岸的牵牛童子相会。但是因为有天河隔着他们，他们不能渡河。织女姑娘是很灵巧的人，她用黑白丝绢，剪成十三只鸟儿，向它们叹道，啊，去呀！它们也就"啊去呀！啊去呀！"地叫着飞起去了。它们飞到地上去，采集许多香木来，在银河上面架了一道桥儿。因此织女和牵牛，便得在桥头相会。但是地上的东西是不能经久的。等他们会了一刻之后，那鸟儿们便要把桥拆毁，含飞到尘世去。听说自从那时起，尘世上才有那种鸟儿，因为它们只是"啊去呀！啊去呀！"地叫，所以地上的人都叫它们是"鸦鹊"。这些鸦鹊们每到一定的时候，总要飞来天上架一次桥，架了又拆含回去。有一次，它们衔来的树枝落了一枝到我们月宫里来。张果老先生把它插在我们学堂门前，便长成这么大的一株桂树了。——这些话真确不真确我不知道，但是是他亲自对我说的。

嫦娥二　哦，原来还有这么一段稀奇的故事！无怪这桂花树儿，总有些不同。我们月中的桫椤树儿们，都是青翠透明的。这株桂花树儿，它偏会多生枝叶，并且在这明净的地方，偏会生出些阴影来。这真是株不好的东西啦。你看，它又不开花，又不结子。

嫦娥一　妹妹,你倒错怪了它了。听说它在地上原是顶珍贵的树子。它每年要开一次香花。落到我们月宫里来,因为气候不同,所以它便永远不能开花,只好多生枝叶了。

嫦娥二　那么,它倒可怜了。

嫦娥一　可怜它离却故乡,孤身独自。

嫦娥二　姐姐,它这样不言不语,怕它心中在暗暗地怨恨那织女姑娘呢!我倒很想作首诗来替它申诉,可惜我又作不好。

嫦娥一　妹妹,你作吧!你快作吧!你作出来念给我听听咧!

嫦娥二　(绕树沉吟一会)姐姐,我有了,可是不好。

嫦娥一　你快念给我听听咧!不要踌躇呀!我们姊妹间还害甚么羞呢?

嫦娥二　(朗吟)

　　　　　　天河涓涓水在流,
　　　　　　怨她织女恋牵牛。
　　　　　　为多一片殷勤意,
　　　　　　惹得香花失故丘。

嫦娥一　妹妹,你这不是一首好诗吗?你的心机真灵敏呀!……

嫦娥二　嗳哟,姐姐,你总爱奉承!

嫦娥一　我却不是奉承,我想这不言不语的树儿,怕在暗暗地向你道谢呢!你等我把你这诗,刻在这树皮儿上吧。

　　　　(自书笈中取出裁纸刀儿一柄,走至树下。)

嫦娥二　(拦阻)姐姐,你不要刻呀!

嫦娥一　(不应,用刀刻树,念出)天河涓涓……(刀刻不进)哦呀!这株树儿真是奇怪!我的刀儿刻不进呀!我们月中的树儿都是鲜葳葳的、嫩禾禾的,便用指甲儿也可以掐弹得破,偏这树儿才这么顽皮呢!

嫦娥二　刻不进正好!刻不进正好!免得我露丑。

　　　　　　唱歌之声起。

嫦娥二　哦呀,姐姐!她们都醒来了!她们唱起歌儿来了!

嫦娥一　来了！她们来了！我们藏在这株树儿背后，骇她们一下吧。
嫦娥二　那很有趣，很有趣。

　　　　两人躲入树后。
　　　　歌声——女儿数人合唱：
　　　　地上夜深时，月中朝日起。
　　　　天鸡叫遥空，笙歌漾天宇。

　　　　天宇色青青，星星次第明。
　　　　姊妹月中人，云彩衣上生。
　　　　嫦娥数人，与前两人作同样装束，自右侧鱼贯而出。

我们今天来得却是太早，张果老先生他还没有醒来呢。
我们往常来的时候，他总在这株树子下坐着等我们，想起他那样儿来，我真想笑死了。
往常来得很早的两位姐姐，今天怎么不见人呢？怕她们在睡懒觉了。
今早等她们来时，我们好取笑她们一场。
怕她们早早进学堂去了！
我不相信。
我不相信。
我不相信她们便早早进了学堂，她们平时都不是很讨厌张果老先生的吗？
我想不恨张果老先生的人不会有。
张果老先生他真是讨厌的人，你看他耳朵又聋，眼睛又瞎，背又驼，脚又短。他走起路来，倒是非常之快。
别人家正在欢乐的时候，他就好像一颗流星一样，一溜地就跳起来了。
我最讨厌的是他那个样儿。你看，他那对眉毛，长得来快要吊到嘴角了；他那簇胡子，翘在嘴下，就像只兔子的尾巴。
他身上的穿着，又不逗人笑吗？一件黄棉袄儿，袖子又长，腰身又短。腿套也是黄的,鞋袜也是黄的。他又戴一顶红耳绊儿的黄风帽儿。你看,他一弓起背儿走来,那才不像一个人样儿呢!

我前两天作了两首可笑的歌儿,我怕你们告我,我不敢对你们讲。

你作的是甚么可笑的歌儿?你讲吧!

你讲吧!谁会告你?你说话才叫稀奇!

你念出来,让我们大家听听!

我作的是《张果老的歌》,请你们大家围成一个圈,等我唱两句,你们跟着我唱。

那很有趣!那很有趣!

　　众嫦娥排成一个圆形,提头者站立在中央,调好声息,唱:

　　张果老,

　　逗人笑……

　　才唱两句,便自行发起笑来。

你自己便笑了,还有甚么趣味呢?

　　提头者调好声息再唱,每唱两句,其余同声和之。

　　张果老,

　　逗人笑!

　　眉长长过眼,

　　背驼高过脑。

　　目眇耳又聋,

　　胡须嘴下翘。

　　黄风帽儿红耳绊,

　　身上穿件黄棉袄。

　　黄棉袄,

　　短又小。

　　身长不过膝,

　　袖长长过爪。

　　　　一对鸭儿鞋,
　　　　一双黄腿套。
　　　　弓起背儿走起来,
　　　　就像一个猴儿跳。
　　　最后两句,众人不能唱和,喧笑起来。
　　　张果老的声音(在树后):"你们这些顽皮的丫头!你们不进学堂来读书,还在那儿取笑我啦!"
　　　众嫦娥惊惶失措,纷纷向学堂跑去。
　　　二嫦娥扬笑声自树后掩出。
你这两个顽皮丫头!你们真骇得我们不浅!
我们要惩罚你们!我们要惩罚你们!
　　　群扭二人而膈肢之,笑声杂沓,在树下群相追逐。

嫦娥一　饶了我们吧!饶了我们吧!
嫦娥二　我们本来没有罪过,是你们自己虚了心。
嫦娥一　是你们自己糊涂了。
众　人　你们还说是我们自己糊涂吗?
嫦娥一　嗳哟,不要膈肢得人这么怪难过的。
嫦娥二　你们总不该背着先生说坏话啦!不是自己糊涂,是谁个糊涂呢?
数　人　就算是我们错了,我们糊涂了,你们总不该骗人,你们作出鬼鬼祟祟的事。
嫦娥三　姐姐妹妹们,你们等我来和解吧!你们大家都松了手吧。
　　　众嫦娥各各松手听命。
数　人　姐姐!你要怎么和解呢?
嫦娥三　今朝总算是她们错了,她们不该欺诈我们,我们罚她们唱曲歌儿来赎罪,你们看好不好?
嫦娥四　好便是好,但是我想应该加个条件。
嫦娥三　加个甚么条件呢?
嫦娥四　我们要叫她们唱一曲新鲜的歌儿,歌着一段新鲜的故事。

要她们轮流地接着唱,不准她们先商量。那就是说要她们临时合作一首歌曲,边作边唱。看她们情愿不情愿?

嫦娥三　嗳哟,你这样是苦人的难题了!
其　他　不苦不成刑罚呢!
嫦娥三　(对二人)你们情愿不情愿呢?
　　　　两人相视而颔首。
嫦娥一　不要紧,不说只是一曲歌子,……
嫦娥二　就是十曲百曲,我们也情愿。
嫦娥三　那么,你们就请唱吧!唱得不好的时候,再罚你们十曲百曲!
　　　　众嫦娥排成新月形,两人在前方交互歌唱,唱时作出种种姿势,表现歌中情节。最后两人重复合唱一遍。

天河涓涓水在流,
隔河织女恋牵牛。
可怜身无双飞翼,
可怜水上无行舟。

可怜水上无行舟,
窈窕心中生暗愁。
愁到清辉减颜色,
愁如流水之悠悠。

愁如流水之悠悠,
悠悠此恨何时休?
织就绢丝三百两,
织成鸦鹊十三头。

织成鸦鹊十三头,
放入尘寰大九州。

> 采来地上之香木,
> 采来天上效绸缪。
>
> 采来天上效绸缪,
> 天河之上鹊桥浮。
> 桥头牛女私相会,
> 桥下涓涓水在流。
>
> 众嫦娥听毕鼓掌。

好极了!好极了!
哪来这么一段有趣的故事?
两位姐姐,是你们自己编出来的吗?

嫦娥一 不是的,是我们听来的呢。
姐姐们是从甚么地方听来的?

嫦娥二 是她从张果老先生那儿听来的呢。她刚才才对我讲起,还有更有趣的,就是这株树儿,(指桂树)它正是鸦鹊们从地上衔来的香木呢!
这么大的一株树子,怎么能从地上衔来?

嫦娥一 嗳哟,你们真是聪明!它被衔来的时候,只不过是枝枯枝,张果老先生把它插在这儿,它便活了,不知道长了多少年辰,才长到这么大的呢。
哈哈,真的吗?这真奇怪啦!

嫦娥二 这还不算奇怪,还有更奇怪的呢!我们刚才来的时候,想在这树皮儿上刻几个字儿,我们的裁纸刀儿才刻不进呢。
有那样的事情?我们不信!
我们不信有那样的事情!

> 嫦娥们自书笈中取出裁纸刀儿,走至树下刻试。

呃呀,真的刻不进呢!
真的刻不进呢!
我们月宫中会有这样顽皮的树儿!

　　　　　　哈哈，我倒想出一个计策来了！
　　　　　　是甚么计策呢？
　　　　　　是甚么计策呢？
　　　　　　我想起张果老先生他前几天讲过，他说他眼睛不好，这株树儿长得太高太大了，把学堂遮得怪黑暗的。他要把它斫掉。他前几天不是这么说过吗？
嫦娥一　不错，不错，他是这么说过。我懂得你的计策了。我们今天等他出来的时候，就叫他把这树儿斫倒，要是他不斫倒的时候，我们便再不进那黑漆漆的学堂里面去读书了。
嫦娥二　不错，不错。他自然是不会斫倒，我们去叫他来吧。
　　　　　　嫦娥们聚议之时，张果老半揭书院正中一帘，弓背而出，走至树前。嫦娥们与之壁面相遇，各各肃然袷揖。
众嫦娥　先生起来了，先生早安！
张果老　你们早来，怎么还不进学堂，还在这儿作甚？
众嫦娥　（面面相觑后，同声发言）先生！我们有话要向你说呀！
　　　　　　张果老解开帽绊，倾耳作谛听状。
　　　　　　先生前两天不是说过？你说这株树儿长得太高太大了，把学堂遮得怪黑暗的，要把它斫倒。先生不是说过这句话吗？
　　　　　　张果老颔首。
　　　　　　先生，我们今朝来，便是要请先生斫倒这株树儿。要斫倒后，我们才好进学堂里去读书。就请先生今朝把它斫倒吧！
张果老　（颔首）我说过的话是定要作的，我作过的事情，不作到头是不罢手的。好吧，你们走两个去，去把我的板斧给抬来，等我今朝就动手斫倒它吧。费不了多大劲的。等我斫倒了之后，你们再进学堂来也好。
　　　　　　嫦娥数人应声往书院中去。
张果老　这株树儿，原来不是月宫中的树木，把它斫了，倒也没有甚么可惜。在你们所不能计算的多少年辰以前，那天河南岸的织女姑娘，想和对岸的牛郎相会。她因为不能渡河，才剪了十三只鸦鹊,放往尘世上去。放去衔些香木来在天河上架起桥儿,使她得和牛郎相会。那时从鸦鹊口中落了小小一枝枯枝来,我不该多事,把它插在这儿。它才一年长似一年,竟长得这么大了。它不该在这明净地方,生出许多阴影来了。

　　嫦娥数人抬一玉斧出,授诸张果老。

张果老 好了,我便斫倒它吧。生在我手里的,照例是死在我手里。你们各人去吧,等我斫倒了之后,改天再来读书吧!

众嫦娥 (向果老鞠躬高声告退)先生! 我们走了。(向左翼而退,低声相语)我们往广寒宫去作霓裳羽衣舞去吧! (再回顾果老,行一鞠躬礼)我们看你几时才能够把它斫倒呢! (退)

　　张果老执斧斫树,丁丁作声。

　　树枝只见震摇,树身永不受些儿伤痕。

——幕下

一九二二年四月二日脱稿

瓶

献 诗

月影儿快要圆时,
春风吹来了一番花信。
我便踱往那西子湖边,
汲取了清洁的湖水一瓶。

我攀折了你这枝梅花
虔诚地在瓶中供养,
我作了个巡礼的蜂儿
吮吸着你的清香。

啊,人如要说我痴迷,
我也有我的针刺。
试问人是谁不爱花,
他虽是学花无语。

我爱兰也爱蔷薇,
我爱诗也爱图画,
我如今又爱了梅花,
我于心有何惧怕?

梅花呀,我谢你幽情,
你带回了我的青春。
我久已干涸了的心泉
又从我化石的胸中飞迸。

我这个小小的瓶中
每日有清泉灌注,
梅花哟,我深深祝你长存,
永远的春风和煦。
　　　　　　一九二五年三月九日夜

第 一 首

静静地,静静地,闭上我的眼睛,
把她的模样儿慢慢地,慢慢地记省——
她的发辫上有一个琥珀的别针,
几颗璀璨的钻珠儿在那针上反映。

她的额沿上蓄着有刘海几分,
总爱俯视的眼睛不肯十分看人。
她的脸色呀,是的,是白皙而丰润,
可她那模样儿呀,我总记不分明。

我们同立过放鹤亭畔的梅荫,
我们又同饮过抱朴庐内的芳茗。
宝叔山上的崖石过于嶙峋,
我还牵持过她那凝脂的手颈。

她披的是深蓝色的绒线披巾,
有好几次被牵挂着不易进行,
我还幻想过,是那些痴情的荒荆,
扭着她,想和她常常亲近。

啊,我怎么总把她记不分明!
她那蜀锦的上衣,青罗的短裙,
碧绿的绒线鞋儿上着耳根,
这些都还在我如镜的脑中驰骋。

我们也同望过宝叔塔上的白云,
白云飞驰,好像是塔要倾陨,
我还幻想过,在那宝叔山的山顶
会添出她和我的一座比翼的新坟。

啊,我怎么总把她记不分明!
桔梗花色的丝袜后鼓出的脚胫,
那是怎样地丰满、柔韧、动人!
她说过,她能走八十里的路程。

我们又曾经在那日的黄昏时分,
渡往白云庵里去,叩问月下老人。
她得的是:"虽有善者亦无如之何矣",
我得的是:"斯是陋室惟吾德馨"。

像这样漫无意义的滑稽的签文,
我也能一一地记得十分清醒,
啊,我怎么总把她记不分明!
"明朝不再来了"——这是最后的莺声。

啊,好梦哟!你怎么这般易醒?
你怎么不永永地闭着我的眼睛?
世间上有没有能够图梦的艺人,
能够为我呀图个画图,使她再生?

啊,不可凭依的哟,如生的梦境!
不可凭依的哟,如梦的人生!
一日的梦游幻成了终天的幽恨。
只有这番的幽恨,嗳,最是分明!

二月十八日晨

第 二 首

姑娘哟,你远隔河山的姑娘!
　我今朝扣问了三次的信箱,
　　一空,二空,三空,
　几次都没有你寄我的邮筒。

姑娘哟,你远隔河山的姑娘!
　我今朝过度了三载的辰光,
　　一冬,二冬,三冬,
　我想向墓地里呀哭诉悲风。

二十日晨

第 三 首

梅花,放鹤亭畔的梅花呀!

我虽然不是专有你的林和靖①,
但我怎能禁制得不爱你呢?

梅花,放鹤亭畔的梅花呀!
我虽然不能移植你在庭园中,
但我怎能禁制得不爱你呢?

梅花,放鹤亭畔的梅花呀!
我虽然明知你是不能爱我的,
但我怎能禁制得不爱你呢?

二十一日夜

第 四 首

湖水是那么澄净,
梅影是那么静凝,
我的心旌呀,
你怎么这般摇震?

我已枯槁了多少年辰,
我已诀别了我的青春,
我的心旌呀,
你怎么这般摇震?

我是凭倚在孤山的水亭,
她是伫立在亭外的水滨,

---

① 林和靖,即林逋(967—1028),钱塘(今浙江杭州)人,北宋诗人。终生不愿做官,亦不娶妻,在西湖孤山隐居二十年,种梅放鹤,人称"梅妻鹤子",死后谥和靖先生。

我的心旌呀,
你怎么这般摇震?

> 二十一日夜

第五首

你是雕像吗?
你又怎能行步?

你不是雕像吗?
你怎么又凝默无语?

啊啊,你个有生命的,
泥塑的女祇!

> 二十二日夜

第六首

星向天边坠了,
石向海底沉了,
信向芳心殒了。
春雨洒上流沙,
轻烟散入云霞,
沙弥礼赞菩萨。

是蔷薇尚未抽芽?
是青梅已被叶遮?
是幽兰自赏芳华?

有鸩不可遽饮,
有情不可遽冷,
有梦不可遽醒!

我望邮差加勤,
我望日脚加紧,
等到明天再等。

二十二日夜

第 七 首

你是生了病吗?
你那丰满的柔荑①
怎么会病到了不能写字?

你是功课忙吗?
只消你写出一行两行,
也花不上一二分的辰光。

你是害着羞吗?
你若肯写个信筒,
我也要当着圣经般供奉。

你是鄙夷我吗?
嗳,我果是受你轻鄙,
望你回个信来骂我瘟颟!

二十二日夜

---

① 丰满的柔荑,柔软的嫩芽,借指女人的手。

第八首

你默默地坐在我的身旁,
我顾虑着他们不好盼望。
你目不旁瞬地埋着头儿,
你是不是也有几分顾虑?

我的手虽藏在衣袖之中,
我的神魂已经把你抱拥。
我相信这不是甚么犯罪,
白云抱着月华何曾受毁?

二十二日夜

第九首

我的眼睛在无人处瞥着你时,
我是在说:我爱你呀,妹妹!妹妹!
我看你呀也并没有甚么惊异。
你眼中送出的答词,也好像是:
哥哥哟,哥哥哟,我也爱你!爱你!

二十二日夜

第十首

你手上的冰感呀,还留在我的手上,
你心上的冰感呀,又移到我的心上。
你虽是不关痛痒,我怎能不痛不痒?
你虽是不痛不痒,我怎能不关痛痒?

我已经等了八天,你总是不写回信,
你真冷,真冷,真冷,比这寒天的深夜还冷!
我如今跨着一个火盆,抚着我的寸心,
我这将破未破的寸心,总在我胸中作梗!

啊,我只好等到明天,我又怕等到明天:
明天也没有回信来时,那是多么危险!
后天不是星期,或者她是没有空闲,
要到星期来时,她才有写信的时间?

二十二日夜

第十一首

啊,她的信儿来了!
我的心儿
好像有人拍着的
皮球儿般跳跃。

我在未开信前,
匆匆地
先把她邮筒儿上的名儿
亲了半天。

啊,你邮筒口上的信胶!
她的芳唇
是曾经
把你吻了!

啊,她说是:"因校中功课很忙,
要到星期
才有空的时间呢,
要请先生原谅。"

啊,我有甚么呀不能原谅?
你这玉缄一封
好像是腾黄①飞下九重,
我要没世地感恩不忘。

她说是:她平日读我的文章,
早知道
我的学问很好,
以后的赐教还望常常。

啊,她哪知
我在她的面前
(啊,腼腆!)
只是个无知的乞儿。

她说是:我到了西湖,
她真真觉着
幸福,
她愿我能在西湖长住。

啊,这真是道破了我的肺腑,
假使是我能长住,

---

① 腾黄,传说中的神马。

伴你读书,
我愿意死在西湖。

她教我春假时再来,
西湖里
很美丽的花儿
那时候已经都开。

啊,春假哟,你快,快!
西湖里
即使没有花儿,
我是怎得不来?

二十四日夜

第十二首

默默地步入了中庭,
一痕的新月爪破黄昏。

还不是燕子飞来时候,
旧巢无主孕满了春愁。

二十七日夜

第十三首

啊,明珠暗投!
罢休,
我是不在呀她的心头!

我求她立地回音,
她却是不肯遵守。
空空又等了一周!

啊,春风哟!
你纵有归来时候,
为甚要向我温柔?

我身在半淞园,
心在西湖边上羼走,
遨游那破牢愁!

三月一日

第十四首

北冰洋,北冰洋,
有多少冒险的灵魂
死在了你的心上!

二日晨

第十五首

啊,我骂你无赖的邮差!
为甚只送些不打紧的信来?

哦,奇怪,无赖的邮差!
你偏偏在和我们斗才!

你把她的信筒儿藏在报中,

空使我又饱受了一番心痛。

啊,我骂你个聪明的败种,
你以后要好生郑重!

二日

第十六首

春 莺 曲

姑娘呀,啊,姑娘,
你真是慧心的姑娘!
你赠我的这枝梅花
这样的晕红呀,清香!

这清香怕不是梅花所有?
这清香怕吐自你的心头?
这清香敌赛过百壶春酒。
这清香战颤了我的诗喉。

啊,姑娘呀,你便是这花中魁首,
这朵朵的花上我看出你的灵眸。
我深深地吮吸着你的芳心,
我想吞下呀,但又不忍动口。

啊,姑娘呀,我是死也甘休,
我假如是要死的时候,
啊,我假如是要死的时候,
我要把这枝花吞进心头!

在那时,啊,姑娘呀,
请把我运到你西湖边上,
或者是葬在灵峰,
或者是放鹤亭旁。

在那时梅花在我的尸中
会结成五个梅子,
梅子再迸成梅林,
啊,我真是永远不死!

在那时,啊,姑娘呀,
你请提着琴来,
我要应着你清缘的琴音,
尽量地把梅花乱开!

在那时,有识趣的春风,
把梅花吹集成一座花冢,
你便和你的提琴
永远弹弄在我的花中。

在那时,遍宇都是幽香,
遍宇都是清响,
我们俩藏在暗中,
黄莺儿飞来欣赏。

黄莺儿唱着欢歌,
歌声是赞扬你我,
我便在花中暗笑,
你便在琴上相和。

莺 之 歌

"前几年有位姑娘
兴来时到灵峰去过,
灵峰上开满了梅花,
她摘了花儿五朵。

她把花穿在针上,
寄给了一位诗人,
那诗人真是痴心,
吞了花便丢了性命。

自从那诗人死后,
经过了几度春秋,
他尸骸葬在灵峰,
又迸成一座梅薮。

那姑娘到了春来,
来到他墓前吊扫,
梅上已缀着花苞,
墓上还未生春草。

那姑娘站在墓前,
把提琴弹了几声,
刚好才弹了几声,
梅花儿都已破绽。

清香在树上飘扬,

琴弦在树下铿锵,
忽然间一阵狂风,
不见了弹琴的姑娘。

风过后一片残红,
把孤坟化成了花冢,
不见了弹琴的姑娘,
琴却在冢中弹弄。"

尾　声

啊,我真个有那样的时辰,
我此时便想死去,
你如能恕我的痴求,
你请快来呀收殓我的遗尸!

三日

第十七首

我苦醉了终宵,我也苦睡了中宵,
无端地又牵惹了一天的烦恼——
啊,姑娘呀,不料你晨来却早!

见你面,便禁不着向你相告:
"啊,我昨宵是真真醉了!"
啊,你回答我的呀,那嫣然一笑!

我把行期改到了明朝,
专是为的你呀,你知不知道?

我的痴心,嗳,实想在西湖终老。

月轮对着梅花有如渊的怀抱。
欲诉,又碍着星星作扰。
如今是花信已遥,月也瘦了。

四日晨

第十八首

我看她这回的来信
少称了几声"先生",
啊,我可爱的呀,我的生命,
我谢你未把我当作老人!

我虽然早生了十年,
我的青春纵去也还未远;
去年开罢了的蔷薇花
还得在今年再见。

我的花要永远为你畅开,
我常住的青春已经再来,
我不稀罕他诗圣们的襟怀,
我也不叹诉我的生沦苦海。

啊,我的生命呀,我的可爱,
我的心花要永远为你畅开。
你少称了我几声"先生"呀,
啊,我是哟,多么愉快!

五日午

第十九首

我同时放出的传书鸽子一双,
雄的已经飞回,雌的却无影响。

她是在长途中遇着了鹰雕?
还是误飞到何处的荒岛?

我遣她去取个梦的画图,
她可是在梦中迷了归路?

嗳,我安得她是她的哥哥,
他爱我,她却不肯爱我。

七日午刻

第二十首

有一封挂号的信件来了,
我以为是她的相片寄到,
啊,却原来有人请图醉饱。
啊,我只好向我自己冷嘲。

接信时是那么的呀心跳,
见信后又这般的呀无聊。
乐园在一瞬之间坍倒掉,
啊,我只好向我自己冷嘲。

七日黄昏

第二十一首

我看她的来信呀,
有一个天大的转徙:
前回是声声"先生",
这回是声声"你"。

啊,"你"!啊,"你"!啊,"你"!
这其中含蓄着多么的亲意!
只这点已经是令人心疼,
更何况还赠了梅花一枝!

我把她比成梅花,
寄送了一首诗去,
她却是赠我一枝梅花,
还问我欢不欢喜!

她说她喜欢我的新诗,
不知她是曾否会意?
她赠我的这枝梅花,
是花呀,还是她自己?

九日午

第二十二首

梅花的色已褪了。
梅花的香已微了。
我等她的第三函,

却至今还不见到。

邮差过了两遍了,
送来了些东邦的时报,
这样无聊的报章,
我有甚么呀看的必要!

我每次私自开缄,
吮吸这梅花的香气;
我怕这香气消时,
我的心是已经焦死。

我翻读些古人的恋诗,
都像我心中的话语,
我心中有话难言,
言出时又这般鄙俚!

啊,春风哟,你是那样的芳菲,
你吹来邻舍的兰香清微,
我却不能呀吹出一首好诗,
咏出她丰腴的静美。

我毕竟是已到中年,
怎么也难有欲滴的新鲜。
也难怪她不肯再写信来,
翩飞的粉蝶儿谁向枯涧?

九 日 午

第二十三首

我又提心地等了半天,
时或在楼头孤睡,
时或在室中盘旋。

她写信是惯在星期,
今天是该信到时,
我的希望呀已经半死!

邮差已送了三封信来,
但她的却是不在,
这个哑谜儿真费寻猜!

或许是挂号费时,
我还得平心地等到夜里,
但这如年的辰光如何度去?

我读书也没有心肠,
哪更有闲情去想做文章?
啊,你是苦煞了我呀,姑娘!

也难得你有那样的冰心,
你的心怕比冰还坚冷。
骀荡的春风哟,你是徒自芬温!

我明知你是不会爱我,
但我也没可奈何:

天牢中的死囚也有时唱唱情歌。

像这样风和日暖的辰光,
正好到郊原里去狂倾春酿,
啊,我的四周呀,已筑就了险峻的高墙。

我的心机沉抑到了九泉,
连你信中的梅花也不敢再去启验,
它那丝微的余香太苦刺了我的心尖。

人生终是这样的糊涂,
盼得春来,又要把春辜负,
啊,有酒,你为甚总怕提壶?

偶尔有甚声丝,
总疑是邮差又至,
我一刻要受千遍的诈欺。

我想来真是痴愚,
等封信来又有甚么意思?
啊,我也实在呀没有法子!

十日午后

第二十四首

春风哟,我谢你,谢你!
这无限的苦情
也是你给我的厚赐。
我坐看着这瓶里的梅枝
渐渐地,渐渐地,向我枯死。

我到此还说甚么,
这无限的苦情
我把它在心头紧锁?
我也止住了我的哀歌,
要看它把我究竟如何!

十一日午后

第二十五首

新鲜的葡萄酒浆
变成了一瓶苦汁,
姑娘哟,我谢你厚情,
这都是你赐我的。

人如要说我痴愚,
我真是痴愚透底,
我在这旷莽的沙漠里面,
想寻滴清洁的泉澌。

我新种的一株蔷薇,
嫩芽儿已渐渐瘦了,
别人家看见我的容颜,
都说是异常枯槁。

我是怎得呀不枯,不瘦?
我闷饮着这盈盈的一瓶苦酒。
啊,我这点无凭的生命哟,
怕已捱不到今年的初秋。

十五日晨

第二十六首

啊,是我自己呀把她误解,
她是忙着试验呀才没有信来。
她的来信这回是分外葱茏,
她的热情微微像春风闪动。

她说是诗人最真,
要像我才算是一个诗人。
她说是我年纪虽然大些,
但还是一个孩子。

她说是她望我作她哥哥,
她真的要作我的妹妹;
啊,姑娘呀,你就作我的妈妈,
你也些儿无愧。

她乐意作司春的女神,
好完成我的新诗,
但她又谦逊一回,
说她是一点也不知道的女儿。

啊,女儿,妹妹,母亲,
我想叫你呀千声万声!
我真是幸福到可以死了,
我的信还亏你为我保存!

啊,我的心哟,你又在痛些甚么?

你是不是因为作了哥哥？
这哥哥却是有些难作呀，
你知道吗？不知道吗？

十五日夜

第二十七首

沉深的地狱化成了天堂，
我的妹妹哟，我的姑娘！
啊，晚风是这样的清香，
无声的音乐在空中荡漾，
欢笑笑满了我的玻窗，
邻舍的时钟也发出悠扬的声响。
啊，一瞬化为了久长。

无限的哀情已不知逃向何方？
啊，姑娘哟，我的姑娘！
我的姑娘哟，我的女王！
沉深的地狱化成了天堂！

十五日夜

第二十八首

我凭依着南窗远望，
西方的天际一抹斜阳，
那儿是蔷薇花的故乡，
那儿有金色的明星徜徉。

晚风哟，你是这样的清凉，

少时顷你会吹到那西湖边上,
你假如遇着了我那姑娘,
你请道我呀平安无恙。

十六日暮

第二十九首

我又等了呀许久,许久!
你说你无论怎么事忙,
也要写给我一行,两行,
你怎么又不肯遵守?

你是要等到夜深才写?
你是怕在人的面前,
使你的心机被人看见?
或者你还是要等到星期?

我心想到西湖的计划,
我现在已决心抛弃,
我怕的是见了你时,
我们的心情反要破卦。

你赠我的梅花已经枯了,
我暗暗地生出了几分哀想;
幸好有袅袅的余香
到如今还未尽消。

啊,人是同这梅花一样,
纵使是临到春来,

又赢得一番的花开，
但我试问是谁能久长？

姑娘呀，你既是司春的女神，
为甚又吝惜你的和风，
使我常常地被冰霜抱拥，
开不出繁茂的花英？

这无限的焦情向谁解道？
我整日地翘望着远方，
我翘望着我心爱的姑娘，
啊，我是怎能呀化只飞鸟？

二十日晨

第三十首

我的心机是这般战栗，
我感觉着我的追求是不可追求的。
我在和夸父一样追逐太阳，
我在和李白一样捞取月光，
我坐看着我的身心刻刻地沦亡。
啊，已经着了火的枯原呀，
不知要燃到几时！
风是不息地狂吹，天又不雨，
已经着了火的枯原呀，
不知要燃到几时！

二十日午

第三十一首

我已成疯狂的海洋,
她却是冷静的月光!
她明明在我的心中,
却高高挂在天上,
我不息地伸手抓拿,
却只生出些悲哀的空响。

二十日午

第三十二首

看看快到星期了,
写信的好呢?不写的好?
我想问她个理由:
为甚要使我这般难受?
有人堕在海中了,
她却是旁观袖手。
是春光烂漫的时候,
我想向海外逃走,
逃到那东邦的樱花树下,
喝尽我最后的一尊苦酒。
歌德的 Sesenheim①,
我的西湖,
回想起宝叔山上的攀援,
好像是隔了千年的怀古。

---

① 歌德年轻时的爱人富雷特里克所居之地,现属法国。

啊,那时的幸福哟!
那时的欢娱!

二十八日午

第三十三首

月缺还能复圆,
花谢还能复开,
已往的欢娱
永不再来。

她的手,我的手,
已经接触久,
她的口,我的口,
几时才能够?

二十日午

第三十四首

我想从她的信中寻出一个字,
不是"喜欢",也不是"乐意":
啊,这个字! 这个字!
这是天地万物的开始!

这个字不待仓圣①的造就,
也不用在字书里去寻求,
这个字要如树上的梅花,

---

① 仓圣,即仓颉,传说中象形文字的创造者。

自由的开出她的心头。

这个字是苏生我的灵符,
也会是射死我的弓弩,
我假如寻出了这个字时,
我会成为个第二的耶稣。

二十日午

第三十五首

得陇而望蜀,
我的灵魂哟,你是太不知足!
她已经叫你哥哥,
你还要教她怎么?
啊,你怎么这般隐痛哟,
我的心窝!

"哥哥哟,我写信时,
便这样叫你,
以后见你面时,
也要这样叫你,
你说好不好呢?"
啊,好却又有甚么不好,
只是在这个称谓之中
总像是有些缺少。

"我很欢喜
真的作了你的妹妹,
我也希望你

永远地
把我看作你的妹妹。"

啊,姑娘哟,我岂止把你看作我的妹妹?
你的信已经成了我的灵魂,
我的灵魂已经为你焦死,
你却只"真的"作我的妹妹。

啊,眼泪哟,你又潸潸欲坠!
你何不倒向心流,
熄尽我胸中的焦火!
淹死我这个无谓的哥哥!

第三十六首

我请求她的照片,
她不肯应我的请求,
她教我等到将来,
她说她现在没有。

她说她等到将来,
如有了好的照片,
她定要寄我一张,
永远地作我纪念。

啊,有了又何必要"好";
你教我等到将来,
是不是要等到天荒地老?

纵等到地老天荒我也不能忘怀,
你纵使是不爱我呀,
你总不能禁止我不把你爱!

二十四日傍晚

第三十七首

她把我写给她的信件
转示了她的哥哥,
可笑的她的哥哥
却反转说我幸福。

他说他纯洁的妹妹,
原值得伟大的诗人赞美,
他许我以后自由,
他是决不呀从中作垒。

啊,你真是好个哥哥,
但怎奈她不爱我?
我虽然也是一个诗人,
但怎奈不是伟大的一个?

我其实希望你从中作垒,
那是证明她已经开了心扉;
你纵筑就道万仞的高墙,
你却怎能呀把爱潮挡退!

啊,海水荡着地球,

地球是永远不动!
波震着的我的心哟,
你是只有呀终天的永痛!

> 二十四日晚

第三十八首

啊,姑娘哟,我是爱你,
比爱我肉身的妹妹还要强烈,
你想来是早已知道,
你不会是不知道的。

但你总冷冷清清,
决不曾说到这件事来,
假如你明说是不爱我时,
也是有一个"爱"字存在。

啊,你何苦定要那样牵延,
使我如油锅上的蚂蚁旋转?
我望你大开你的心门,
你到底是敢也不敢?

我想你深邃的心中
断不会只有一枝枯花,
我想你受着春风的爱种
断不会永不抽芽。

你假如是全不爱我,
何苦又叫我哥哥?

你假如是有些爱我,
何苦又只叫哥哥?

像这样半冷不温,
实在是令人难受。
我与其喝碗豆浆,
我情愿喝杯毒酒。

要冷你就冷如坚冰,
要热你就热到沸腾,
我纵横是已经焦死,
你冰也冰不到我的寸心。

好吧,你究竟是甚么心肠,
你请放着胆儿呀向我明讲!
我是并不怕你说不爱我的,
你大胆地讲吧,我的姑娘!

二十四日夜

第三十九首

我羡你青年脸上的红霞,
我羡你沉醉春风的桃花,
我怨你怪不容情的明镜呀,
我见你便只好徒伤老大。

啊,我这眼畔的皱纹!
啊,我这脸上的灰青!
我昨天还好像是个少年,

却怎么便到了这样的颓龄！

啊，我假如再迟生几时，
她或许会生她的爱意，
我与其听她叫我哥哥，
我宁肯听她叫我弟弟。

不可再来的青春哟，啊，
你已被吹到荒郊去了。
不肯容情的明镜哟，啊，
你何苦定要向我冷嘲！

二十七日夜

第四十首

我自家掘就了一个深坑，
我自家走到这坑底横陈；
我把了些砂石来自行掩埋，
我哪知有人来在我尸头蹂躏。

他剥去了我身上的一件尸衣，
他穿去会我那杀死我的爱人，
我待愈的心伤又被春风吹破，
我冰冷冷地睡在墓中痛醒。

二十八日夜

第四十一首

空剩着你赠我的残花一枝，

它掩护在我的心头已经枯死。
到如今我才知你赠花的原由,
却原来才是你赠我的奠礼。

二十九日

第四十二首

昨夜里临到了黎明时分,
我看见她最后的一封信来。
那信里夹着许多的空行,
我读后感觉着异常惊怪。

她说道:"哥哥哟,你在……
啊,其实呀,我也是在……
我所以总不肯说出口来,
是因为我深怕使你悲哀。

到如今你既是那么烦恼,
哥哥哟,我不妨直率地对你相告:
我今后是已经矢志独身,
这是我对你的惟一的酬报……"

啊,可惜我还不曾把信看完,
意外的欢娱惊启了我的梦眼:
我醒来向我的四周看时,
一个破了的花瓶倒在墓前。

三十日晨

风①

风!
你为什么如此怒号?
你莫非忌这岛邦横暴,
　　你要把他吹倒?
你为何却先吹倒台东②,
　　死人不少?……
哦!到底死了我们黄帝子孙的几多兄弟同胞!
哦!台东的同胞!
你们既做了异族的奴民,
　　又受了天风的侵扰;
天!你到底还是无灵!
　　还是死了!

---

① 本篇初见于一九一九年十月上海《黑潮》第一卷第二号,署名"开贞"。"开贞"为郭沫若本名。
② 台东,即台东县,位于台湾岛东南部。

创造者

海上起着涟漪,
天无一点纤云,
初升的旭日,
照入我的诗心。
秋风吹,
吹着庭前的月桂。
枝枝摇曳,
好象在向我笑微微。
吹,吹,秋风!
挥,挥,我的笔锋!
我知道感兴到了,
我要努力创造!

我唤起周代的雅伯,
我唤起楚国的骚豪。
我唤起唐世的诗宗,
我唤起元室的词曹。
作《吠陀》的印度古诗人哟!
作《神曲》的但丁哟!
作《失乐园》人的米尔顿哟!
作《浮士德》悲剧的歌德哟!
你们知道创造者的孤高,

你们知道创造者的苦恼,
你们知道创造者的狂欢,
你们知道创造者的光耀。
昆仑的积雪,北海的冰涛;
火山之将喷裂,宇宙之将狂飙;
如酣梦,如醉陶,
神在太极之先飘摇。
伟大的群星哟!
你们是永不磨灭的太阳,
永远高照着时间的大海。
人文史中除却了你们的光辉,
有什么存在的价值存在?

我幻想着首出的人神,
我幻想着开辟天地的盘古。
他是创造的精神,
他是产生的痛苦,
你听,他声如丰隆,
你听,他吁气成风,
你看,他眼如闪电,
你看,他泣成山洪。
本体就是他,
上帝就是他,
他在无极之先,
他在感官之外,
他从他的自身,
创造个光明的世界。
目成日月,
头成泰岱。

毛发成草木,
脂膏成江海。
快哉,快哉,快哉,
无明的浑沌,
突然现出光来。
月桂哟,你在为谁摇摆?

婴儿呱呱坠地了,
盆在哪儿?
汤在哪儿?
淋漓的血液,
染成一片胭脂。
红的玛瑙哟!
血的结晶哟!
风在贺歌,鸟在贺歌,
白云涌来朝贺。
滚滚不尽的云流哟。
把清莹无际的青天流遍了!
产生你的是谁? 我早知道。
窗外飘摇的美人蕉!
你那火一样的、血一样的
生花的彩笔哟,
请借与我草此《创造者》的赞歌,
我要高赞这最初的婴儿,
我要高赞这开辟鸿荒的大我。

一九二一年十月八日

月下的故乡

啊啊,大海已经近在我眼前了。

我自从离却了我月下的故乡,那浩淼茫茫的大海,我驾着一只扁舟,沿着一道小河,逆流而上。

上流的潮水时来冲打我的船头,我是一直向前,我不曾迴过我的柁,我不曾停过我的桨。

不怕周围的风波如何险恶,我不曾畏缩过,我不曾受过他们支配,我是一直向前,我是不曾迴过我的柁,不曾停过我的桨。

我是想去救渡那潮流两岸失了水的人们,啊啊,我不知道是几时,我的柁也不灵,桨也不听命,上流的潮水,把我这只扁舟又推送了转来。

如今大海又近在我眼前了!

我月下的故乡,那浩淼无边的大海又近在我眼前!

一九二二年八月十九日

大木的歌[①]
——献给一位未知的台湾青年

我从前是青葱葱地
怀抱在慈母之怀,
如今被人斫伐了,
飘流在这儿海外。

可是我胸中的烈火
是长远不会消散,
我纵使化石成尘,
我也是着火即燃。

我暂且忍辱负重,
在此替神像建筑回廊,
有一朝[②]天火飞来,
我会把神像来一齐火葬!

---

① 本篇节自《反响之反响》一文第三节"答一位未知的台湾青年",初见于一九二二年十二月《创造》季刊第一卷第三期,作于一九二二年秋。据《郭沫若全集·文学编》第十六卷编入。原诗无标题,现题由整理者代拟。
《反响之反响》文中,在诗前有以下文字:"我住的地方是在海岸上,离寓不远有座神社,要从新建造回廊,最近从台湾运了许多大木来堆在岸头。我自从接到你的信后,我走到岸上去坐在木堆上观海时,素来是沉默无语的大木,都和我亲近地对语起来了。"诗后写道:"用着暴风般的声势,我坐下的一只大木,好象振动起来了。它们吹了一首诗到我耳里来,我便写来献给你。"
② 此字在《郭沫若全集·文学编》第十六卷中作"个",殆有误植,据一九二二年十二月《创造》季刊第一卷第三期更改如此。

力的追求者

别了，低回情趣！
别要再来缠绕我白热的心曦！
你个可怜的扑灯蛾，你当得立地烧死！

别了，虚无的幻美！
别要再来私扣我铁石的心扉！
你个可怜的卖笑娘，
请去嫁给商人去者！

别了，否定的精神！
别了纤巧的花针！
我要左手拿着《可兰经》，
右手拿着剑刀一柄！

一九二三年六月二十七日

怆恼的葡萄

青青的田畴之中
围住了一座荒坟——
诗人哟,别再右眼观赏风光,
左手蒙住你左边的眼睛。

娟妍的蔷薇花下
施肥的粪中蛆涌——
诗人哟,别再右鼻吮吸芬芳,
左手蒙住你左边的鼻孔。

矛盾万端的自然,
我如今不再迷恋你的冷脸。
人世间的难疗的怆恼,
将为我今日后酿酒的葡萄。

一九二三年六月二十七日

失巢的瓦雀

橙黄的新月如钩,已在天心孤照,
手携着我两稚子在街树之下逍遥;
虽时有凉风苏人,热意犹未退尽,
远从人家墙上,露出一片夕照如焚。

失巢的瓦雀一只蓦地从树枝跌坠,
两儿欣欣前进,张着两只小手追随。
小鸟曳立悲声,扑扑地在地面飞遁,
使我心中的弦索也隐隐咽起哀鸣:

"娇小的儿们呀,这正是我们的征象,
我们是失却了巢穴,漂泊在这异乡,
这冷酷的人寰,终不是我们的住所,
为逃避人们的弓弹,该往哪儿去躲?"

无知的儿们尚未解人生的苦趣,
仍只是欣欣含笑,追着小鸟飞驰。
我也可暂时忘机,学学我的儿子,
不息的鸣蝉哟,为只死呀死呀地悲啼。

一九二三年夏秋之间作

"你是不死"[①]

凤凰虽已化成灰。
　　凤凰不曾死。
秋菊虽已凋残尽,
　　花已成种子。
创造日[②]哟！创造日哟！
你是不死,不死,
　　永远不死！
这儿摇着的丧钟,
　　唱着的悼诗,
是你复活的预期,
　　再生的颂词。
创造日哟！创造日哟！
你是不死,不死,
　　永远不死！

一九二三年十月三十一日《创造日》停刊之前二日

---

① 本篇节自《〈创造日〉停刊布告》一文,初见于一九二三年十一月二日上海《中华新报》,原诗无标题,现题由整理者代拟。
② 创造日,上海《中华新报》文艺副刊,创造社主办。一九二三年七月二十一日创刊,同年十一月二日停刊,共出一百期。

我们在赤光中相见

长夜纵使漫漫，
　　终有时辰会旦；
焦灼的群星之眼哟，
　　你们不会望穿。

在这黑暗如漆之中
　　太阳依旧在转徙，
他在砥砺他犀利的金箭
　　要把天魔射死。

太阳虽只一轮，
　　他不曾自伤孤独，
他蕴含着满腔的热诚
　　要把万汇苏活。

轰轰的龙车之音
　　已离黎明不远，
太阳哟，我们的师哟，
　　我们在赤光之中相见！

　　　　　　　　　　一九二三年十二月五日

述 怀

我几曾说过我要把我的花瓣吹飞?
我几曾在监狱中和你对话过十年?
但你说我已经老了,不会再有诗了;
我已经成为了枯涧,不会再有流泉。

我不相信你这话,我是不相信的;
我要保持着我的花瓣永远新鲜。
我的歌喉要同春天的小鸟一样,
乘着和风,我要在晴空中清啭。

我头上的黑发其实也没有翻白,
即使白发皤然,我也不会感觉我老;
因为我有这不涸的,永远不涸的流泉,
在我深深的,深深的心涧之中缭绕。

我的歌要变换情调,不必常是春天,
也许会如象肃杀的秋风吹扫惨败,
会从那赤道的流沙之中吹来烈火,
会从西比利亚的荒原吹来冰块。

我今后的半生我相信没有甚么阻挠,
我要一任我的情性放漫地引领高歌。

我要唤起我们颓废的邦家、衰残的民族,
我要歌出我们新兴的无产阶级的生活。

朋友,你不知道我,有时候连我也不知道,
在白昼的阳光中有时候我替我自己烦恼;
但在这深不可测的夜中,这久病的床上,
我的深心,我的深心,为我解开了他的面罩。

一九二八年一月五日

对　月

月亮，你照在我的窗前，
我是好久没有和你见面。
你那苍白的圆圆的面孔
和我相别好象有好几十年。

我的眼中已经没有自然，
我老早就感觉着我的变迁；
但你那银灰色的情感，
还留恋着我，不想离缘。

我没有你那超然的情绪，
我没有你那幽静的心弦。
我所希望的是狂暴的音乐
犹如鞺鞳的鼖鼓声浪喧天。

或者如那浩茫的大海
轰隆隆地鼓浪而前，
打在那万仞的岩头，
撼地的声音随水花飞溅。

啊，我的心中是这样的淡漠，
任有怎样的境地也难使我欢呼。

你除非照着几百万的农人
在凯旋的歌吹中跳舞!

一九二八年一月七日

峨眉山上的白雪

峨眉山上的白雪
怕已蒙上了那最高的山巅?
那横在是山腰的宿雾
怕还是和从前一样的蜿蜒?

我最爱的是在月光之下
那巍峨的山岳好象要化成紫烟;
还有那一望的迷离的银霭
笼罩着我那寂静的家园。

啊,那便是我的故乡,
我别后已经十有五年。
那山下的大渡河的流水
是滔滔不尽的诗篇。

大渡河的流水浩浩荡荡,
皜皜的月轮从那东岸升上。
东岸是一带常绿的浅山,
没有西岸的峨眉那样雄壮。

那渺茫的大渡河的河岸
也是我少年时爱游的地方;

我站在月光下的乱石之中,
要感受着一片伟大的苍凉。

啊,那便是我的故乡,
我别后已经十有五年。
在今晚的月光之下,
峨眉想已化成紫烟。

一九二八年一月八日

巫峡的回忆

巫峡的奇景是我不能忘记的一桩。
十五年前我站在一只小轮船上,
那时候有迷迷雾雾的含愁的烟雨
洒在那浩浩荡荡的如怒的长江。

我们的轮船刚好才走进了瞿塘,
啊,那巫峡的两岸真正如削成一样!
轮船的烟雾在那峡道中蜿蜒如龙,
我们是后面不见来程,前面不知去向。

峡中的情味在我的感觉总是迷茫,
好象幽闭在一个峭壁环绕的水乡。
我头上的便帽竟从我脑后落下,
当我抬起头望那白云䍩䍩的山上。

轮船转了一个湾峡道又忽然开朗,
但依然是摩天的群峭环绕着四方。
依然是后面不见来程,前面不知去向,
虽然没有催泪的猿声,总也觉得凄凉。

我觉得人生行路就和这样相仿,
虽然所经过的道路、时刻,有短有长。

我们谁不是幽闭在一个狭隘的境地,
一瞬的昙花不知来自何从,去向何往?

那时候我还是只会做梦的一个少年郎,
我也想到了古代的诗人,他们的幻想:
有甚么为云为雨的神女要和国王幽会,
但我总觉得不适宜于这样雄浑的地方。

巫峡的奇景我只有记得个模糊影像,
我当年的眼睛实在也还是一个明盲。
有个机会时我很想再去详密的探访,
但我这不自由的身子不正想向国外逃亡?

啊,人生行路真如这峡里行船一样,
今日不知明日的着落,前刻不知后刻的行藏。
我如今就好象囚在了群峭环绕的峡中——
但我只要一出了夔门,我便要乘风破浪!

一九二八年一月八日

骆 驼

骆驼,你沙漠的船,
你,有生命的山!
在黑暗中,
你昂头天外,
导引着旅行者
走向黎明的地平线。

暴风雨来时,
旅行者
紧紧依靠着你,
渡过了艰难。
高贵的赠品呵,
生命和信念,
忘不了的温暖。

春风吹醒了绿洲,
贝拉树垂着甘果,
到处是草茵和醴泉。
优美的梦,
象粉蝶翩跹,
看到无边的漠地
化为了良田。

看呵,璀璨的火云
已在天际弥漫,
长征不会有
歇脚的一天,
纵使走到天尽头,
天外也还有乐园。

骆驼,你星际火箭,
你,有生命的导弹!
你给予了旅行者
以天样的大胆。
你请导引着向前,
永远,永远!

一九五六年九月十七日

历史剧

屈　　原

人物　三闾大夫屈原　年四十左右。
　　　宋玉　屈原之弟子,年二十左右。
　　　婵娟　屈原之侍女,年可十六。
　　　上官大夫靳尚　楚怀王之佞臣,年三十以往。
　　　子兰　楚怀王之稚子,年十六七。
　　　南后郑袖　子兰之母,怀王宠姬。年三十以往。
　　　楚怀王　年五十岁。
　　　张仪　秦之丞相,连横家,年四十以往。
　　　令尹子椒　昏庸老朽之佞臣,年六十左右。
　　　招魂老人　年可七十左右。
　　　阿汪　屈原之老阍人,年可六十左右。
　　　阿黄　屈原之老灶下婢,年可五十余。
　　　钓者河伯　年可三十左右。
　　　渔父　年可五十左右。
　　　卫士仆夫　年可二十以往。
　　　太卜郑詹尹　郑袖之父,年七十以往。
　　　老妪、更夫各一人。
　　　女官、女史、群众、卫士,歌舞及奏乐者各若干人。
时间　楚怀王十六年(公元前三一三年)。
地点　楚国郢都(今湖北江陵县)。

第 一 幕

清晨的橘园,暮春,尚有若干残橘,剩在枝头。园后为篱栅,有门在正中偏右,园外一片田畴。左前别有园门一道通内室。园中右侧有凉亭一,离园地可高数段。亭中有琴桌石凳之类。亭之阶段正向左,阶上各陈兰草一盆。阶下置一竹帚。园中除橘树外,可任意配置其他竹木。

婵娟年可十六,抱琴由左首出场,置于亭中琴桌上,略加整饬,即由原径退下。

屈原年四十左右,着白色便衣,巾帻,亦由左首出场。左手执帛书一卷,在橘林中略作逍遥,时复攀弄残橘,闻其香韵。最后不经意之间摘其一枚置于右手掌上把玩。徐徐步上亭阶,坐在阶之最上段。一时闻橘香韵,一时复举首四望。有间置橘于阶上,展开帛书,乃用古体篆字所写之《橘颂》。字系红色。用朱写成。

屈 原 (徐徐地放声朗诵。读时两手须一舒一卷)

辉煌的橘树呵,枝叶纷披。
生长在这南方,独立不移。
绿的叶,白的花,尖锐的刺。
多么可爱呵,圆满的果子!
由青而黄,色彩多么美丽!
内容洁白,芬芳无可比拟。
植根深固,不怕冰雪雰霏。
赋性坚贞,类似仁人志士。(读至此中辍,置书膝上,复取橘置掌中把玩,闭目玩味。终复张目,若有意若无意将橘劈为两半,但无食意,仅只把玩而已。)

此时宋玉抱一小黄犬由外园门入,年二十左右,着短衣,头

　　　　　上挽两卷鬟。见屈原,即奔至其前。

宋　玉　（立阶下）先生,你出来了。

屈　原　啊,我正在找你。你到甚么地方去来?

宋　玉　我把园子打扫了之后,便抱着阿金①到外边去跑了一趟回来。

屈　原　那很好,你们年青人有起早的习惯,更能够时时把筋骨勤劳一下,是很好的事。（徐徐将两半橘子合而为一,一手握橘,一手执书,起立）我为你写了一首诗啦,我们到亭子上去坐坐吧。（步入亭中,就琴桌而坐,随手将橘置于桌上。）

　　　　　宋玉随上,立于左侧。

屈　原　你把阿金放下,念念我这首新诗。（将书卷授宋玉。）

　　　　　宋玉将黄犬放下,任其自由动作。屈原开始抚琴。

宋　玉　（展开书卷前半,默念一次,举首）先生,你是在赞美橘子啦。

屈　原　是的,前半是那样,后半可就不同了,你再读下去看。

宋　玉　（继续展读,发出声来）

　　　　　呵,年青的人,你与众不同。

　　　　　你志趣坚定,竟与橘树同风。

　　　　　你心胸开阔,气度那么从容!

　　　　　你不随波逐流,也不故步自封。

　　　　　你谨慎存心,决不胡思乱想。

　　　　　你至诚一片,期与日月同光。

　　　　　我愿和你永作个忘年的朋友。

　　　　　不挠不屈,为真理斗到尽头!

　　　　　你年纪虽小,可以为世楷模。

　　　　　足比古代的伯夷,永垂万古!（读罢有些惶恐,复十分喜悦）

　　　　　先生,你这真是为我写的吗?

屈　原　是,是为你写的。（以下在对话中,仍不断抚琴,时断时续。）

---

① 作者原注:小犬名。

宋　玉　我怎么当得起呢?

屈　原　我希望你当得起。(以右手指园中橘树)你看那些橘子树吧,那真是多好的教训呀!它们一点也不骄矜,一点也不怯懦,一点也不懈怠,而且一点也不迁就。(稍停)是的,它们喜欢太阳,它们不怕霜雪。它们那碧绿的叶子,就跟翡翠一样,太阳光愈强愈使它们高兴,霜雪愈猛烈,它们也丝毫不现些儿愁容。时候到了便开花,那花是多么的香,多么的洁白呀。时候到了便结实,它们的果实是多么的圆满,多么的富于色彩的变换呀。由青而黄,由黄而红,而它们的内部——你看却是这样的有条理,又纯粹而又清白呀。(随手将劈开了的橘子分示其内部)它们开了花,结了实,任随你甚么人都可以欣赏,香味又是怎样的适口而甜蜜呀。有人欣赏,它们并不叫苦,没有人欣赏,它们也不埋怨,完全是一片的大公无私。但你要说它们是——万事随人意,丝毫也没有一点骨鲠之气的吗?那你是错了。它们不是那样的。你先看它们的周身,那周身不都是有刺的吗?(又向橘树指示)它们是不容许你任意侵犯的。它们生长在这南方,也很爱这南方,你要迁移它们,不是很容易的事。这是一种多么独立难犯的精神!你看这是不是一种很好的榜样呢?

宋　玉　是。经先生这一说,我可感受了极深刻的教训。先生的意思是说:树木都能够这样,难道我们人就不能够吗?(思索一会)人是能够的。

屈　原　是,你是了解了我的意思,你是一位聪明的孩子。你年纪轻轻就晓得好学,也还专心,不怕就有好些糊涂的人要引诱你去跟着他们胡混,你也不大随波逐流,这是使我很高兴的事。(稍停)所以我希望你要能够像这橘子树一样,独立不倚,凛冽难犯。要虚心,不要作无益的贪求。要坚持,不要同乎流俗。要把你的志向拿定,而且要抱着一个光明磊落、大公无私的心怀。那你便不会有甚么过失,而成为顶天立地的男子了。(再停)你能够这样,我愿意永远和你作一个忘年的朋友。你能够这样,不怕你年纪还轻,你也尽可以作一般人的师长了。(略停)不过也不要过分的矜持,总要耿直而通情理。但遇到大节临头的时候,你却要丝毫也不苟且,不迁就。你要学那位古时候的贤人,饿死在首阳山上的伯夷,就饿死也不要失节。我这些话你是明白的吧?

宋　玉　是,我很明白。我的志向就是一心一意要学先生,先生的学问文章我要学,先生的为人处世我也要学;不过先生的风度太高,我总是学不像呢。

屈　原　你不要把我作先生的看得太高,也不要把你作学生的看得太低,这是很要紧的。我自己其实是很平凡的一个人,不过我想任何人生来怕都是一样的平凡吧?要想不平凡,那就要靠自己努力。(稍停)我们应该把自己的模范悬得高一些;最好是把历史上成功了的人作为自己的模范,尽力去追赶他,或者甚至存心去超过他。那样不断地努力,一定会有成就的。北方有一位学者颜渊,是孔仲尼的得意门生,我最近听到他的一句话,我觉得很有意思。他说"舜?何人也。余?何人也。有为者亦若是"。这真是很好的一个教条。我们谁都知道大舜皇帝是了不起的人,但他是甚么呢?不是人吗?我们自己又是甚么呢?不也是人吗?他能够作到那样了不起的地步,我们难道就作不到吗?作得到的,作得到的,凡事都在人为。雨水都还可以把石头滴穿,绳子都还可以把木头锯断呢!总要靠自己努力,靠自己不断地努力才行。

　　　　婵娟抱水瓶入场,至亭下,抱水一尊,捧至琴台前献于屈原,俟屈原呷毕,复拾尊荷瓶而下。

宋　玉　先生的话我是要牢牢记着的。不过我时常感觉到,要学习古人,苦于不知道从甚么地方下手。古人已经和我们隔得太远,他的声音笑貌已经不能够恢复转来,我们要学他,应该从甚么地方学起呢？我时常在先生的身边,先生的声音笑貌我天天都在接近,但我存心学先生,学先生,却丝毫也学不像呢。

屈　原　(微笑)你要学我的声音笑貌作甚么？专学人的声音笑貌,岂不是个猴子？(起立在亭中徘徊)学习古人是要学习古人的精神,是要学习那种不断努力的精神。始终要鞭策着自己,总要存心成为一个好人。(稍停)我们每一个人生来都是一样平凡的,而且在我们的身上还随带着很多不好的东西。譬如我们每一个人都爱争强斗狠,但是又爱贪懒好闲,在这儿便种下了堕落的种子。争强斗狠也并不就坏,认真说这倒是学好的动机。因为你要想比别人强,或者比最强的人更强,那你就应该拚命地努力,实际上作到比别人家更强的地步。要你的本领真正比人强,你才能够强得过别人,这是毫无问题的。

宋　玉　是,真是不成问题的。

屈　原　但是问题却在这儿出现了。能强过别人是很高兴的事,但努力却又是吃苦的事,因此便想来取巧,不是自己假充一个强者,虚张声势,便是更进一步去陷害别人,陷害比自己更强的人。这就是虚伪,这就是罪恶,这就是堕落！(声音一度提高之后,再放低下来)人的贪懒好闲的这种根性,便是自己随身带来的堕落的陷阱！我们先要尽量地把这种根性除掉,天天拔除它,时时拔除它,毫不容情地拔除它。能够这样,你的学问自然会进步,你的本领自然会强起来,你的四肢筋骨也自然会健康了。你说,你苦于无从下手,其实下手的地方就在你自己的身上。(稍停)当然我们也应该向别人学习,向我们身外的一切学习。我们生来是一无所有,不仅身子是赤条条,心子也是赤条条,随身带来的一点好东西,就是——能够学习。我们能够学习,就靠着能够学习,使我们身心两方逐渐地充实了起来。可以学习的东西,四处都是。

譬如我们刚才讲到的那些橘子树,(向树林指示)不是我们很好的老师吗?又譬如立在我面前的你,我也是时常把你当成老师的。……

宋　玉　(有些惶恐)先生,你这样说,我怎么受得起?

屈　原　不,我不是在同你客气。凡是你们年青一辈的人都是我的老师。人在年青的时候,好胜的心强,贪懒的心还没有固定,因此年青人总是天真活泼,慷慨有为,没有多么大的私心。这正是我所想学习的。(复就座于亭栏上)就拿作诗来讲吧,我们年纪大了,阅历一多了,诗便老了。在谋章布局上,在造句遣辞上,是堂皇了起来;但在着想的新鲜、纯粹、素朴上,便把少年时分的情趣失掉了。这是使我时时感觉着发慌的事。在这一点上,仿佛年纪愈老便愈见糟糕。(稍停)所以我尽力地在想向你们年青的人学,尽力地在想向那纯真、素朴的老百姓们学,我要尽力保持着我年青时代的新鲜、纯粹、素朴。这些话,我对你说过不仅一次,你应该记得的吧?

宋　玉　是,我是时常记着的。

屈　原　所以有许多人说我的诗太俗,太放肆了,失掉了"雅颂"的正声,我是一点也不介意的。我在尽量地学老百姓,学小孩子,当然会俗。我在尽量地打破那种"雅颂"之音,当然会放肆。那种"雅颂"之音,古古板板的,让老百姓和小孩子们听来,就好像在听天书。那不是真正把人性都失掉干净了吗?不过话又得说回来,我自己究竟比你们出世得早一些,我的年青时代是受过"典谟训诰""雅颂"之音的熏陶,因此我的文章一时也不容易摆脱那种格调。这就跟奴隶们头上的烙印一样,虽然奴隶籍解除了,而烙印始终除不掉。到了你们这一代就不同了,你们根本就没有受过烙印,所以你们的诗,彻内彻外,都是自己在作主人。这些地方是使我羡慕你们这一代的。

宋　玉　这正是先生的不断努力、不断学习的精神,我今天实在领受

　　　　　了最可宝贵的教训。先生这首《橘颂》是可以给我的吧？
屈　原　当然是给你的。我为你写的诗,怎么会不给你？
宋　玉　(拱手)我实在多谢先生,从今以后我每天清早起来便要朗诵它一遍。
屈　原　倒也不必那样拘泥。就诗论诗的话,实在也并不怎么好,不过你存心学作好人好了,作到像伯夷那样啦。
宋　玉　多谢先生的指示。但我总想学先生,像伯夷那样的人我觉得又像古板了一点。殷纣王本来是极残忍的暴君,为甚么周武王不好去征伐他呢？诛锄了一个暴君,为甚么一定要去饿死呢？这点我有些不大了解。
屈　原　讲起真正的史事上来的话,这里倒是有问题的。我们到园子里去走走,一面走,一面和你细谈吧。(步下亭阶。)

　　　　　宋玉随后。

屈　原　照真正的史事来讲,殷纣王并不是怎样坏的人。特别是我们楚国人,本来是应该感谢他的。我们楚国,在前本是殷朝的同盟。殷纣王和他的父亲帝乙,他们父子两代费了很大的力量来平定了这南方的东南夷,周人便趁着机会强大了起来,终竟乘虚而入,把殷朝灭了。我们的祖先和宋人、徐人在那时都受着压迫,才逐渐从北方迁移到南方来。北方有个地方叫着楚丘,你应该是知道的吧,那就是我们祖先所在的地方了。假使没有殷纣王的平定东南夷,我们恐怕还找不到地方来安身,我们的祖先怕已经都化为周人的奴隶了。周朝的人把殷朝灭了自然要把殷纣王说得很坏,造了些莫须有的罪恶来加在他身上,其实他并不是那么坏的。伯夷要反对周武王,也就是证明了。
宋　玉　啊,先生这样的说法,我真是闻所未闻,真是太新鲜,太有意义了。
屈　原　这些古事,本来用不着多管,不过像伯夷那种气节,实在是值得我们景仰、学习的。他本来是可以作孤竹国的国君的人,但他把那种安富尊荣的地位抛弃了。因为他明白,在我们人生中还有比作国君更尊贵的东西。假使你根本不像一个人,作了国君又有甚么荣耀?是,在周朝的人把殷朝灭了的时候,伯夷也尽可以不必死,敷敷衍衍地过活下去,别人也不会说甚么话。假使他迁就一下,周朝的人也许还会拿些高官厚禄给他。但他知道,那种的高官厚禄、那种的苟且偷生,是比死还要可怕。所以他宁愿饿死,不愿失节。这实在是值得我们学习的。你懂得我的意思么?

宋　玉　我此刻弄明白了。尤其是史事的背景弄明白了,更加觉得伯夷这个人值得尊敬。

屈　原　在这战乱的年代,一个人的气节很要紧。太平时代的人容易作,在和平里生,在和平里死,没有甚么波澜,没有甚么曲折。但在大波大澜的时代,要作成一个人实在不是容易的事。重要的原因也就是每一个人都是贪生怕死。在应该生的时候,只是糊里糊涂地生。到了应该死的时候,又不能够慷慷慨慨地死。一个人就这样被糟蹋了。(稍停)我们目前所处的时代也正是大波大澜的时代,所以我特别把伯夷提了出来,希望你,也希望我自己,拿来作榜样。我们生要生得光明,死要死得磊落。你懂得我的话么?

宋　玉　我懂得了,先生。

屈　原　好的,我的话也说得太多。今天的天气实在太好,我们再到外面的田野里去走一会儿吧。

宋　玉　我愿意追随先生。(抱琴在左胁下。)

　　　　二人徐徐向外园门走去。

　　　　婵娟匆匆入场。

婵　娟　(趋前,呼屈原)先生,先生,刚才上官大夫靳尚来过,他留了几句话要我告诉你,便各自走了。

屈　原　他留了甚么话?

婵　娟　他说:张仪要到魏国去了。国王听信了先生的话,不接受张

　　　　仪的建议,不愿和齐国绝交。因此,张仪觉得没有面目再回秦国,他要回到他的故乡魏国去了。上官大夫他顺便来通知你。

屈　原　(带喜色)好的,这的确是很好的消息。(回顾宋玉)宋玉,我有件事情要你赶快去办。

宋　玉　是,先生,请你吩咐。

屈　原　我的书案上有一篇文稿,是国王昨天要我写的致齐国国王敦睦邦交的国书,我希望你去赶快把它誊写一遍。张仪既已决心离开,说不定国王很快就要派人把国书送到齐国去。

宋　玉　是,我抄好了,再送来请先生看。(向婵娟)这琴请你抱着。
(把琴授与婵娟,由左门下场。)

婵　娟　(迟疑地)先生,刚才上官大夫走的时候,他还告诉了我一句话。

屈　原　他告诉你甚么?

婵　娟　他说:南后曾经对他说过,准备调我进宫去服侍她。

屈　原　南后也曾对我说过,但她说得不太认真,所以我还不曾告诉你啦。婵娟,如果南后真的要调你进宫去,你是不是愿意?

婵　娟　(果断地)不,先生,婵娟不愿意。婵娟不能离开先生。

屈　原　你不喜欢南后吗?她是那样聪明、美貌,而又有才干的人。

婵　娟　不,我不喜欢她。我相信,她也不喜欢我。

屈　原　不喜欢你?怎么要调你进宫去呢?

婵　娟　那可不知道是甚么打算了。我每一次看见她,都有点害怕。她那一双眼睛就跟蛇的眼睛一样,凶煞煞地、冰冷冷地死盯着你,你就禁不住要打寒噤。先生,我在你面前,我自己感觉着,我安详得就像一只鸽子。但我一到了南后面前,我就会可怜得像老鹰脚爪下的一只小麻雀了。先生,我希望你不要让我去受罪。

屈　原　(含笑)你形容得很好。是的,南后是有权威的人。你如果不愿进宫,等她认真提到的时候,我替你婉谢好了。(步至亭前踟蹰,复不经意地走上亭阶,顺手将适才放置在栏杆上的两半橘子拿起,在手中把玩,合之分之者数次,但无食意。)

此时婵娟亦步上凉亭,把琴放在琴桌上,又静静地步下凉亭。

公子子兰由右侧后园门入场。子兰年十六七,左脚微跛。

婵　娟　先生,公子子兰来了。

屈原回身,子兰趋至亭前,敬立阶下行拱手礼。

子　兰　先生,早安!
屈　原　(略略答礼)早安,你们可以到亭子上来坐坐。

婵娟导子兰入亭。

屈　原　你们随意坐坐,不必拘礼。

二人因屈原未坐,亦不敢就座。

屈　原　我这里有一个橘子,是刚从树上摘下来的,我送给你们。

二人接受。

子　兰　多谢你。先生,你近来好吗?
屈　原　很好,我近来很愉快的。好几天不见你来了,是在家里用功吗?
子　兰　我没有,先生。因为这几天我有点儿伤风咳嗽,妈妈要我休息一下。我今天来,是妈妈要我来请先生的。(微微咳了几声。)
屈　原　南后在叫我吗?有甚么事,你可知道?
子　兰　不,我也不十分知道。不过我想,恐怕是为的张仪要走的事情吧。爸爸在今天中午要替他饯行呢。……我妈妈为了张仪要走,很有点着急。昨天下午张仪同上官大夫一道突然来向我爸爸辞行。他说:秦国的国王尊敬爸爸,不满意齐国的不友好的态度,所以愿意奉献商于之地六百里,请求楚国也和齐国绝交。爸爸既然听信三闾大夫的话,不愿和齐国绝交,他没有面目再回到秦国去了。他要回到他的故乡魏国。又说他们魏国的美人很多,一个个就跟神仙一样,他准备找一位很好看的人来献给我爸爸啦。

屈　原　嗯,张仪说过那样的话吗?

子　兰　是啦,所以弄得我妈妈很着急。她昨天夜里还叫上官大夫靳尚送了一千五百个大钱去作路费呢。

屈　原　一千五百个大钱?

子　兰　是啦,一千是送给张仪,五百是送给他的随从。

屈　原　张仪收了吗?

子　兰　详细的情形我不知道,我想是收了的,那样多的钱啦!

屈　原　哼,这样说来,那些鬼家伙是在作怪啦!

子　兰　我也感觉着是有点蹊跷。大约就是因为这样,所以妈妈要请先生去帮忙的吧。

屈　原　好的,你等我去把衣服换好来同你去。你就留在这儿。(向婵娟)婵娟,你也陪着公子在这儿,不过我希望你们不要折损花木。

子　兰　先生,你请放心。我是最爱惜花木的人。

屈　原　那很好,我回头就可以转来的。(徐徐步下亭阶,向左侧园门下。)

　　　　二人在亭口鹄立。

子　兰　(见屈原去后,立即放肆起来,以手携婵娟手,向亭内引去)婵娟,我们坐着谈谈心吧。

婵　娟　(缩回其手)你不要这样拉我,我自己晓得坐。

子　兰　好的。我是怕你站累了呢。(自行就亭阶口上坐下,面侧向前左。)

婵　娟　(坐于亭阶上)公子,你也请吃橘子。(取出一瓣来嚼食。)

子　兰　不,这橘子我不想吃。先生把这橘子一个人给我们一半,我觉得很有意思。我是半边,你是半边,合拢来,不就是整个儿的吗?

婵　娟　你总爱说这些没有意思的话。

子　兰　你说没有意思,满有意思呢。婵娟,我倒要问你:先生这几天说过我甚么坏话没有?

婵　娟　先生没有说过你甚么坏话,不过也没有说过你甚么好话。

子　兰　当然娄,先生那里会说我的好话!他喜欢的就是那位专会在人面前讨好,比你还要媚态的宋玉小哥儿啦!一定又是怎样的纯真娄,勤勉娄,规矩娄。先生所喜欢的就是那种女性十足的漂亮小哥儿啦。

婵　娟　你一转身就要说朋友的坏话!

子　兰　婵娟,我伤到了你心上的人,是不是?

婵　娟　(微微生怒)谁个是我心上的人!你瞎说!

子　兰　我才不瞎说呢,你怕我不明白!那女性十足的漂亮小哥儿,就是你心上的人!

婵　娟　哼,我才不喜欢他呢。

子　兰　(起立)你不喜欢他!喜欢谁?

婵　娟　我喜欢我喜欢的人。

子　兰　(俯身以颜面就之)喜欢我吧,是不是?

婵　娟　我喜欢你,喜欢你受罪。(以手推之。)

子　兰　(欲拥抱之)我就让你受罪!

　　　　　　婵娟一闪身跑下台阶,子兰扑空倒地,几跌至阶下。

婵　娟　(捧腹憨笑)呵哈哈哈……跛脚公子,真是受罪!真是受罪!

子　兰　(起来,生怒地)你这黄毛丫头!你怕我不能惩治你!(曳着微跛的脚急骤下阶,于阶下复失足倒地。)

婵　娟　(已作势欲逃,见子兰倒地,复大笑)呵哈哈哈……跛脚公子,你再来吧!你再来吧!有胆量?

子　兰　(慢慢爬起来,坐在最低一段的阶段上,揉着右膝,表示无再追逐之意)唉,我的脚不方便,反正我也调皮不过你。

婵　娟　(微露怜悯意,但也不想近身)恭喜你,恭喜你啦。右脚又跌着了吗?两只脚都跛起来,岂不就扯平了吗?(又笑。)

子　兰　(可怜地)你这刻薄鬼!我的脚不方便,你不晓得同情,偏要幸灾乐祸,加倍的嘲笑。你晓得不?你们女人们爱笑,是不祥的事啦。从前周幽王宠褒姒,在烽火台上戏弄诸侯,褒姒一笑而失天下。齐顷公的母亲,萧同叔子笑了晋大夫郤克,萧同叔子一笑而使齐国遭兵灾。你笑我嘛,我看你是得不到好死的!

婵　娟　(庄重了起来)是你自己不好啦。

子　兰　好的,好的,就算我不好吧。我是受了惩罚了。我现在连站都站不起来了。(作欲起立而不能之势)婵娟,好姑娘,好姐姐,请你来扶我一下好不?

婵　娟　(踌躇)我来扶你。你可不要再胡闹了。

子　兰　我不再胡闹了,我央求你啦。先生不要出来了?

婵　娟　(稍存警戒意,步至子兰身边)好的,我就扶你起来吧。(扶之起立。)

子　兰　(脚方立定,复反身拥抱婵娟而欲亲其吻)你这次总逃不掉了! 好家伙!

婵　娟　(挣扎)你这骗子! 你这跛脚骗子! (用力将子兰推开,反身向橘林中逃避。)

　　　　子兰追婵娟,二人在橘林中穿插追逐。
　　　　屈原由左门出场。

屈　原　你们在干甚么?

子　兰　(故意作出可怜相)先生,婵娟欺侮我。她把我摔翻了,还骂我"跛脚骗子"。

婵　娟　不,是他先欺侮我的。

屈　原　(向婵娟,和婉地)婵娟,我看还是你的不是。他有残疾,行动不大方便,你应该照拂他,为甚么反而欺侮他? (停一忽)一个人要有反抗性,但也要有同情心。尤其是你们年青一代的人,不能以欺侮弱者来显示自己的英勇。这是我经常告诉你们的话。

婵　娟　(表示自歉)先生,我错了。我要永远记着你的指示,不再忘记。

屈　原　（牵动子兰）好，子兰，我同你去见南后。

屈原与子兰向右首走去。

——幕下

第 二 幕

楚宫内廷。

正面四大圆柱并列，中为明堂内室，左右有房，房前各有阶，右为宾阶，左为阼阶。室后壁有奇古之壁画。左右房与室之间及前侧二面均垂帘幕，可透视，房之后壁正中有门，门上有金兽含环，门及壁上均有彩画。（此在南面，柱用深红色，帘幕用黄色。）

右翼为总章内室之右房，亦有阶有柱有帘有壁画等事，与正面同。（此在正西面，柱色同，帘幕用白色。）

左翼为青阳内室之左房，布置同。（此在正东面，柱色同，帘幕用青色。）

正前隙地为中霤。正中及左右建构不相衔接，其间有侧道可通中霤。

明堂内室中设有王位，较高大，左右两侧各设一位。

幕开，南后郑袖立正中阶上指挥女史数人在室中布置。于王位面以虎皮，其前亦以虎皮席地。于左右位面以豹皮，其前亦以豹皮席地。另有女史数人在左右房中拂拭编钟编磬琴瑟等陈设。

南后年三十四五，美艳而矫健。俟布置停当后，略加巡视，表示满意。

南　后　你们倒还敏捷。我还怕你们来不及啦，现在算好，一切都停当了。
女史甲　启禀南后,那前面两房的帘幕,是不是就揭开来?
南　后　不,那等开筵之后再行揭开。歌舞的人都已经准备停当了吧?
女史乙　都早已准备停当了,西边是准备唱歌的,东边是准备跳舞的。
南　后　那很好,还要叫他们注意一下,不要耽误了时刻,不要弄乱了次序。
众女史　是,我们一定要严格地督率着他们。
南　后　我看,你们应该把职守分一下才好。(指女史甲)你管堂上奏乐和行酒的事。(指女史乙)你管堂下歌舞的事。你们两个各自选几个得力的人作帮手。今天的事情假使办得很好,我一定要奖赏你们的。假使办得不好,那你们可晓得我的脾气!
众女史　(表示惶恐,但亦显得光耀)是,我们一定要尽我们的全力办理。
南　后　要能够那样,就好。此外一些琐碎的事用不着我吩咐了,你们都是有经验的。总之要能够临机应变,一呼百诺,说要甚么就有甚么。在预定的节目内的,固然要准备,就是在预定的节目外的,也要有见机的准备。国王的脾气你们也是很清楚的!万一有甚么差池,责任是要落在你们的头上。
众女史　是,我们知道。
南　后　好的,那么你们可以下去了,假使上官大夫到了,赶紧把他引到这儿来,说我在等他。
众女史　(应命)是。(分别由左右阶下堂,再行鞠躬,复向左右首侧道下场。)
　　　　　　南后一人由阼阶下堂,在中霤中来回踯躅,若有所思。有间,女史甲引靳尚由左翼侧道上。靳尚是一位瘦削的中年人,鹰鼻鹞眼,两颊洼陷,行动颇敏捷。
女史甲　启禀南后,上官大夫到了。
　　　　　　南后回顾,靳尚趋前行礼。

靳　尚　敬请南后早安!

南　后　(略略答礼,向女史甲)你可以下去。

女史甲应命,鞠躬由原道下。

南　后　(登上右翼总章右房之阶段上)上官大夫,我昨天晚上托你的事情,怎么样了?

靳　尚　启禀南后,我是早就应该来禀报的。昨天晚上太迟,今天清早又奉了命令要准备中午的宴会,竟抽不出时间来。刚才国王出宫外去了,我疑心他是去找三闾大夫,所以我特地跑到屈原那里去探望了一下。好在国王并不在那儿,恐怕是到令尹子椒那里去了!

南　后　(略有愠色)你怎这样的罗唆!我是在问你昨天晚上去会张仪的事情啦!

靳　尚　是的,南后,你听我慢慢地向你陈述吧。我跑到屈原那里去,是怕国王到了他那里,又受了他一番鼓吹。国王如果要他今天中午来陪客,那事情就不大好办。好在我跑去看,国王并不在他那儿,我是刚从那儿跑回来的。我想国王一定是到令尹子椒那里去了。要那样就毫无问题,即使国王要叫令尹子椒来陪客,也是很好商量的。令尹子椒,那位昏庸老朽,简直是活宝贝啦……

南　后　哎,你赶快把我所问的事直截了当地回答吧,你到底要兜好多圈子!

靳　尚　是,是,很快就要说到本题了。因为事体很复杂,也很要紧,要慢慢把头绪理清楚,说来才不费事。南后,慢工出细货啦。

南　后　(生气,愈着急)哎,我看你这个人的话,真是大牯牛的口水,太长!

靳　尚　(故意,略呈惶恐)是,是,是,我就说到本题了。(向四下回顾了一下,把声音放低了些)我昨天晚上到张仪那里去,我把南后送给他的礼物,亲手交给了他。我说:"阁下,南后命我来向阁下

	问安,送了这点菲薄的礼物,以备阁下和阁下的舍人们回魏国去的路费,真是菲薄得很,希望阁下笑纳。……"
南　后	你不必把我当成张仪,不要这样重皮叠髓地说!张仪到底表示了些甚么态度?
靳　尚	张仪的态度吗?是,我看他接受了你的礼物,他很高兴。他说:"请你回去禀报南后,我张仪实在是万分感激。这次由秦国来,没有多带盘费,舍人们的衣冠都破烂了,简直不能成个体统,得到南后这般的厚爱,实在是万分感激。望你多多在南后面前为我致谢。……"
南　后	哎呀呀,你又把你自己当成张仪了,真是糟糕!到底张仪对于我所要求的事,他表示了甚么意见?
靳　尚	他表示了很多意见啦,南后,你听我说吧。我对他说:"南后问你是不是很快地便要到魏国去?"他说:"是呀。"我又说:"南后听说你到魏国去,有意思替敝国的国王选些周郑的美女回来,南后是非常感激的。……"
南　后	我怎么会感激?谁要你这样对他说?
靳　尚	唉,南后,你怎得聪明一世……唉,不好说得。
南　后	你说我"糊涂一时"吧!我没有你糊涂!
靳　尚	你想,我在张仪面前,怎好直说出你不高兴?你从前对待魏美人的办法,我是记得的,你恕我再唠叨一下吧。从前我们的国王有一次喜欢那位魏国送来的美人,你对她也不表示你的嫉妒,反而特别加以优待,显示得你比国王还要喜欢她。因此国王也照常地喜欢你,说你丝毫也不嫉妒。后来你就对那位魏美人说:"国王甚么都喜欢你,只是不喜欢你的鼻子。你以后见国王的时候,最好把鼻子掩着。"那魏美人公然也就听了你的话。到后来国王问你:"那魏美人见了我为甚么一定要掩着鼻子?"你就说:"她是嫌国王有股臭气。"这样就使得我们的国王把那魏美人的鼻子给割掉了。你那个办法是多么精明呀!

南　后　哼,谁要你来恭维!我现在的年纪已经不比当年了,我急于要知道张仪的态度,而且急于要想方法来挽救,你偏偏在那儿兜圈子。你是有意和我作弄吗?

靳　尚　南后,你用不着那么着急,事情已经有了把握,所以我才这样按部就班地告诉你。假使没有把握,我实在是比你还要着急呢。

南　后　哼,你讲,你究竟有甚么把握?你讲!你直截了当地讲!

靳　尚　那张仪毕竟是个聪明人,他经我那么一提,倒有点出乎意外。他问我:"那真是南后的意思吗?"我说:"南后确实是那样告诉我的,大概总不会是假的吧。"他踌躇了好一会,接着又说:他往魏国倒并不是本意。因为他从秦国带来的要求,国王不肯接受:国王不肯和齐国绝交,不肯接受秦国的土地,他就没有面目再回到秦国去,所以也就只得跑回魏国了。(稍停)他就这样把他的真心话说了出来,所以这个问题据我看来,倒不在乎他到不到魏国去找中原的美人,而是我们要设法使他能够回到秦国。

南　后　你反正还是罗唆,这算得有甚么把握呢?国王已经听信了屈原的话,要和齐国重申和亲的盟约,已经叫你们在草拟国书了。而且国王回头就要给张仪饯行送他回到魏国,你有甚么把握能够使他回到秦国呢?

靳　尚　把握是有的。我们所当争取的也就是这个中午了。我同张仪商量过一下,我们的意见是应该就在这短期间之内打破国王对于屈原的信用!(口舌带着热情地流利了起来)这件事情,须得我同你两个内外夹攻。国王的性情和脾味我们是摸得很熟的。我自己是早有成竹在胸,不过在你这一方面,要望你把你的聪明多多发挥一下啦!

南　后　(呈出适意的神气)哼,你有甚么成竹在胸,你不妨讲给我听听。(步下阶来。)

靳　尚　南后,我希望你把耳朵借给我。

　　　　　南后以耳就靳尚，靳尚与之低语有间。
南　后　（略略摇首）可是，你这把握并不十分可靠。
靳　尚　所以要希望你后援啦。
南　后　哼，我老实告诉你，我也早就有我的把握的。我所关心的就是张仪的态度。只要他和我们扣在一起，有心回秦国，那问题就好解决了。
靳　尚　是，南后，你的把握，好不也让我知道一些？
南　后　那可不必。"机事不密则害成"，你回头慢慢看好了。三闾大夫是很快就会到我这儿来的。
靳　尚　（惊异）怎么？屈原会到这儿来？
南　后　是的，我叫子兰去请他去了，他是一定会来的。
靳　尚　（狐疑地）那么，南后，我简直不明白你的意思了。
南　后　我的意思，我也并不想要你明白。我认真告诉你：国王确实是到令尹子椒那里去了。去的时候我同他说过，回头我要派你去请他回来。你到子椒那里，一方面也正好趁着机会，把你想要说的话对他说。你等子兰回来，便可以走了。（突生警觉）外面已经有人的脚步声，你留意听。（又低声补说）还有，你引国王回来的时候从那边进来，（指着左翼）一定要叫两名女官先把门打开，再揭开帘幕，转身下去，你们再走进来。千万照着我所吩咐的作，不准有误。
　　　　　靳尚点头，二人缄默倾听，向左翼侧道方面注视。
屈　原　（内声）子兰，南后是在甚么地方等我？
子　兰　（内声）妈说，在青阳内室呢，你跟定我来吧。
　　　　　二人由左翼侧道出场。见南后，即远远伫立。
子　兰　妈，我把三闾大夫请来了。
南　后　（呈出极喜悦的面容，向屈原迎去）啊，三闾大夫，你来得真好。我等了你好一会了。
屈　原　（敬礼）敬请南后早安，南后有甚么事需要我？
南　后　大大地需要你帮忙啦。国王听信了你的话，不和齐国绝交，

　　　　张仪是决心回魏国去了。回头国王要替他饯行,我们准备
　　　　了一些歌舞来助兴,这是非请你来指示不可的。我们慢慢
　　　　商量吧。(回向靳尚)上官大夫,你的任务,主要是在外面周
　　　　旋,你须得叫膳夫庖人作好好的准备。说不定国王还要歃
　　　　血为盟呢,珠槃玉敦的准备也是不可少的。
靳　尚　(鞠躬)是,我一定要样样都准备得很周到。我便先行告退。
　　　　(向南后行礼,又向屈原略略拱手)三闾大夫,我刚才到你府上
　　　　去来。
屈　原　(还礼)遗憾,有失迎迓。
靳　尚　你那可爱的婵娟姑娘把我的话告诉了你吗?
屈　原　婵娟已经传达了,谢谢你。
南　后　(向子兰)子兰,你去把那扮演《九歌》的十位舞师给我叫到这
　　　　儿来,要他们通统都装扮好。
子　兰　知道了,妈。(向南后及屈原打拱,随靳尚由右翼侧道下。)
南　后　(向屈原)三闾大夫,你听我说。我这个孩子真是难养呢,左
　　　　脚不方便,身体又衰弱,稍一不注意便要生出毛病。这一向
　　　　又病了几天,先生那儿的功课又荒废了好久啦。
屈　原　那是不要紧的。公子子兰很聪明,只要身体健康,随后慢慢
　　　　学都可以学得来。
南　后　作母亲的人一般总是抱着过高过大的希望,一面要孩子的
　　　　身体好,一面又要孩子的学问好。不过有时候这两件事情
　　　　实在也难得兼顾。所以我在一般人看来,恐怕对于我的孩
　　　　子不免有点娇养吧?好在先生是他的老师,有你这样一位
　　　　好老师,他将来一定可以成器。
屈　原　多承南后的奖励。子兰公子,我是把他当成兄弟一样在看
　　　　待,我只希望他身体健康,心神愉快,将来能够更加用功。
　　　　我自己是要尽自己的全力来帮助他的。
南　后　多谢你啦,三闾大夫,那孩子真真是幸福,得到你这样一位
　　　　道德文章冠冕天下的人作他的老师。事实上连我作母亲的

人也真真感觉着幸福呢。

屈　原　多承南后的奖励。

南　后　子兰的父亲也时常在说,我们楚国产生了你这样一位顶天立地的人物,真真是列祖列宗的功德啊。

屈　原　(愈益恭谨)臣下敢当不起,敢当不起!

南　后　屈原先生,你实在用不着客气,现在无论是南国北国,关东关西,那里还找得到第二个像你这样的人呢?文章又好,道德又高,又有才能,又有操守,我想无论那一国的君长怕都愿意你作他的宰相,无论那一位少年怕都愿意你作他老师,而且无论那一位年青的女子怕都愿意你作她的丈夫啦。

屈　原　(有些惶惑)南后,我实在有点惶恐。我要冒昧地请求南后的意旨,你此刻要我来,究竟要我作些甚么事?

南　后　啊,我太兴奋了,你怕嫌我过于唠叨了吧?我请你来,刚才已经说过,就是为了歌舞的事情。我是已经叫他们把你的《九歌》拿来歌舞的。经你改编过的那些歌辞,实在是很优美。我是这样布置的,你看怎么样呢?(指点)在那明堂内室的左右二房里面陈列乐器,让乐师们在那儿奏乐。唱歌的就在这西边的总章右房,跳神的就从那东边的青阳左房出现。单独的跳舞在房中各舞一遍,一共十遍;最后的轮迥舞在这中霤跳舞,把《礼魂》那首歌返复歌唱,唱到适度为止。你觉得这办法好不好呢?

屈　原　那是再好也没有。

　　　　南后与屈原对话中,子兰引舞者十人由右翼侧道登场。舞者均奇装异服,头戴面具,与青海人跳神情景相仿佛。舞者第一人为东皇太一,男象,面色青,极猛恶,右手执长剑,左手持爵。第二人为云中君,女象,面色银灰,星眼,衣饰极华丽,左手执日,右手执月。第三人为湘君,女象,面白,眼极细,周身多以花草为饰,两手捧笙。第四人为湘夫人,女象,面色绿,余与湘君相似,手执排箫。第五人为大司命,男象,面色黑,头有角,手执青铜镜。第六人为少司命,女象,面色粉红,手执扫帚,司情爱之神也。第七人为东君,太阳神,男象,面色赤,手执弓矢,青衣白裳。第八人为河伯,男象,面色黄,手执鱼。第九人为山鬼,女象,面色蓝,手执桂枝。第十人为国殇,男象,面色紫,手执干戈,身披甲。十人步至明堂内室前,整列阶下,身转向外。

子　兰　(俟南后与屈原对话告一段落)妈,这十个人我把他们引来了。
南　后　好的。(略作考虑)我看索性叫那些唱歌的、奏乐的,也通统就位,预先来演习一遍。三闾大夫,你觉得怎样?
屈　原　那是很好的,待我下去吩咐女官们,叫他们就位好了。
南　后　(急忙拦住他)不,不好要你去。子兰,你去好了。还要叫没有职务的女官们都不准进来! 你也不准进来了!
屈　原　子兰走路太辛苦……
　　　　但屈原话犹未说完时,子兰已跛着由右首侧道跑下。
南　后　小孩子还是让他勤劳一下的好,这不是你素常的教条吗?(回顾十人)我看,你们坐下去好了,站着不大美观。本来是要让你们由那东边的青阳左房出场的,你们现在已经出来了,就座在那儿好了。
　　　　十人坐下。
南　后　每一个人的独舞是要在房中跳舞的,时间不够,我看就只跳那最后的一轮合舞好了。(又回顾屈原)三闾大夫,你觉得怎样?
屈　原　那样要好些,的确时间是不够了。
南　后　是的,国王恐怕也快回来了。他是到令尹子椒家里去了。你是知道他的,他平常每每喜欢作些出其不意的事。有好些回等你苦心孤诣地把甚么都准备周到了,他会突然中止。但有时在你毫无准备的时候,他又会突然要你搞些甚么。真是弄得你星急火急。我看他的毛病就是太随自己高兴,不替别人着想。就说今天的宴会吧,也是昨晚上才说起的。说要就要,一点也不能转移。你看,这教人吃苦不吃苦?

屈　　原　　南后,你实在太辛苦了。我在家里丝毫风声也不知道。刚才上官大夫到我家里来,才把消息传到了。我丝毫也没有出点力,心里很惶恐。

南　　后　　三闾大夫,你不必那样客气啦。我本来也想早些通知你的,请你来指导我们。不过我又想这样琐碎的事情不好来麻烦你。你们作诗的人,我自信是能够了解的,精神要愈恬淡,就愈好。你说是不是?

屈　　原　　有时候呢……(想说"有时候是这样",但未说完。)

南　　后　　所以我决心不想麻烦你。我想到你的《九歌》,那调子是多么的活泼,多么的轻松,多么的愉快,多么的娓婉呀!那里面有好些辞句是多么的芬芳,多么的甜蜜,多么的优美,多么的动人呀!我想你作出了那样的好诗,一定是很高兴的。你使我们大家都高兴了,我们也应该使你更加高兴一下。因此我也就决心自己亲自来编排一次,让你看看你所给予我们的快乐是多么的大呀。

屈　　原　　啊,南后,你实在是太使我感激了。你请让我冒昧地说几句话吧:我有好些诗,其实是你给我的。南后,你有好些地方值得我们赞美,你有好些地方使我们男子有愧须眉。我是常常得到这些感觉,而且把这些感觉化成了诗的。我的诗假使还有些可取的地方,容恕我冒昧吧,南后,多是你给我的!

南　　后　　(表示极其喜悦)哦,真是那样吗?我真高兴,我真幸福,我真感激你啦!不过我自己是明白的,你不一定完全满意我。像我这样的人,你怕感觉着不太纯真,不太素朴,不太悠闲贞静吧?是不是?

　　　　　　屈原踌躇着,苦于回答。

南　　后　　你不说,你的心我也是知道的。不过这是我的性格。我喜欢繁华,我喜欢热闹,我的好胜心很强,我也很能够嫉妒,于我的幸福安全有妨害的人,我一定要和他斗争,不是牺牲我自己的生命,便是牺牲他的生命。这,便是我自己的性格。(略停)三闾大夫,你怕会觉得我是太自私了吧!

　　屈原仍苦于回答。

南　后　我看你不要想甚么话来答复我吧,你不答复我,我是最满意的。你的性格,认真说,也有好些地方和我相同,你是不愿意在世间上作第二等人的。是不是?(略停)就说你的诗,也不比一般诗人的那样简单,你是有深度,有广度。你是洞庭湖,你是长江,你是东海,你不是一条小小的山溪水,你不是一个人造的池水啦。你看,我这些话是不是把你说准确了?

屈　原　(颇觉不安)南后,我实在不知道怎样回答你的好。不过我自己的缺点很多,我是知道的,我是很想尽量地减少自己的缺点。

南　后　也好。或许你能够甘于寂寞,但我是不能够甘于寂寞的。我要多开花,我要多发些枝叶,我要多多占领阳光,小草、小花就让它在我脚下阴死,我也并不怜悯。这或许是我们的性格不同的地方吧。

　　在二人对话之中,唱歌及奏乐者已全部由内门入房就位,透过帘幕,隐约可见。

南　后　(转过意念)哦,这样的话说得太多了,歌舞的人都已经准备停当了,三闾大夫,我看我们就叫他们开始跳神吧。

屈　原　好的,就让他们跳《礼魂》。

南　后　(向房中奏乐及歌唱者)你们听见了吧!要你们试奏《礼魂》之歌。(又向舞者)你们可以站起来了。等我站到明堂的台阶上去,用手给你们一挥,你们的歌、乐、舞三种便一齐开始。要你们停止的时候也是这样。(向屈原)三闾大夫,我们上阶去。

　　南后先由西阶(右首宾阶)上,屈原改由东阶(左首阼阶)上,相会于正中之阶上。舞者十人前进至舞台前,向后转。房中人均整饬作准备,注视南后。

南后将左手高举,一挥,于是歌舞乐一齐动作。舞者在中霤成圆形旋转,渐集拢,又渐散开。歌者在房中返复歌《礼魂》之歌。

　　唱着歌,打着鼓,
　　手拿着花枝齐跳舞。
　　我把花给你,你把花给我,
　　心爱的人儿,歌舞两婆娑。
　　春天有兰花,秋天有菊花,
　　馨香百代,敬礼无涯。

歌舞中左侧青阳左房之正中后门被推开,女官甲、乙走出,将房前帘幕向左右分揭套于柱上。对歌舞若无闻见者然,复由后门退下。

南后复将左手高举,一挥,歌舞乐三者一齐停止。

南　　后　啊,我头晕,我要倒。(作欲倒状)三闾大夫,三闾大夫,你快,你快……(倒入屈原怀中。)

　　　　　屈原因事起仓卒,且左右无人,亦急将南后扶抱。

　　　　　楚怀王偕张仪、子椒、上官大夫出现于青阳左房,诸人已见屈原扶抱南后在怀,但屈原未觉,欲将南后挽至室中之座位。

南　　后　(口中不断高呼)三闾大夫,三闾大夫,你快,你快……(及见楚怀王已见此情景,乃忽翻身用力挣脱)你快放手!你太出乎我的意外了!你这是怎样的行为!啊,太使我出乎意外了!太使我出乎意外了!(飞奔向楚怀王跑去。)

　　　　　屈原一时茫然,不知所措。
　　　　　楚怀王及余人由东房急骤下阶,迎接南后。

南　　后　(由左阶奔下,投入楚怀王怀抱)太出乎我的意外了!太出乎我的意外了!

楚怀王　你把心放宽些,不要怕!郑袖呀!

南　　后　啊,幸亏你回来得恰好,不然是太危险了!我想三闾大夫怕是发了疯吧?他在大庭广众之中,便作出那样失礼的举动!

屈　　原　（此时始感觉受欺，略含怒意地）南后，你，你，你怎么……
楚怀王　（大怒）疯子！狂妄的人！我不准你再说话！

　　　　　屈原怒形于色，无言。

南　　后　（气稍放平）啊，我真没有料到，在这样大庭广众当中，而且三闾大夫素来是我所钦佩的有道德的人。
楚怀王　（拥扶着南后）你再放宽心些，用不着害怕，用不着害怕。

　　　　　楚怀王扶南后上阼阶，余人亦随后上阶。

屈　　原　（见楚怀王走近身来，拱手敬礼）大王，请容许我申诉！
楚怀王　（傲然地）我不能再容许你狂妄！嚄，你这人真也出乎我的意外！我是把你当成为一位顶天立地之人，原来你就是这样顶天立地的！你在人前夸大嘴，说我怎样的好大喜功，变换无常，我都可以容恕你。你说楚国的大事大计、法令规章，都出于你一人之手，我都可以容恕你。你说别人都是谗谄奸佞，只有你一个人是忠心耿耿，我都可以容恕你。但你在大庭广众之中，在我和外宾的面前，对于南后竟作出这样狂妄滔天的举动，我怎么也不能容恕！
屈　　原　（毅然）大王，这是诬陷！
楚怀王　（愈怒）诬陷？我诬陷你？南后她诬陷你？我还能够相信得过我自己的眼睛啦。假使方才不是我自己亲眼看见，我也不敢相信。哼，你简直是疯子，简直是疯子！我从前误听了你许多话，幸好算把你发觉得早。你以后永远不准到我宫庭里来，永远不准和我见面！
屈　　原　（沉着而沉痛地）大王，我可以不再到你宫庭里来，也可以不再和你见面。但你以前听信了我的话一点也没有错。你要多替楚国的老百姓设想，多替中国的老百姓设想。老百姓都想过人的生活，老百姓都希望中国结束分裂的局面，形成大一统的山河。你听信了我的话，爱护老百姓，和关东诸国和亲，你是一点也没有错。你如果照着这样继续下去，中国的大一统是会在你的手里完成的。

楚怀王屡欲爆发,但被南后从旁制止。

南后、张仪及余人均采取冷笑态度。

屈　原　(愈益沉痛)但你假如要受别人的欺骗,那你便要成为楚国的罪人。

楚怀王　(怒不可遏)简直是一片疯话!……这……这……这……

南　后　(从旁制止)你让他把疯话说够吧。

屈　原　(愈益沉痛)你假如要受别人的欺骗,一场悲惨的前景就会呈现在你的面前。你的宫庭会成为别国的兵营,你的王冠会戴在别人的马头上。楚国的男男女女会大遭杀戮,血水要把大江染红。你和南后都要受到不能想象的最大耻辱。……

楚怀王　(暴怒至不能言)这……这……这……

南　后　(奚落地)南国的圣人,不能再让你这样疯狂下去了。(回顾令尹子椒及靳尚)你们两人把他监督着带下去,不然他在宫庭里面不知道还要闹出甚么乱子。

楚怀王　(怒不可遏)把他的左徒官职给免掉!

子　椒　(鞠躬)是。

靳　尚　(同时)我们遵命。

　　　　　子椒及靳尚上前挟持屈原。

屈　原　(愤恨地)唉,南后!我真没有想出你会这样的陷害我!皇天在上,后土在下,先王先公,列祖列宗,你陷害了的不是我,是我们整个儿的楚国呵!(被挟持至西阶,将由右翼侧道下场,仍亢声斥责)我是问心无愧,我是视死如归,曲直忠邪,自有千秋的判断。你陷害了的不是我,是你自己,是我们的国王,是我们的楚国,是我们整个儿的赤县神州呀!……

　　　　　南后闻屈原言,为之切齿,似恨复似畏。

楚怀王　唉,简直是发了疯,简直是发了疯。(扶南后坐左席)你不用害怕,好生休息一下。

南　后　(振作起来)不,大王。我并不怕他,我怕的是对于张仪先生太失礼了。

楚怀王 （此时仿佛才忽然记起张仪在自己身边）啊，是的，张先生，真是太失礼了。请坐，请坐。（肃张仪就右席。）

张　仪 （拱手谦让）岂敢，岂敢。（就座。）

楚怀王亦就正中座位。

张　仪 请恕客臣冒昧，这位高贵的人就是南后郑袖吗？（对南后作拱手状。）

楚怀王 （忙作介绍）呵，是的，是的，这就是我的爱妃郑袖。（向南后）这位就是秦国的丞相张仪先生啦。我们在子椒那里碰了头，所以便把他拉来了。

南后、张仪相互目礼。

张　仪 我今天第一次拜见了南后，要请南后和大王再恕客臣的冒昧，我才明白……（欲语，但又踌躇。）

南　后 张仪先生，你有甚么话就请不客气地说吧，反正我是南国的女人，不懂中原的礼节的。

张　仪 （再作道歉状）要请恕我的冒昧，我今天拜见了南后，我才明白——屈原为甚么要发疯了。

楚怀王 （又喜，狂笑）呵，哈哈哈……真会说话，真会说话。

南　后 （微笑）张仪先生，你真是善于辞令。

张　仪 真的，客臣走过了不少的地方，凡是南国北国、关东关西，我们中国的地方差不多都走遍了。而且也过过各种各样的生活，以一介的寒士作到一国的丞相，公卿大夫、农工商贾、皂隶台舆、蛮夷戎狄，甚么样的人差不多我都看过了。但要再请恕臣的冒昧。（又作一次道歉状）我实在没有看见过，南后，你这样美貌的人呵！

楚怀王 （愈见高兴）呵，哈哈哈……我原说过，天地间实在是不会有第二个的。

张　仪 没有，没有，实在没有。

楚怀王 昨天你还在替中原的女子鼓吹，你不是说"周郑之女，粉白黛黑,立于街衢,见者人以为神"吗?
张　　仪　唉,那是客臣的井蛙之见娄,所谓"情人眼里出西施"啦。我自己是周郑之间的人,我所见到的多是周郑之间的女子,可我今天是开了眼界了。(又向南后告罪)南后,请你再再恕我的冒昧,你怕是真正的巫山神女下凡吧?
南　　后　(微笑)张仪先生,你真是善于辞令!
楚怀王　好了,好了,你们两位不必再互相标榜了。(起立,执张仪手一同起立)总之,张仪先生,我很佩服你。你说凡是一口仁义道德的人,都是些伪君子,真是一点也不错。我看你是用不着到魏国去了,我也不希望你去给我找甚么美人。我是不再听那个疯子屈原的话了,你能够使秦王听信你的话,对于我特别表示尊敬,我很满意。我一定要和齐国绝交,要同秦国联合起来,接受秦国商于之地六百里。
张　　仪　那真是秦、楚两国的万幸!
楚怀王　(又至南后前执其手,使之起立)今天你实在是辛苦了。疯子屈原作的东西,我现在再也不能忍耐。今天的跳神可以作罢。(稍停又一转念)就是今天的宴会也可以作罢。我们同张仪先生此刻到东门外去散步,也不要车马,我们到东皇太一庙去用中饭,那倒是满好玩儿的。(回向张仪)好,张仪先生我们就走吧。这些鬼鬼怪怪的东西(指中霤中之跳神者,见他们仍因未奉命不能退场,只三三两两或坐或立,散布于庭中——东皇太一与云中君坐东房阶上,山鬼立于其侧;大司命与少司命坐西房阶上,国殇立于其侧;东君与河伯倚东房之柱而立;湘君与湘夫人倚西房之柱而立)就尽他们来收拾好了。

　　三人行至阶前。

　　令尹子椒与靳尚复由右首出场,在阶下向楚怀王敬礼。

子　　椒　启禀大王,屈原已经解除了他的职位。放他走了。
靳　　尚　他走的时候仍然叫不绝口,把冠带衣裳通统当众撕毁了。

楚怀王　（复厉声大怒）哦，真是疯子！你们把这些鬼鬼怪怪的东西，通统给我撤消下去！

——幕下

第 三 幕

景与第一幕同。时间在中午过后不久。

宋玉执竹帚在园中扫除。扫除毕后，复将竹帚倚置亭阶前。

宋　玉　（背倚一株橘树，从怀中取出《橘颂》帛书放声诵读）

辉煌的橘树呵，枝叶纷披。

生长在这南方，独立不移。

绿的叶，白的花，尖锐的刺。

多么可爱呵，圆满的果子！（读至此，闭目暗诵。诵至"独立不移"不能记忆，乃复张目视书，立即闭目暗诵，又将八句重诵一遍。然后再张目视书，继读下文）

由青而黄，色彩多么美丽！

内容洁白，芬芳无可比拟。

植根深固，不怕冰雪雰霏。

赋性坚贞，类似仁人志士。（又闭目暗诵，至"内容洁白"复不能记忆，张目视书，复掉头暗诵。诵毕又从头诵起，虽途中略有停顿，但终于成诵。于是复继读下文）

呵，年青的人，你与众不同。

你志趣坚定，竟与橘树同风。

你心胸开阔，气度那么从容！

你不随波逐流，也不故步自封。（读至此，复行闭目暗诵。）

此时公子子兰偷偷由后门入场，轻脚走至宋玉身边，宋玉未觉。子兰以手抓宋玉左股，学狗叫。

宋　　玉　（大惊）啊,你骇了我一大跳。

子　　兰　（捧腹而笑）呵,哈哈哈。……

宋　　玉　你怎么又跑来了,先生呢?

子　　兰　先生在明堂内室和我妈在商量跳舞《九歌》的事啦。《九歌》的跳神我觉得是满好玩儿的,我实在是很想看,但妈不要我看。今天真奇怪,平常凡是有歌舞的时候,都是准我看的。独于今天连演习都不准我看,所以我就偷着空儿跑到这儿来啦。

宋　　玉　你怕你妈吗?

子　　兰　哼,不仅是我,连我爸爸都还怕她呢。我看宫庭里面的人恐怕没有一个不怕她。就是上官大夫虽然和她感情很好,也是害怕她的。他在妈的面前,凡事都只有惟惟听命而已。

宋　　玉　我看,我们先生似乎不怕她。

子　　兰　唉,不错,先生好像不怕她。看来,使人害怕的人,自己总是不怕人的。除我妈而外,先生也是使我害怕的一个。

宋　　玉　不过先生是威而不猛,南后恐怕是猛而不威吧?

子　　兰　吓,你公然有胆量,说我妈的坏话啦!

宋　　玉　（拱手谢罪）我是说顺了口,有罪有罪。

子　　兰　你在我面前说说倒没有甚么,不过你倒要谨慎些,担心你的脖子呢。你在读甚么?

宋　　玉　（以《橘颂》示之）是先生今早作的一首诗。

子　　兰　（略略看看,即退还宋玉）唔,《橘颂》。为甚么不写首《兰颂》呢?那样的时候,我就占便宜了。

宋　　玉　先生的诗里面,有很多地方是咏到兰花上来的,我看你占的便宜已经不少了。

子　　兰　那倒不错,先生是很喜欢兰花的,只可惜不大喜欢我这一个"兰"。他常常说我不肯用功,他挖苦我,说我会变成菉茅草,使我怪难为情的。我有时候倒很想改名字呢。

宋　　玉　你不肯用功,倒也是实在情形。我看你也用不着用功吧,你

　　　　　是王孙公子,反正也是变不成蓍茅草的。
子　兰　对娄,兰为王者之香,说不定我还要变成为楚国的国王呢。
宋　玉　可惜你哥哥在作太子,他现在还在秦国,还没有死!
子　兰　他不会早死,你能够断定吗?况且我爸爸喜欢我妈,我妈又喜欢我,只要我妈是高兴我作国王,你怕我作不成国王吗?
宋　玉　(戏以帛书卷为笏,向子兰敬礼)启禀国王,臣宋玉再拜稽首,对扬王休。
子　兰　(俨然受之)好!我将来假使作了国王的时候,我一定要封你为令尹啦。假使你不会作令尹,也要封你为左徒,就跟先生现在的官职一样,让你专门管文笔上的事情。
宋　玉　不错,这层我倒是很愿意的。文笔上的事情,我觉得很有把握,认真说,就是先生的文章,有好些我也不好佩服。就像他这篇《橘颂》,还不是一套老调子!而且有好些话说了又说,岂不是台上筑台,屋上架屋吗?先生的脾气总有些大刀阔斧的地方。他是名气大了,写出来的东西人家总说好,假使这《橘颂》换来是我写的,人家一定要说是幼稚了。
子　兰　你的见解,我不能全部同意。这《橘颂》,我觉得在先生的诗里倒还要算雅致一些。他的好些诗,总爱把老百姓的话渗在里面,我就有点看不惯。上官大夫和令尹子椒们也不恭维他,说他太粗糙,太鄙俚了。你假如作了我的左徒,那你可不能过于放肆。(心机转变)哦,婵娟呢?怎么不见人呢?
宋　玉　她在前面用功啦,你来是特地找她的吧?
子　兰　假使是那样,又会使得你不高兴,是不是?
宋　玉　我有甚么不高兴啦?你不要任意忖度人。你以为我喜欢那种没斤两的吗?哼,我和你的派数不同。你们作王孙公子的人,专爱讨便宜,想尝尝小家碧玉的味道。我们出身寒微的人,老实说是想高攀高攀一下的啦。愈难得到手的东西,才叫愈好吃。
子　兰　唉,你还有这一套见解!那么你是不喜欢婵娟了。

宋　玉　也没有甚么特别不喜欢。不过喜欢她又怎么样呢？她那样古古板板的人丝毫也不能帮助我，而且她是丫头出身啦！假使要拿来作老婆的话，岂不是前途的障碍吗？

子　兰　唉，你这个宝贝！原来比我还要势利。你一向装得来那样的清高！好的，我从今天起把你当成好朋友了。我们将来一定要有福同享，有祸同当，你高兴不高兴？

宋　玉　我当然是高兴的。就跟先生目前对于你爸爸是很大的帮助一样，我将来对于你也一定有不小的帮助。特别是文字上的工作我是很有自信的。

　　　　　屈原散发，着袭衣，以异常愤激的神态由外园门入场。
　　　　　宋玉与子兰二人见之均大惊，迎接上去。

宋　玉　先生，你怎的？

子　兰　（同时）出了甚么事吗？先生！

屈　原　（不加理会，愤愤走至亭阶前停步）哼，真没有想出，你会这样的陷害我！可你陷害的不是我，是我们整个儿的中国呵！

　　　　　弟子二人畏缩地走至屈原身边，欲有所问。

屈　原　你们不要挨近我，我要爆炸！（以急骤的步伐登上亭阶，在亭栏上任意就座。以两手紧捧其头，时抓散发。默坐有间，复以拳头击膝，愤然而起，在亭中返复回旋。）

　　　　　弟子二人不敢近身，只庋立于阶下，面面相觑，手足无所措。

屈　原　哼，我是问心无愧，我是视死如归，曲直忠邪，自有千秋的判断。你陷害的不是我，是我们楚国，是我们整个儿的中国呵！

　　　　　此时篱栅之外已纷纷有人探视，但又不敢进园。屈原见有人在园外探视，乃匆匆步下亭阶，向内园门走去。

宋　玉　（胆怯地）先生，好不让我来扶你？

屈　原　不，我不愿见任何人的面孔。人的面孔使我害怕！（愤愤然下场。）

　　　　　弟子二人茫然。
　　　　　园外观众有惋惜、有诧异、亦有嗤笑者。

宋　玉　这是怎么一回事呢？

子　兰　看那样子，先生好像失了本性啦。

宋　玉　怎么没有人跟着他一道回来呢？

子　兰　奇怪，真是奇怪！

宋　玉　我看，你跑回宫里去，探听探听一下情形吧。

子　兰　好的，我正在这样想。我在宫里的时候，看见他同母亲两个人讲得非常投机的。该不是在路上遇着了疯狗吧？

宋　玉　就遇着疯狗也不会有那样快的啦。总之你还是回去探听一下的好。

　　　　　　众人将园门让开，上官大夫入场。宋玉与子兰迎接上去。

靳　尚　（一面前行，一面问）怎么样，子兰公子，你也在这儿？你们先生回来了吗？

宋　玉　刚才回来了。他说，他不愿见任何人的面孔，见了要爆炸。

靳　尚　哎，事情真是出乎意外。

宋　玉
子　兰　（同时）是怎么一回事呢？

靳　尚　真是出乎意外，不是亲眼看见，恐怕任何人都不会相信。

宋　玉
子　兰　到底是甚么事情呢？

靳　尚　你们想晓得么？我告诉你们吧。子兰，你来，我先告诉你。（贴耳与子兰私语。）

子　兰　吓？先生会有那样的事？

靳　尚　我原说不是亲眼看见，谁也不会相信的啦。（信步走上台阶，故意选择一地点向园外群众而坐。）

子　兰　（随之而上）详细的情形究竟是怎样的呢？

靳　尚　让我慢慢地同你们讲吧，你不要着急。

　　　　　　宋玉立阶下，此刻返身驱逐群众。

宋　玉　你们这些没事的闲人，请走开吧，没有甚么好看的。

靳　尚　（阻止之）宋玉，你让他们听听啦。反正今天的事情在都城里恐怕都已经传遍了,他们早迟也是会晓得的。让我亲眼看见的人对他们说说,也免得以讹传讹。你最好放他们进园子里来!

群众闻靳尚言均拥挤入园,宋玉无法制止,只跑到内园门次,将门掩上。

群　　众　三闾大夫是怎样的?请你告诉我们!

靳　　尚　(起立步至亭阶)各位邻里,各位乡长,你们都知道三闾大夫是最有德行的人吗?

群　　众　一点也不错。——他是我们南国的圣人啦!

靳　　尚　你们都知道三闾大夫是最会作文章的人吗?

群　　众　是呵。——我们知道。——他是我们楚国最大的文豪!

靳　　尚　他把祭神的《九歌》改编了一遍,你们是知道的吗?

群　　众　知道的。——他的新的歌词我们都能够唱哪!喏,(零星唱出)

暾将出呵东方,揽余马呵扶桑。……

魂魄毅呵为鬼雄。……抚长剑呵拥少艾。……

靳　　尚　那就好了。我现在要把三闾大夫遇着的事情告诉你们。

群　　众　好啊!——我们很愿意听。

靳　　尚　今天中午,国王要给秦国的丞相张仪饯行,我们的南后亲自把三闾大夫的《九歌》排演起来,要让张仪鉴赏。

一部分群众　南后的本领真不小啦!

靳　　尚　南后又请三闾大夫去指导。还是叫这位公子子兰亲自到这儿来恭请的啦。

少数群众　结果又怎样呢?

靳　　尚　南后和三闾大夫在宫中导演的时候,叫我到令尹的府上去,把国王请回来;国王是去和令尹商量大事去了的。我到了令尹家里,碰着张仪也在那儿。国王便顺便把张仪、令尹和我一同约回宫里。

少数群众　又怎么样了呢?

靳　　尚　吓,真真是出乎意外。在我们回到宫里的时候,《礼魂》歌刚好跳完,再奇怪也没有的就是我们的三闾大夫了。你们猜,他是怎样了?

群　众　怎么能够猜得出呢?——这是苦人所难了。——这怎么猜得着!

老　者　该不是因为过于高兴,便失了本性吧?

群　众　那里,三闾大夫决不会那样!——三闾大夫不是那样的人!——老头子,你侮辱了三闾大夫!……

靳　尚　没有亲眼看见的人谁也猜不着,而且在说出来之后恐怕是谁也不大相信的。

群　众　究竟是怎样的呢?

靳　尚　(徐徐地)唉,我们跟着国王回到宫里的时候,《礼魂》歌刚刚跳完了,国王走在最前头,张仪第二,令尹子椒第三,我在最后。我们亲眼看见,我们的三闾大夫站在明堂内室的台阶上,紧紧地把我们的南后抱着,要逼着和南后亲嘴啦!

群　众　(哗然)吓?三闾大夫会作出那样?——我们不相信!——谁也不相信!——你侮辱三闾大夫!……

靳　尚　我原说过,没有亲眼看见的人恐怕是谁也不肯相信的。三闾大夫是那样有品行的人,地方呢是极其庄严的宫庭,人呢又是我们举国敬仰的南后,那样的事情怎么会作得出来呢!
(瞥见令尹子椒赶至外园门口)哦,令尹也到了,又是一位见证到了。你们赶快把路让开。

群众回头,同时将路径让开。仍然是哗然不安,议论纷纷。
令尹子椒走入,宋玉由内园门次迎接上去。

子　椒　怎么样?三闾大夫没有回来吗?

宋　玉　启禀令尹,先生是回来了的,不过他的精神很不好,他说他不愿意和任何人见面。此刻大概在前面休息吧。

子　椒　(见靳尚与子兰)你们两位也早到这儿来了。你们见到三闾大夫吗?(步上亭阶。)

宋玉随上。

子　兰	我是见到先生的,他的衣服也脱了,帽子也掉了,气愤愤地只是说要爆炸。又说是谁陷害了他,但陷害了的又不是他,是楚国。
子　椒	我看他的病实在很深沉啦。(向靳尚)你来,见到他吗?
靳　尚	我特别关心他,跑来,还是没有见到。
子　椒	(向宋玉)我看怕最好去请位巫师来替他招招魂吧,他是失掉了本性的啦。
宋　玉	令尹,先生对南后有失礼的举动是实在的吗?
子　椒	怎么不实在呢?我同上官大夫都亲眼看见,国王和秦国的丞相张仪也亲眼看见的啦。不过我们幸好回去得早,看见他正搂抱着南后要和南后亲嘴,南后在死死地挣持,喊他快丢手,快丢手。他大约也是看见了国王,也就让南后挣脱了身。结果嘴是没有亲到的。幸好我们回去得早,假使再迟得一刻,恐怕三闾大夫不仅是丢官,而且还会丢命的啦。你想,国王看在公族的份上即使能够容恕他,南后怎能够对他容恕?好在他是作恶未遂,真是不幸中之一幸呢。
宋　玉	(叹息)哎,我再也没有想到,我们的先生会走到这一步!
子　椒	其实我早就劝告过他的。他的太太去世了两年多,我早就劝他再讨一位,他总是拖延着。你想,一个四十岁的鳏夫子,又到了百花烂漫的春天,怎么不出乱子呢?我来本是要看看他的,他现在虽然失掉了官职,但我们是同过事来。不过他现在既不想见人,我也不想去惊动他了。(向宋玉)宋玉,你是聪明的孩子,我看你听我的话,务必要替他招招魂啦。能够使他回复得本性,我也不枉和他作了多年的同事,你们也不枉作了一世的师生。……
老　者	是的,我们也不枉作了一辈子的邻里啦。(向群众)各位邻里们,你们快走两位去扎剖一个茅草人来吧!

　　群众中有二三人应声下场,其余仍有人表示怀疑,或摇头,或翻白眼。

老　者　（又回向宋玉）宋玉小哥，你快去把你先生用的衣服取一件来。
　　　　宋玉颇为迟疑。
子　椒　宋玉，你照他的吩咐作去，你是你先生的得意门生，应该特别尽这一点孝心。
宋　玉　不过我怕先生知道了，会生气的。
子　椒　你悄悄地叫婵娟把衣服给你，不要声张好了。
宋　玉　为尽我的一点孝心，我也就照着这样作吧。
子　椒　那是很好的，我可不能在这儿久留了，我要赶着回去。
靳　尚　我也同你一道走啦，令尹。（回顾子兰）你怎么样？
子　兰　我要留在这儿看招魂啦，我也是要尽我一点儿孝心的。
子　椒　很好，很好，你也是先生的弟子，是应该的，万一南后回来了，我要替你声明啦。好的，各位邻里和这位乡长，一切的事情就请费心了。
群　众　我们是一定要尽心的，请令尹放心。
靳　尚　好，我们可以走了。
　　　　子椒前，靳尚后，一面走，一面说，下亭，向园门走去。
子　椒　唉，真是天有不测的风云娄。人太固执了，实在也是招祸的事。
靳　尚　不过你叫三闾大夫再讨一个，也不是容易的事呵。他是悬想过高，不是神女下凡，恐怕是不能满意的。
子　椒　那就是坏事的根本娄。会做文章的人总爱胡思乱想。想到尽头，还是自己害自己啦，何苦来。
靳　尚　真的啦。"嫫母有所美，西施有所丑"，不知道满足的人，实在是自取灭亡呀。
　　　　子椒与靳尚下。
老　者　（待二人去后）宋玉小哥，就请你快去，把先生的衣服取来。
宋　玉　（向子兰）公子子兰，那内园门要请你照料一下。
　　　　宋玉与子兰向内园门走去。
子　兰　你去好了，我还希望你把婵娟也叫出来啦。

宋　玉　我可以替你叫,不过她出来不出来我就不敢担保。我看你恐怕也要让这位老伯伯替你招招魂吧。

子　兰　你这刻薄鬼,先生疯了,你才高兴啦,现在没有人能够盖得过你了,是不是?

宋　玉　哼!你真聪明!(下。)

老　者　(摇头)哎,这些年青人,真是毫没有点真正的孝心!呵,茅草人也扎来了。你们真快。

　　　　　　扎草人者由后园门跑回,将茅人交与老者。

群众之一　我们能齐心,就干得很快。

老　者　现在是赶急,愈快愈好啦。(接受茅人在手,抱之入亭,倚立栏杆上。又返向群众)你们大家先来作一番法式。你们围成一个圈,等我开始施法的时候,你们就唱《礼魂》,要一面唱,一面跳。

　　　　　　群众围成一圈,但仍有人怀疑。

　　　　　　宋玉抱白衣一袭,婵娟抱黄犬同由内园门入场。老者奔下亭来接去白衣,复奔至亭上。

老　者　还要几珠亲人的血来滴在茅人头上,要童男、童女的才行。三闾大夫没有亲人在场,婵娟姑娘的血是可以用的啦。婵娟姑娘,你请来,把你的指头刺破,滴几珠血在这茅人头上。

群众之一　(见婵娟踌躇)你连这点孝心都没有吗?我们都在帮忙啦。

　　　　　　婵娟将黄犬放下,任其自由动作,奔至亭上。

老　者　(向群众唱)招魂开始,请先唱《礼魂》之歌。(持衣至茅人前行垂拱礼。)

群　众　(唱歌)

　　　　　　唱着歌,打着鼓,
　　　　　　手拿着花枝齐跳舞。
　　　　　　我把花给你,你把花给我,
　　　　　　心爱的人儿,歌舞两婆娑。
　　　　　　春天有兰花,秋天有菊花,

　　　　馨香百代,敬礼无涯。(返复三遍。停止,散立亭下。)
老　者　(唱)《礼魂》已毕,再请灌血。(领婵娟至前,取小刀刺破其右手中指,滴血数珠于茅人头上。挥婵娟下亭。)

　　　　婵娟下亭步至宋玉处。
老　者　(持衣向空中招展)东皇太一,赫赫明明,大小司命,云中之君,请你们齐来鉴临。今有楚大夫屈原,魂魄离散,邻里乡党,为之招魂。敬求各大明神怜鉴,将其魂魄放还故乡。(祝毕,将衣裹于茅人身上,复行垂拱礼一次,将茅人抱起,先向东方招展。拖长声音唱唤)三闾大夫,你回来呀!

　　　　群众同声和之。
老　者　你不要到东方去,东方有十个太阳,把金石都要融掉,又有一千丈长的魔鬼,要把你的灵魂抓去的。(向南方招展)三闾大夫,你回来呀!

　　　　群众和之。
老　者　你不要到南方去,南方有吃人的蛮子,头上雕着花,牙齿是漆黑的,又有吃人的蟒蛇,吃人的狐狸精,吃人的九头蛇,都会要把你吃掉的。(向西方招展)三闾大夫,你回来呀!

　　　　群众和之。
老　者　你不要到西方去,西方有千里的流沙,你滚进去便会烂掉。又有和象一般大的红蚂蚁,和葫芦一样大的黑马蜂,会把你蛀得精光的。(向北方招展)三闾大夫,你回来呀!

　　　　群众和之。
老　者　你不要到北方去,北方是一片的雪海冰山,草也不能生,木也不能长,你去是要冻坏的。(立亭正中向天上招展)三闾大夫,你回来呀!

　　　　群众和之。
老　者　你不要到天上去,天上有九重天门,都有虎豹把守。还有九头的怪神,赶着一大群豺狼,专等人去便抓来投进深渊。上帝是不大管事的呀。(走至亭口,将茅人向地下招展)三闾大夫,

　　　　　你回来呀！

　　　　　　　群众和之。

老　者　　你不要到地下去,地下有土伯把守,三只眼睛两只角,头如老虎身如牛,把人捉去当点心,背脊隆起血满手,你千万不要去吧。(在亭中开始打回旋)三闾大夫,你回来呀！

　　　　　　　群众和之。

老　者　　回到你的故乡来。你的橘子园在这儿,你的亭台在这儿,你的邻里在这儿,你的婵娟在这儿,你的子兰和宋玉在这儿,你的小黄狗儿也在这儿呀！(回旋愈转愈急)三闾大夫,你快请回来呀,快请回来呀……(愈唱愈快。)

　　　　　　　群众均齐声和之。

　　　　　　　屈原身着黑色长衣,披发,突由内园门走出,群众及宋玉、子兰因回旋呼唱,婵娟则因注意众人行动,均未觉察。

屈　原　　(愤愤然)你们在这儿闹些甚么！

　　　　　宋玉、婵娟、子兰及群众均大惊,向后退。屈原急急步至亭前。

老　者　　(趋下亭,向屈原行拱手礼)三闾大夫,我们在替你招魂呢。

屈　原　　谁要你们替我招魂？你们要听那妖精的话,说凤凰是鸡,说麒麟是羊子,说龙是蚯蚓,说灵龟是甲鱼。谁要你们替我招魂！你们要听那妖精的话,说芝兰是臭草,说菊花是毒草,说玉石是瓦块,说西施是嫫母。谁要你们替我招魂！(急由老者手中将茅人夺去。)

老　者　　(大惊,抱头鼠窜)呵,真是疯子！真是疯子！要打人啦！

　　　　　　　群众急向后门逃窜,或复回顾,仍表示同情或怀疑。

屈　原　　(愤愤地望着众人的背影,最后将茅人投掷于地)唉,你陷害我,你陷害我,但你陷害了的不是我,是我们整个儿的楚国呵！(抱头一转身,复急骤地走入内园门,下。)

　　　　　　　宋玉、子兰、婵娟三人伫立望门内,默然有顷。宋玉一人拾茅人步上亭中倚之于亭栏上,徘徊,有沉思之态。

子　兰　　呵,简直把我骇倒了。这儿我是不敢再呆的,我也永远不想再来了。婵娟,你怎么样?

婵　娟　我怎么样?

子　兰　你不怕疯子吗?

婵　娟　要你才是疯子,我不相信你们的话!

子　兰　哼,摆在眼面前的事你都不相信吗?

婵　娟　我说不相信就不相信,我们先生不是明明说遭了陷害吗?不过我还没有问,究竟是怎么一回事罢了。

子　兰　刚才令尹子椒和上官大夫都来过,他们所说的话,可惜你没有听见。

婵　娟　他们说了些甚么话?

子　兰　他们本来是来看先生的,因为先生不愿见人,他们便和我们大家说了一些话便走了。

婵　娟　究竟说了些甚么话?

子　兰　他们说:他们亲眼看见,先生在宫庭里面抱着我的母亲要亲嘴呢。

婵　娟　瞎说!我才不相信这些鬼话!

子　兰　鬼话?哼。详细说起来呢,恐怕也不由你不相信。今天清早我来请先生进宫里去,你是晓得的。妈妈请他,为的要跳《九歌》神给张仪看。妈妈和先生在宫里作准备。爸爸呢,到令尹子椒家里去了。时间快到了,妈妈叫上官大夫去把爸爸请回来,碰着张仪也到了令尹子椒家里。爸爸便同着张仪、令尹子椒、上官大夫一道回宫。谁个想到他们一走进宫里,便看见先生就这样……(作欲搂抱势。)

　　　　婵娟惊退。

子　兰　搂抱着妈妈,妈妈也正在和他死拚。你想,这还成甚么体统呢?好在先生一看见爸爸就把妈妈丢了。爸爸生了气,撤了先生的职,令尹子椒刚才说:他们回去得恰好,假使再迟得一刻,恐怕先生仅仅丢官还不能够了事的呢!

婵　娟　他们真是这样说的?

子　兰　谁还骗你？你去问宋玉好了。对不住，我还有点儿要紧的东西要去收拾一下。(入内园门。)

婵　娟　(步至亭前)他们真是那样说的吗？

宋　玉　可不是！而且先后不同时地来，先后不同时地说，两人的话说得来却是完全一致的。

婵　娟　你肯相信？

宋　玉　我现在正在为这件事踌躇，要想不相信吧也好像不由你不相信。先生鳏居了两年多，又是春天啦。

婵　娟　哼，你也要侮辱先生！我早就晓得你这个人是靠不住的！

宋　玉　你骂我好了，其实我也希望能够不相信啦。你要说不相信的话，你又有甚么证据呢？

婵　娟　不是我亲眼看见的，任你怎么说，我也不相信。你说证据吗？我自己就是一个证据啦。你想，我朝夕都在先生近前服侍，先生待我完全就跟自己的嫡亲的女儿一样，丝毫也没有过甚么苟且的声色。这不就是铁的证据吗？

宋　玉　(微笑)吓吓，婵娟姑娘，你也未免把你自己太看高了！

婵　娟　甚么！你这样说，你简直是先生的叛徒！

宋　玉　抱歉得很，实在也没有办法。我也感觉着在这儿呆不下去了。辜负了先生教育了我一场，不过我也算把先生的长处学到了。婵娟，你请上来，我要送你一样东西。

婵　娟　谁要你送我甚么东西！

宋　玉　是先生写的东西啦。

婵　娟　(跑上亭去)先生写的？

宋　玉　(自怀中将《橘颂》取出)是今天清早先生写的一首新诗。(授与婵娟。)

婵　娟　(受书展视，呈喜悦色)呵，《橘颂》，赞美橘子的诗，橘子是我顶喜欢的东西。

宋　玉　今天清早就在这座亭子上，先生把这首诗给了我，同时还给了我一席很长的教训话呢。

婵　娟　你把那教训话也给我吧。

宋　玉　太长了，我也记不清楚了。听的时候到觉得很深刻。现在呢？可又是一番感觉了，不过大意我是还记得的。先生要我把橘子树来作老师，说橘子树是怎样的不怯懦，不懈怠，不迁就，就是把这诗里面的意思来敷衍了一遍的。

婵　娟　还说过甚么话没有呢？

宋　玉　还说过一些在大波大澜的时代，要我把饿死在首阳山上的伯夷来作榜样，就是气节要紧。他说我们处在目前的大波大澜的时代，生要生得光明，死要死得磊落。

婵　娟　哦，这话多么好呵！

宋　玉　是好呵。我清早听见的时候，委实是刻骨铭心的。不过我现在是这样感觉着：说话倒还容易，作人实在是太不容易呀。

婵　娟　你的意思是说先生言行不符了？

宋　玉　我只是说我自己的感觉，你不要又扯到先生名下去，不过先生还告诉了我一些话，我实在是受益不浅。

婵　娟　还告诉了些甚么话呢？

宋　玉　是关于作诗的经验啦。先生说他是拚命的在向老百姓学，在向小孩子们学。他教我不要把先生看得太高，也不要把自己看得太低。

婵　娟　哼，大约你现在很觉得比先生还要高些吧？

宋　玉　不要尽是那样挑剔吧，婵娟。向老百姓学，实在是一个宝贵的教训。我不瞒你说，我刚才在这儿看见那位老头子在给先生招魂的时候，我得到了一篇很好的文章。停两天我一定要把它写出来，就安它一个《招魂》的题目吧。我相信这一定可以成为一篇杰作，比起先生的《九歌》来，是会毫无愧色的。

婵　娟　真是恭喜你啦，但希望你不是作来招你自己的魂。

宋　玉　你高兴要骂，你就骂吧。(下亭阶)反正我在这儿呆不下去了。

　　　　　　此时子兰抱若干古老竹帛卷册复由内园门入场。屈原之老

　　　　　阍人阿汪,及老灶下婢阿黄各负行李随其后。
婵　娟　(在亭上叫出)阿汪,阿黄,你们要到哪里去?!
阿　汪　对不住,我们在这儿呆不下去了。
阿　黄　我害怕呢,婵娟姑娘。
婵　娟　你们到底要往哪里去?!
阿　黄　子兰公子同情我们……
阿　汪　要把我们收进楚王宫里去啦。
宋　玉　(下阶,与子兰对面)公子子兰,请你也把我收进宫里去吧。
子　兰　那不成问题。我的妈也喜欢你,她一定是很高兴的。
宋　玉　放在先生这儿的东西,我想一概也不带了。
子　兰　你还带甚么,你怕宫里少了你的使用吗？我这些东西(示以所抱卷册)你是晓得的,是从宫里抱出来的楚国的国史《梼杌》啦,我不抱回去,那关系可太大。事实上连阿汪、阿黄我都不要他们带行李的,他们偏偏要带,也就只好听随他们了。
宋　玉　把《梼杌》让我来抱一部分吧。
子　兰　好得很。(分一半与之。)
　　　　　婵娟一人立于亭口,将牙关紧紧咬定,心中有无限的悲愤、憎恨、凄凉,种种复杂的情绪潮涌,自脸上可以看出。
子　兰　(步近亭阶,故意郑重地向婵娟)婵娟姑娘,我要向你告辞了。不过在我临走之前,我还要奉承你几句,你允许我吧？
　　　　　婵娟仍鹄立不动,并缄默无言。
子　兰　今天清早我在这座亭子上问过你:你到底喜欢甚么人？你答应我说:你喜欢你喜欢的人。现在我算确确实实地弄明白了。你喜欢的不是我这跛了脚的公子,你喜欢的是那失了魂的疯子啦！
婵　娟　(怒极欲涕)你们这些没有灵魂的东西！
子　兰　你也不必那样动怒。我还要告诉你一个使你也失掉灵魂的消息——先生已经失踪了!!!

婵　娟　(大惊)甚么?

阿　汪　是的,先生刚才从前门跑出去了!

阿　黄　先生刚才从园子里面转去的时候,便戴上一顶高帽子,佩着那把很长的宝剑,跑出去了!

婵　娟　先生要到甚么地方去,没有对你们讲过?

阿　黄　他老是那样气汹汹的,甚么也不说。

阿　汪　谁也不敢问他一声啦。

宋　玉　(初闻失踪之说亦略略表示吃惊,继而沉静下来,此刻更沉静地)我看,先生这一出去,不是想杀人,便是自杀啦!

婵　娟　宋玉,你快去追寻先生吧,快请你去啦!

宋　玉　(迟疑)我去有甚么用呢?先生疯了,不死比死了还坏。活着有甚么好处?我已经决心跟随公子子兰进宫,请你原谅。

婵　娟　宋玉!你们把先生看得那样下贱!先生哪里会疯呢?先生是楚国的栋梁,是顶天立地的柱石,你不知道吗?楚国如果失掉先生,那会是多么大的一个损失?我是一个普通人家的女儿,我是先生的侍女,我的责任是服侍先生,是洒扫庭堂,整理用具,我不像你们一样能够吟诗作赋,谈论国家大事,但我就知道先生一人的存在关系着楚国的安危。先生是我们楚国的灵魂,先生如果死掉,那我们的楚国就会完了。(见宋玉不应,回向众人)你们谁也不去找回先生吗?

　　　　余人不应。

婵　娟　你们都这样忍心吗?

　　　　余人不应。

婵　娟　呵!先生,你的婵娟是不能离开你的,如果你死,婵娟也要跟着你一道死!(飞奔下亭,向内园门跑去。)

子　兰　呵,快走,快走,又出了一个疯子!

　　　　余人均向外园门跑去。

——幕下

第 四 幕

楚国郢都之东门外,右首一带城墙,有城门一座,城门上篆书"龙门"二字。以自然之小河为濠,濠上有堤,遍栽杨柳,濠水在舞台上横贯,折向左翼,有桥在左露出,与城门约略正对,桥之彼端隐没。

堤上右翼靠城处有一中年人颇似隐士,在柳荫下垂钓,另有一渔父在桥头近处守着一架四角网,时而举出水面,时复放下。

钓　者　(唱)农民困在田间,
　　　　　两腿泥巴糊遍。
　　　　　一年的收成血和汗,
　　　　　把主人的仓库填满。

　　　　　王侯睡在宫殿,
　　　　　美姬仿佛神仙。
　　　　　蚊虫和虱子真有眼,
　　　　　不敢挨近他们身畔。

　　　　　上帝呆在云端,
　　　　　两旁都是醉汉。
　　　　　世间有多少灾和难,
　　　　　他们闭着眼睛不管。

　　　　　太阳西斜的时候,天上云霞时刻改变颜色。
　　　　　婵娟仓惶由城门跑出,四下张望,遇老媪一人,由桥头过来,行将入城。
婵　娟　老妈妈,你在桥那头的路上看见我们的先生没有?

老　媪　你的先生是谁?

婵　娟　三闾大夫啦。

老　媪　哦,官家的人都说他疯了,我可没有看见他啦。(入城。)

　　　　　婵娟伫立路头,踌躇有间,继奔至桥头向渔父发问。

婵　娟　老伯伯,你在这儿看见过三闾大夫没有?

渔　父　我没有看见过啦,听说他发了疯,不晓得是怎么样了。

钓　者　(向渔父)你们都说三闾大夫发了疯,其实真是活天冤枉!

渔　父　先生,我不过是听见路过的人那样说,我并不晓得是怎么一回事咧。

钓　者　大家都在说:三闾大夫发了疯,三闾大夫淫乱宫庭,唉,真真是天晓得!

婵　娟　(向钓者走近)先生,你晓得那详细的情形吗?

钓　者　我是亲眼看见的啦,姑娘。

婵　娟　好不,请你告诉我?

钓　者　(把婵娟打量了一下)姑娘,你是三闾大夫的甚么人?

婵　娟　我是服侍先生的婵娟啦。

钓　者　哦,是的,《九歌》里面有你的名字,在《湘君》歌里面,我记得有"女婵娟呵为余太息"的一句啦。

渔　父　(插入)你就是婵娟姑娘吗?你在替你老师太息,你的老师却在替我们老百姓太息啦。他有两句诗多好呵,"长太息以掩涕兮,哀民生之多艰。"能够为我们老百姓所受的灾难,太息而至于流眼泪的人,古今来究竟有好几个呢?

钓　者　那还用问吗?一向的诗人就只晓得用诗歌来歌颂朝廷的功德;用诗歌来申诉人民疾苦的,就只有三闾大夫一人啦。哦,婵娟姑娘,我倒要先问你,三闾大夫从宫庭里回家去之后是怎样了?

婵　娟　先生回到家里很生气,不知道怎的,冠带、衣裳都没有了,任何人也不愿意见。后来后园子里面有很多邻里来替他招魂,都说他是疯了,要把他的魂魄招转来。听说上官大夫和

		令尹都到过我们的后园来,也都说先生是疯了。先生到园子里来看,更加生气,他便跑到外面来了,不晓得他是到甚么地方去了。
钓	者	唉,大家那样没见识,倒真的会把三闾大夫逼疯呢!我是明白的,今天的事情实在够三闾大夫忍受。
婵	娟	先生,请你告诉我吧,那详细的情形我还丝毫也不知道。
钓	者	好的,我就告诉你吧。婵娟姑娘,你可曾知道秦国丞相张仪,到了我们楚国来的这一件事吗?
婵	娟	我是听见先生说过,说他到我们楚国来,要我们和齐国绝交,和秦国要好啦!
钓	者	是的,张仪就是那样的一位连横家,他专门挑拨我们关东诸侯自相残杀,好让秦国来各个击破,并吞六国。但是我们三闾大夫的主张和他恰恰相反,你是知道的啦。
婵	娟	是的,我早知道。我们先生是极力主张和齐国联合的。
钓	者	所以,我们楚国幸亏有三闾大夫,平常我们的国王也很听信三闾大夫的话。这一次张仪来也没有达到他的心愿。我们的国王是听信了三闾大夫的话,不肯和齐国绝交,也不愿和秦国要好,因此张仪便想朝魏国跑了,魏国是他的祖国啦。
渔	父	张仪是魏国的人吗?
钓	者	可不是!他还是魏国的公族余子呢。张仪要到魏国去,国王打算在今天中午替他饯行。
婵	娟	我也听见这样的消息,但不知道详细的情形是怎样。
钓	者	今天中午,国王打算替张仪饯行,南后便命令我们在明堂中庭跳神,就是跳三闾大夫的《九歌》,我扮演的是那河伯。姑娘你要知道,我是一位舞师啦,我是顶喜欢三闾大夫的歌词的一个人。
婵	娟	哦,是那样的,后来怎么样呢?
钓	者	快到中午时分,公子子兰来叫我们到中庭去,准备听南后和三闾大夫的指示。我们到了那儿,看见南后和三闾大夫两

人立在那儿。南后回头又叫唱歌的和奏乐的通统就位,便叫我们跳《礼魂》,南后和三闾大夫便立在明堂的阶墀上看我们跳神。我也记不清跳了好几个圈子的时候,东首的青阳左房的后门被推开了,有两位女官走出来又把前面的帘幕揭起了,悄悄地又退了下去。接着南后便命令停止歌舞。我这时候刚跳到明堂阶前,我是听得清清楚楚的。我听见南后对三闾大夫说:"啊,我头晕,我要倒,三闾大夫,三闾大夫,你,你快,你快……"便倒在三闾大夫的怀里去了。

婵 娟　南后病了吗?

钓 者　你听我慢慢地说吧。就在那个时候,国王和张仪、令尹以及上官大夫在青阳左房里出现了。吓,就在那个时候,那南后真凶,真毒辣,一个鹞子翻身,大声喊着:"三闾大夫,你快,你快,你快放手! 你太使我出乎意外! 你太使我出乎意外! 在这样大庭广众当中,你敢对于我这样的无礼,你简直是疯子!"

婵 娟　(切齿扼腕)哎,南后竟这样,竟这样的陷害先生!

钓 者　她跑到国王怀里去,国王也就大发雷霆,骂三闾大夫是疯子,叫令尹和上官大夫两人把他押下去,撤了他的官职。三闾大夫的衣裳、冠带,听说都是当着众人自己撕毁了的。

婵 娟　(愈见切齿,欲泣)这,这,先生一定是很危险。

钓 者　真的啦,那样的毒辣,连我们旁观者的脑子差不多都震昏了。

婵 娟　(愈见切齿,欲泣)先生一定很危险,一定很危险! (飞奔沿着城墙跑下。)

渔 父　唉! 想不出竟有这样冤枉的事啦。

钓 者　其实事情也很简单,只要当场问一下便可以弄明了的。但我们的国王在盛怒之下,全然不想问问我们当场的人——当场的人并不少,我们跳神的是十个,还有唱歌的和奏乐的。他不想问问我们,三闾大夫申诉了几句,他也全不理会，生抢活夺地便加上了一个淫乱宫庭的疯子的罪名。

渔　父　这怎么受得了呢？不疯也会疯的！

钓　者　你没有当场听见，三闾大夫在被押走的时候，说的那几句愤激的话呢。

渔　父　他是怎样说的？

钓　者　他说："南后，我真没有想出你竟这样的陷害我！我是问心无愧，我是视死如归，曲直忠邪，自有千秋的判断。你害了的不是我，是你自己，是我们楚国，是我们整个儿的中原呵！"他这几句话真是把我们全身的骨节脏腑都震撼了。

渔　父　就连我现在都还听得毛骨竦然呢。

钓　者　后边有人来了，回头再讲吧。

　　　　二人沉默。

　　　　屈原由左首登场，冠切云之高冠，佩陆离之长剑，玄服披发，颜色憔悴，与清晨在橘园时风度，判若两人。颈上套一花环，为各种花草所编制，口中不断讴吟，时高时低。步至桥头略略仁脚，欲过桥，但又中止，仍沿着濠堤前进。

　　　　断续可闻之歌咏乃《九章》《惜诵》词句，惟前后参差，不相连贯，盖此时《惜诵》章正在酝酿之中，尚未达到完成境地。

屈　原　我言行一致，表里如一，
　　　　事实具在，我虽死不移。
　　　　要九折肱才能成为良医，
　　　　我今天知道了这个真理。

　　　　晋国的申生，他是孝子，
　　　　父亲听信谗言，让他死了。
　　　　伯鲧耿直而遭受死刑，
　　　　滔滔的洪水，因而未能治好。

　　　　吃一堑便能够长一智，

  我为甚么不改变态度？
  丢掉梯子要想攀上天，
  我和做梦一样地糊涂。

  我忠心耿耿而遭祸，
  始终是不曾预料。
  我超越流俗而跌跤，
   自惹得人们耻笑。（反复讴吟，俯首徐行，行至垂钓者前。）

钓　者　（起立）三闾大夫，你不是三闾大夫吗？

屈　原　（初不加以理会，继乃含愠地）我不是三闾大夫，我已经不是三闾大夫了！

钓　者　是的，屈原先生，请你恕罪，我是知道的，刚才有位婵娟姑娘在这儿来找过你啦。

屈　原　你是甚么人？

钓　者　我是黄河的神。

屈　原　（以为受了玩弄）哼，你！没灵魂的！

钓　者　先生别生气，我是今天跳你《九歌》中的河伯的人。

屈　原　今天的事你是在场啦。

钓　者　我最能明白先生，你那一腔的冤屈。

屈　原　唉，我多谢你。（拱手）我算第一次受到了真正的安慰。

钓　者　我扮演河伯正跳到阶前，南后对你说的话我听得最清楚。

屈　原　唉，我真不知道她为甚么要那样的陷害我！

钓　者　屈原先生，那原因我倒是很知道的。

屈　原　你知道的？你怎么会知道？

钓　者　先生，你被他们强迫走了之后，国王和南后还和那张仪谈过好一阵的话呢。

屈　原　他们谈了些甚么？

钓　者　哼，那张仪真是一个奸猾小人！从前他在我们楚国作过小偷，偷过丞相家里的璧玉，我看是千真万确的。他真是一个巧言令色的小人。

屈　原　他究竟说了些甚么？

钓　者　他当着楚王和南后面前，把南后恭维得无以复加，说她是巫山神女下凡，说她是天下第一，国色无双，把楚王和南后都说得不亦乐乎，而且他还中伤了你呢。

屈　原　在他是必然的，我屈原就是他张仪的眼中钉啦。他又是怎样中伤我？

钓　者　他说，他得见了南后一面，才明白你为甚么要发疯了。

屈　原　哼，真是下流！是这样看来，分明是张仪在和南后通同作弊啦。

钓　者　我也正是这样想，而且有充分的证据。他把国王甜着了，国王便高兴得昏天黑地，他说："张仪先生，我佩服你，你说屈原是伪君子，一点也不错。我也再不听那疯子屈原的话了，我决定和齐国绝交，决定和秦国要好，接受商于之地六百里。……"

屈　原　（心气渐见和平起来）是这样看起来，完全是张仪那小子在兴妖作怪啦。

钓　者　我也正是这样作想。我看一定是那张仪，看见国王听信你的话，不肯和齐国绝交，所以就想用女色来打动国王，同时也是威逼南后，要她在国王面前毁坏你的信用。你的信用毁坏，他的奸计也就得售了。

屈　原　一点也不错，哼，我们的楚国便被这小偷偷去了！（厉声叫出）啊，南后，我们的国王，你们怎么那样的愚昧呀！

　　　　　楚怀王、南后、张仪由桥头步出，卫士八人稍隔一间，随后。

楚怀王　（借余人步至桥前隙地，手指屈原）哦，那疯子还在那儿骂我们啦！

南　后　（急急献媚）你不要生气，我们叫他来问问吧，逗逗疯子，是满好玩儿的。

楚怀王　啊，很好。（回顾卫士）你们走两个去，把三闾大夫请来。

| 卫士甲乙 | （应命行至屈原前）三闾大夫，国王请你去。

屈　　原　（喜形于色）好的，我就去。（回顾，向钓者）刚才多谢了你。

钓　　者　希望先生保重。

　　　　　屈原偕卫士甲、乙至国王及南后前行垂拱礼，惟对于张仪不加理会。

南　　后　（含笑）三闾大夫，你那花环是哪个送给你的啦？

屈　　原　是我自己编的。

南　　后　好不送给我？

屈　　原　南后喜欢，我愿意奉献。（取下奉上。）

南　　后　（接受以戴于颈上，故作种种姿态）啊，这是多么美丽，多么芬芳呀！这比任何珠玉、琼琚的环佩还要高贵，我自己就好像成了湘夫人，成了巫山神女啦。（突然呈出狂态）是的，吾乃巫山神女是也，三闾大夫，你刚才向我求爱，你现在又送我花环，你准备甚么时候和我结婚？

　　　　　楚怀王及张仪均笑。

屈　　原　（颇窘）南后，请你不要以为我是疯子，你不要中了坏人的诡计，我并没有疯。

南　　后　是的，你并没有疯。我知道你是诚心诚意地爱我，我也诚心诚意地爱你啦。我要请求上帝，封你为巫山山神，你可高兴吧？（转眼向天，拱手而诉）啊，上帝，我赫赫明明的上帝，下神乃巫山神女，皆因有南国诗人，三楚才子，姓屈名平字原者，迷恋妾身，神魂离散，务求上帝怜鉴，封之为巫山十二峰之山神土地，以便与小女神朝朝暮暮为云为雨。

　　　　　楚怀王及张仪益笑。

屈　　原　（更窘）我诚恳地请求你，南后，你不要降低了你的身分。

南　　后　是呵，我的身分是很高的。哦，我想起来了，吾乃大舜皇帝之妃湘君湘夫人是也。可怜的大舜皇帝呀，你的灵魂失掉在苍梧之野，你怎么在这儿飘荡呀？……（一转眼觑着屈原。）

　　　　　楚怀王、张仪捧腹绝倒。

屈　原　（忍无可忍,怒叱张仪）张仪！你这盗窃璧玉的小偷。有甚么值得你笑！你这卖国求荣的无赖,你这巧言令色的小人,有甚么值得你笑！你的下体挨过打的瘢痕还在吧？有甚么值得你笑！

　　　　　楚怀王与南后仍笑不止,张仪则愕然。

屈　原　你曾经在我们楚国作过小偷,偷了我们令尹家里的璧玉,你挨过好几百板子,你忘记了？

　　　　　楚怀王与南后仍笑不止,张仪无言。

屈　原　你曾经到苏秦那里去讨过口,你该还记得？你叫你老婆看过你嘴里的舌头,看被打掉了没有,你该还记得？你生为魏国之人,而且是魏国的公族余子,你跑到秦国去便怂恿秦国征伐魏国,你跑回魏国去又劝诱魏国去投降秦国,你简直是不知羞耻的卖国贼！你连你自己的父母之邦都要出卖,你何所爱于我们楚国？你是最阴险的秦国的奸细！你叫我们和齐国绝交,那才好让你们来各个击破啦！你说要献商于之地六百里,谁个能够相信你的鬼话！

　　　　　楚怀王与南后止笑,渐就严肃。

张　仪　（颇含愠怒）屈先生,我希望你讲求一下礼节,假如你不是疯子。

屈　原　哼,疯子！你这谗谄面谀的小人！你在国王面前说过的话你怕我不知道,你在南后面前说过的话你怕我不知道,你把我们的国王当成了甚么人？你把我们的南后当成了甚么人？你把我当成了什人么？

张　仪　（抢着说）我把你当成着病人！

屈　原　（不等他说完,亦抢着说）你说要为国王去寻求周郑之间的美女,你说南后是巫山神女下凡,你说我是为了南后而发狂,你这无耻的谰言,你这巧言如簧的挑拨离间,亏你还戴着一个人的面孔！（略停,调整呼吸。）

　　　　　楚怀王与南后无言,楚怀王时而瞥视南后,有欲发作之意,但见南后无表示,则复隐忍。

张　　仪　(故示镇静)你发泄够了吧!我是在国王和南后面前,不愿意和你这病人多作纠缠,你是愈说愈不成话了。

屈　　原　不成话?你简直不是人!你戴着一个人的面具,想杀尽中原的人民来求得秦国的胜利,来保障你的安富尊荣,你怕我没有看透你?你离间我们齐、楚两国的邦交,好让秦国来奴役我们,你怕我没有看透你?……

张　　仪　哼,你口口声声要说齐国好,当然有你的理由。据我所知道的,你死了的太太是齐国人,似乎还丢下了一位陪嫁的姑娘跟着你,而且齐国近来也送了你很多贿赂啦。

屈　　原　哼,你这信口雌黄的无赖!要你才是到处受贿,专门卖国的奸猾小人!你怕我不知道吗?你昨天晚上都还领受了我们南后一千五百个大钱啦。……

南　　后　(决然)简直是疯子,满嘴的胡说八道!

楚怀王　(大发作,向卫士)你们把他抓下去!把他抓到东皇太一庙里去,要郑太卜监视着他,不要让他出来兴妖作怪!

　　　　　卫士甲、乙、丙猛烈上前,将屈原挟持着。

楚怀王　你们把那沙锅盖子给他摘下,把那拨火棍子给他拔掉!

　　　　　另卫士二人扯去屈原之切云冠,解去其长剑。

屈　　原　大王,你是始终不觉悟吗?楚国的江山社稷在你一个人身上,你不要使我们若敖氏的列祖列宗,断绝香烟血食呀!

楚怀王　(愈怒)赶快!赶快把他抓下去!

　　　　　卫士乙、丙挟持屈原上桥。

屈　　原　我受侮辱是丝毫也不芥蒂的,我是不忍看见我们的祖国,就被那无赖的小偷偷了去呀!(下,尚闻其声)皇天后土,列祖列宗,我希望你总有悔悟的一天呀。……

南　　后　唉,简直是疯子,满嘴的胡说八道!(向张仪)张先生,今天实在对你不住娄。

楚怀王　实在是使你太受了委屈。
张　仪　客臣是丝毫也不介意的。贵国失掉了这样一位文章家,我倒觉得很可惜呢。
南　后　其实倒也寻常,近来出了一批青年文章家,似乎比他还要高明些呢。
张　仪　是那几位名手,倒很想见识见识。
南　后　像宋玉、唐勒、景差这一批人,我觉得都很有希望。他们将来的成就会比这位疯子还要高超些呢。
楚怀王　不错,我也早听见说过他们的名字,我一定要提拔提拔他们。
张　仪　提拔青年文章家不用说是很要紧的,不过,我倒有一点意见。我这意见早就是想到的,到了今天我才迫切地感觉着有推行的必要。
南　后　张先生的高见何妨对我们说说呢?
张　仪　我是觉得:文章家总该专门作文章,不好来干预政事的。
南　后　是的,一点也不错。文章家一谈政事,总是胡说八道。
楚怀王　好的,我今后要照着这个意见办,我要绝对禁止文章家谈政事!假使有人要谈,我一定要把他抓来关在东皇太一庙里!我们现在慢慢回城去吧。(开始走动。)

　　　　　　南后、张仪及卫士六人随后。自楚怀王等出桥以来,道上颇有来往行人,俱畏缩避道,集于堤上观望,人数不宜太多,但亦不宜太少,可酌量情形而定。婵娟突由左首急骤入场,盖已沿绕城濠,将城环走一遍,跑入场后,见楚怀王、南后诸人,突然止步。

南　后　(早瞥见,指之示楚怀王)这就是张先生所说的那个陪嫁丫头了。
　　　　　　诸人均止步。
张　仪　才只十六七岁啦,难怪得。
楚怀王　顶多也不过十八岁。
南　后　(招婵娟)婵娟,你来。
　　　　　　婵娟瑟缩地走近,但仍留有间隔而立定。

南　后　你在作甚么？

婵　娟　我在找我们先生，我沿着这城墙跑了一转，都没有把他找着。

南　后　你哪里找得着他，他疯了，早就跳进水里面去淹死了！

婵　娟　（大吃一惊地）先生淹死了？！

南　后　可不是吗！我们刚才在东皇太一庙的门前，看见好些老百姓把他的尸首从一个池塘里打捞了起来。真也是怪可怜见的呵。

婵　娟　（哭出）南后，你说的是真话？

南　后　怎么不是真话？你不相信，你看他所剩下来的这把宝剑和这顶切云冠啦。（指卫士一人手中所持者示之）他解在岸上，我们替他捡了来，还有一双草鞋，我们便没有要了。（忽然想起）哦，对了。还有这个花环呢。（从颈上取下）我看你戴倒是很合适的。（顺手为之戴上。）

婵　娟　（伤心痛哭）啊，南后，那么你简直把他害死了！先生，先生呵，你说别人家陷害的不是你，但结果还是把你害死了！南后呀，你真忍心啦！你为甚么要把先生害死？要把那么好的一位先生害死？你，你真忍心呵！……

南　后　（大笑）你这丫头大概也是发了疯吧，你怎么会说是我把先生陷害了的？你要当心啦！

婵　娟　南后，你不要骇唬我，我现在一点也不怕你了。是你把先生陷害了的，是你，是你，一百个是你。

南　后　哈哈，今天真好玩儿，真是暮春天气疯狗多呀。

婵　娟　你老是爱说，这个是疯子，那个也是疯子，你所作的事，你怕没有人知道吗？你是不是多少还有点良心呵？你假如还有点良心，你要知道你所犯的罪是多么的深重呀！

楚怀王　（欲发作）这个丫头，我可不能忍耐！

南　后　（慰止之）童言无忌，你让她说，满好玩儿的！

婵　娟　（激昂地）哼，你把人当成玩具，你把一切的人都当成玩具，但你要知道,你所犯的罪是多么深重呀!你害死了我们的先生,你可知道这对于我们楚国是多么大的一个损失,对于我们人民是多么大的一个损失呀!(语气转沉着)天上就只有一个太阳,你把这个太阳射落了!你把他吃了,永远地吃了。(又转激昂)你这比天狗还要无情的人呀,你总有一天要在黑暗里痛哭的吧!永远痛哭的吧!

楚怀王 这个小泼妇,我实在不能忍耐!

南　后 (再慰止之)你不要着急,你等我再问她一些话。(问婵娟)婵娟,你年纪轻轻的女孩子,为甚么学得这样泼辣?你口口声声说我陷害了你的先生,到底我是怎样陷害了他的呢?他发了疯,侮辱了我,还要说是我陷害他吗?

婵　娟 哼,你怕你作的事就没有人看见,就没有人知道。你在先生面前明明说你头发晕,你要倒,要先生扶你,待你一看见了国王,你就反转身来栽诬先生,你怕没有人听见你的话,没有人看见你的动作吗?

南　后 (生怒)你在信口开河!谁个看见,谁个听见?

婵　娟 总有人啦,你是在大庭广众之中作的事啦!

南　后 是谁造出了这样的谣言,谁个告诉你的?

婵　娟 有那样的人告诉我。

南　后 究竟是谁,你说,你说!

婵　娟 我说了,你好再去陷害人?

南　后 你不说就是你在造谣生事!我要割掉你的舌头!

婵　娟 唔,你就割掉我的头,我也不给你说。

南　后 (握婵娟头发)究竟是谁?你说!你说!你说!

婵　娟 尽你把我怎样我也不说。

南　后 你怕我真的不能割掉你的舌头?

婵　娟 你割好了,尽你割,我早就不愿意见你这样的人!你割好了!(把舌头伸出。)

南　后 (向卫士之一)你把那宝剑递给我!

　　　　　　卫士递剑。

南　　后　（拔剑出鞘）究竟告诉你的是谁？

　　　　　　此时钓者在堤上从人群中挺身而出。

钓　　者　（大声急呼）是我！是我呵！你不要杀那可怜无辜的人，你来杀我！

楚怀王　（大怒）去把那家伙捉来。

　　　　　　卫士二人奔去。

钓　　者　（仍大呼不辍）你陷害了三闾大夫的话，是我对她说的。刚才三闾大夫说的话，也是我对他说的。你们来杀我！来杀我！

南　　后　（亦大怒）你是甚么人？

钓　　者　（在二卫士挟持中，仍不断叫骂）我亲耳听见你向三闾大夫说你头发晕，我也亲眼看见你倒在了三闾大夫的怀里，你就忘记了在你的周围还有很多的人啦，——跳神的、奏乐的、唱歌的！你白白地残害忠良，你是上了那张仪的当呀！

南　　后　哼，又是一个疯子！把嘴勒住，抓进城去！（纳剑入鞘。）

　　　　　　二卫士如命，挟持钓者进城。

婵　　娟　哦，南后，原来你是受张仪指使的呀！

南　　后　也把她的嘴勒住，抓进城去！（向婵娟）哼，我要让你这丫头多受活罪，再把你剁成肉酱！

　　　　　　又有卫士二人如命，将婵娟挟持进城。
　　　　　　楚怀王徐徐向城门走去，余人相随。

楚怀王　（向张仪）张丞相，我们楚国的疯子太多了，今天实在冒犯了你。

张　　仪　（走着）啊，岂敢岂敢，疯子多，是四处皆然的，不过我真佩服我们南后呢。（向南后）南后，你真是精明呀！尤其是封锁疯子们的嘴，那是最好的办法。

南　　后　多承你夸奖。

楚怀王　是的啦，封锁住疯子们的嘴，免得他们胡说八道，扰乱人心。……

此时公子子兰与宋玉由城门出场,趋至楚怀王与南后前行垂拱礼,余人暂时伫脚。

南　　后　(指宋玉示张仪)张先生,这就是我刚才说的,青年文章家的领袖,宋玉了!
张　　仪　哦,生得满俊秀啦!和公子子兰就像兄弟一样。
南　　后　是的,我也很喜欢他。子兰,你们要到甚么地方去?
子　　兰　我是专诚来迎接父亲和母亲,有点事情要向母亲请示。
南　　后　你有甚么事?
子　　兰　就是这位宋玉小哥,他不愿意再在先生那儿住,我打算把他引进宫里去作伴啦。
南　　后　那是很好的。
楚怀王　(向南后)你看,好不就让他作我们的左徒?(开始行动。)
南　　后　年纪太轻了,恐怕别的文武官员要说话啦。(向宋玉)宋玉,我想收你为我的小臣,你高兴不高兴?
宋　　玉　小臣实在是万分荣幸。(拜手谢恩,同时并拜谢楚怀王。)
楚怀王　(高兴)这孩子委实可爱,我们可以收他为义子啦!……(入城。)

　　余人均随楚怀王而入。

　　群众留于场上未散,均翘首望着城门表示敢怒而不敢言之态。守四角网之渔父,木立堤上,忽然掉过头去,顿了一脚,"哼"了一声。

——幕下

第 五 幕

第 一 场

　　夜,月光皎洁。一带宫墙,于正中偏右处放置一木槛。

婵娟被囚于槛内。衣貌已颇狼藉,花环零乱,仍在颈上。

卫士甲于槛之附近,执戈看守,往来盘旋。公子子兰与宋玉沿墙壁由右首出场。此时宋玉已改着华丽之服装。

卫士甲　(惊觉)谁呀?

子　兰　我是子兰公子!

宋　玉　(同时)公子子兰啦!

　　　　卫士甲直立,静侍。

子　兰　那婵娟姑娘的囚槛是放在这儿的?

卫士甲　是,就在这儿。

子　兰　我有几句话要同她说,你可以方便一下。

卫士甲　是,公子是可以随便同她讲话的。不过要请原谅:因为我有看守的责任,我不能够离开这儿。

子　兰　那是用不着道歉的。

　　　　二人走近囚槛。

子　兰　是不是可以暂时放她出来一下?

卫士甲　只要有公子担戴,我想是可以的。

子　兰　那就把她放出来一下。

卫士甲　是。(取腰间钥匙将开囚槛。)

婵　娟　(在槛内)不,我不出去!我不愿意接受任何人的恩惠!

　　　　卫士甲踌躇,回顾子兰。

子　兰　婵娟,你又何必呢。听说你挨了皮鞭,周身都打伤了,出来舒展一下也是好的啦。

婵　娟　不,我不愿意接受任何人的恩惠!

宋　玉　不必那样倔强吧。

婵　娟　我不愿意同你讲话,我不愿意见你。你们走开,不要挨近我!

子　兰　好的,不要那样虎声虎气的。你不愿意出来也不勉强,我只想同你说几句话,并不多麻烦。

卫士甲让开,在槛之右侧稍远处伫立。

婵　娟　我是说过的,我不愿意讲话,也不愿意见谁。(说罢将两手紧复颜面,头向下。)
子　兰　讲不讲由你,见不见也由你,我们来是完全出于好意的。
　　　　　婵娟姿态不动,无言。
子　兰　婵娟,我是一心想救你,我也不能在这儿多作逗留,我只直截了当的向你说几句话。(稍停)我希望你能够对我说:你是喜欢我。即使你心里不真是喜欢也不要紧,只要你听从我的话,在我的身边服侍我,我立刻便可以向母亲说,把你饶恕了,母亲是一定许可的。你究竟愿不愿意?
　　　　　婵娟姿态不动,无言。
子　兰　(稍停后)你说吧。只要简单地说一个字都可以。只是说"愿"或者"不",就只这样简单的一个字啦,你说吧,你请说吧。
　　　　　婵娟姿态不动,始终无言。
子　兰　(更娓婉地)你不肯说,就请把头动一下也好啦。或者点一点,或者摇一摇,我是绝对尊重你的意志的。
　　　　　婵娟姿态不动,毫无表示。
子　兰　唉,简直就跟石头人一样啦。
宋　玉　婵娟,我知道你现在恐怕顶不高兴我,不过我也想尽我的一份友谊。你对于公子子兰的好意是不好辜负的。你自己恐怕还不知道,你的命运说不定就只有今天这一个晚上了。我们楚国的惯例,斩决囚犯是在清早行刑。下午捉着犯人的时候,罪轻的便丢监,罪重应该斩决的便囚在槛里,等到明天清早再推出去斩首示众。你怕还不知道吧,同你一道抓进城来的那位舞师都下了监,而你偏偏囚在了槛子里。可见南后是一定要处死你的。你也未免太倔强了。你骂了南后,又骂了国王,怎么不遭大祸呢?现在公子子兰的确是一片诚心,他放下了他的公子的身分来请求你,我看你是不好那么执拗的。

　　　　　婵娟丝毫不动。

宋　玉　(停了一会之后)婵娟,你即使把你自己的性命看得很轻,但我知道你是把先生看得很重的。先生的命运同你也是一样啦,他得罪了南后,又得罪了国王,而且又在国王和南后面前侮辱了显贵的国宾。我是知道的,先生的命运怎么也延长不过明天！公子子兰此刻来救你,其实也是想救先生。只要你答应了公子的请求,公子可以立即在南后面前讲情,不仅你可以得救,先生也是可以得救的。这一点我是可以保证的。(稍停)我看,假使你不放心,你尽可以把救先生这件事作为交换条款啦。(回向子兰)公子子兰,你觉得怎样？我看婵娟可以向你这样提出,便是要你今天晚上便从南后那里得到赦免先生和婵娟的手诏。假使今天晚上你能得到那手诏,她便允许你。假使得不到手,那就没有话再说了。你看怎样呢？

子　兰　我是没有甚么的。只要看婵娟怎样。

宋　玉　(又向婵娟)婵娟,你是听见的啦,你的意思是怎样呢？这是最近情理的办法了！

　　　　　婵娟仍丝毫不动。

宋　玉　唉,你怎么总不表示态度呢？你把头点一点呢,摇一摇呢。

　　　　　婵娟仍丝毫不动。

宋　玉　没有办法,简直是比先生还要顽固。你自己的性命不要紧,难道看到先生死到临头都还不想搭救吗？

婵　娟　(如水破闸门般地痛哭出声,并责骂)你们这些没灵魂的！先生死都死了,你们还在这儿假惺惺！

宋　玉　(出乎意外)唔,先生死了？

子　兰　谁对你说的？

婵　娟　(哭)谁对我说的？就是南后对我说的。

子　兰　妈在甚么时候对你说的？

婵　　娟　她在东门外看见我的时候。
宋　　玉　怎么样死的呢？
婵　　娟　是跳进东皇太一庙前的池塘里淹死了的。
宋　　玉　南后看见他死的吗？
婵　　娟　南后说：看见老百姓们把他的尸首打捞起来了，南后还把先生的切云冠和长剑拿了回来，又把先生戴过的这个花环给了我。（示二人以花环）这就是先生剩下的惟一的遗念啦！（说罢大哭）啊，先生，先生，你是白白被人陷害了！别人家轻易地残害了忠良，出卖了楚国，白白地把你陷害了。我知道你是死不瞑目的，死不瞑目呀！……

　　　　　宋玉与子兰二人亦惨然无言者有间。

卫士甲　（前进数步）子兰公子，好不让我说几句话？
子　　兰　你有甚么话要说？
卫士甲　三闾大夫并没有死，我知道得最清楚。南后的话是说来骗她的。
婵　　娟　（止泣）甚么？你说甚么？
卫士甲　婵娟姑娘，我劝你不要伤心，你的先生并没有死。我是保护国王和南后去游东皇太一庙的一个人。哪有三闾大夫跳水的事啦？完全是假造的。我们回到东门的时候，还看见三闾大夫在城濠上大声地叫出"国王呀，南后呀，你们怎么那样的愚昧呀！"真是太不凑巧，端端就在那时候，我们走到东门大桥。他的话便被国王听见了。
宋　　玉　后来怎么样呢？
卫士甲　国王很生气，立刻要我们去把他抓来，还是南后出了一个主意，说：逗逗疯子玩儿，是满有意思的。
　　　　因此国王便叫我们去把他请了来。
宋　　玉　请了来怎么样呢？
卫士甲　请了来呀，我们的南后便一直和他开玩笑。不过三闾大夫的装束也很稀奇，他戴着一顶高帽子，佩着一把很长的宝剑。脖子上还戴着花环——就是婵娟姑娘戴着的那个了。南后开始向他把花环要了来戴上,便装起疯来。一会儿是装巫山神女,一会儿又装湘君湘夫人,老是把三闾大夫来开玩笑。国王和那位秦国的甚么丞相张仪便笑得个不亦乐乎。逼得三闾大夫对于那位秦国的丞相大骂了一场呢。

宋　玉　哦,原来还有那么一回事?

　　　　婵娟此时改变神志,注意谛听,表示十分关心。

卫士甲　哎,那骂得可真也是不亦乐乎。他骂他是小偷……

宋　玉　(向子兰)对娄,从前张仪是在令尹家里偷过璧玉的。

卫士甲　他骂他是卖国求荣的奸贼。他是魏国的公族余子,跑到秦国去便叫秦国征服魏国,跑回魏国去又劝魏国投降秦国。他骂他连自己的父母之邦都不爱的人,那里会爱我们楚国。我看三闾大夫这番话实在说得顶有道理啦。

宋　玉　后来又怎样?

卫士甲　后来他又骂他愚弄国王,愚弄南后,想离间齐国和楚国的邦交,好让秦国来渔人得利。他骂他是秦国的间谍,骂他简直不是人。

宋　玉　张仪怎么样了?

卫士甲　张仪被骂得哑口无言,只是无赖地说三闾大夫死了的夫人是齐国人。并且还说到婵娟姑娘上来了呢。……

子　兰　他说婵娟姑娘怎样?

卫士甲　他说婵娟姑娘是陪嫁货,自然也是齐国人。接着便说屈大夫是受了齐国的贿赂,吃了齐国的大钱啦。

宋　玉　我相信先生一定是很生气的。

卫士甲　不错,屈大夫真是大生其气。他便骂张仪才是四处受贿的奸猾小人,骂他昨天晚上还受了南后一千五百个大钱。

宋　玉　南后为甚么要送钱给他呢?

卫士甲　那我怎么会知道。不过经屈大夫这样一提,南后便大生其气,她说:简直是疯子,简直是胡说八道! 于是国王便叫我

	们把屈大夫抓起来,把他的帽子摘取了,宝剑拔掉了,押送到东皇太一庙里去了。
宋　玉	是呵,我们原是听说关在东皇太一庙的啦。
婵　娟	你这话是真的?
卫士甲	(含愠)我要骗你作甚么呢!你该是听见的,那位钓鱼的人出来替你说话的时候,不是说过,你说的话是他告诉的,刚才三闾大夫说的话也是他告诉的吗?看那情形,恐怕是……
婵　娟	(有所恍悟)唔,是的,恐怕我走了之后先生来,先生走了之后我又来的。
子　兰	好了,话还是说回头吧。我是不好在这儿久留的。时间也不允许我久留。婵娟,先生是还在,我自信有本领救你,也有本领救先生。就看你的态度怎样。
婵　娟	我的态度怎样?我的态度就跟先生一样。先生说过:我们生要生得光明,死要死得磊落。先生决不愿苟且偷生,我也是决不愿苟且偷生的!这就是我的态度!
子　兰	好的好的,算我枉费了唇舌。我们恭喜先生成为烈士……
宋　玉	婵娟,也恭喜你成为烈女啦!
婵　娟	宋玉,我特别的恨你!你辜负了先生的教训,你这没有骨气的无耻的文人!
宋　玉	随你怎么骂都好,各人有各人的路,不好勉强的。公子子兰,我们走吧。
子　兰	(行而复返)婵娟,你究竟怎么样?
婵　娟	我决不服从你!你们要救先生,偏偏要拿我来作交换品,你们简直是禽兽!
子　兰	(拉着宋玉转身便走)好,我们走,我们走!简直不成话,受不了,受不了!……

　　　　二人由原路下。

　　　　舞台沉默,卫士甲复如前往复踯躅。

　　　　有顷,月光消失。一更夫手提红灯,执柝,由右首入场。

更　　夫　（自语）吓,天气变得好快,怕要有雷雨啦。
卫士甲　现在甚么时候了?
更　　夫　我要准备打三更了。
卫士甲　就快半夜了吗?
更　　夫　可不是!
　　　　　更夫走过,卫士甲忽有所思,凝视其背影,欲呼而止者再。
　　　　　俟更夫已下场,卫士甲终于决心呼出。
卫士甲　打更的朋友,你转来一下。
更　　夫　（内声）甚么事呀?
卫士甲　有点事同你商量。
　　　　　更夫上。
更　　夫　有甚么事呀?
卫士甲　请你过来一下。
更　　夫　（走至卫士甲前）你究竟有甚么事呀?老兄!是不是要出恭呵?
卫士甲　是,就是打算要登登坑。这宫庭里的钥匙通在你老兄身上吗?
更　　夫　（向腰间拍了拍,起金属之声）哼,到了晚上来,我们一个更夫比国王还要厉害。国王就要出宫,也非得启禀我们不可啦。
卫士甲　对你不住,要请你老兄帮我代理一下。借你的灯来用一用。
更　　夫　不过,你要快点儿才行呢。老兄,我是有职务之人,把更头弄迟了,要受处分的啦。（以灯授之。）
卫士甲　（接灯后,却将灯与戈均插放于槛次。在身上搜索）糟糕,没有方便的东西。
更　　夫　真的,要快点呀,老兄!
卫士甲　对你不住。（出其不意地,将更夫颈子用两手套上。）
　　　　　更夫一时气咽。
卫士甲　（见更夫气咽后,将其衣帽脱下,复取其钥匙与击柝之具,然后一面打开囚槛,一面向婵娟）婵娟姑娘,我要搭救你。请你一点也不要踌

	躇。乘着这月黑的时候,你装着打更的,我们一道跑出城去。我们去救三闾大夫。
婵　娟	你为甚么要杀他,未免太残忍了吧?
卫士甲	姑娘,你不知道。这是我们的一种法术,叫作"活杀自在"。他并没有死,回头我要把他救活转来的。你赶快出来。

　　　　　婵娟勉强出槛,虽身受鞭伤,但尚能行步,卫士甲解其锁链,以更夫衣帽授之。

卫士甲	你赶快改装吧。哦,你身子不方便,我帮助你。(为之戴上更夫之帽。将为穿衣,欲取去其花环)这个可以丢掉了。
婵　娟	(急止之)不,我要的!就把衣裳套在这上边好了。

　　　　　卫士甲如嘱为之穿衣,一面用锁链将更夫之手反剪,一面更以衣物紧勒其口,拖入槛内,锁好,再隔栏按其颈而活之。

卫士甲	(向更夫)老兄,对你不住,我们真正出宫去了。

　　　　　婵娟提灯,击柝,徐徐由右首下场。卫士甲随之下。舞台转暗。

第 二 场

　　　　　东皇太一庙之正殿。与第二幕明堂相似,四柱三间,惟无帘幕。三间靠壁均有神像。中室正中东皇太一与云中君并坐,其前左右二侧山鬼与国殇立侍,右首东君骑黄马,左首河伯乘龙,均斜向。马首向左,龙首向右。左室为一龙船,船首向右,湘君坐船中吹笙。湘夫人立船尾摇橹。右室一片云彩之上现大司命与少司命。左右二室后壁靠外侧均有门,左者开放,右者掩闭。各室均有灯,光甚昏暗,室外雷电交加,时有大风咆哮。

　　　　　靳尚带卫士二人,各蒙面,诡谲地由右侧登场。

靳　尚	(命卫士乙)你去叫太卜郑詹尹来见我。
卫士乙	是。(向湘夫人神像左侧门走入。)

俄顷，一瘦削而阴沉的老人，左手提灯，随卫士乙由左侧门入场。靳尚除去面罩，向郑詹尹走去。

靳　　尚　刚才我叫人送了一通南后的密令来，你收到了吗。

郑詹尹　（鞠躬）收到了。上官大夫，我正想来见你啦。

靳　　尚　罪人怎样处置了？

郑詹尹　还锁在这神殿后院的一间小屋子里面。

靳　　尚　你打算甚么时候动手？

郑詹尹　（迟疑地）上官大夫，我觉得有点为难。

靳　　尚　（惊异）甚么？

郑詹尹　屈原是有些名望的人，毒死了他，不会惹出乱子吗？

靳　　尚　哼，正是为了这样，所以非赶快毒死他不可啦！那家伙惯会收揽人心，把他囚在这里，都城里的人很多愤愤不平。再缓三两日，消息一传开了，会引起更大规模的骚动。待消息传到国外，还会引起关东诸国的非难。到那时你不放他吧，非难是难以平息的。你放他吧，增长了他的威风，更有损秦、楚两国的交谊。秦国已经允许割让的商于之地六百里，不用说，就永远得不到了。因此，非得在今晚趁早下手不可。你须得用毒酒毒死了他，然后放火焚烧大庙。今晚有大雷电，正好造个口实，说是着了雷火。这样，老百姓便只以为他是遭了天灾，一场大祸就可以消灭于无形了。

郑詹尹　上官大夫，屈原不是不喝酒的吗？

靳　　尚　你可以想出方法来劝他。你要作出很宽大，很同情他的样子。不要老是把他锁在小屋子里。你可让他出来，走动走动。他带着脚镣手铐，逃不了的。

郑詹尹　（迟疑地）你们是不是有点小题大作呢？

靳　　尚　（含怒）你这是甚么话？

郑詹尹　我觉得你们把屈原又未免估计得过高。他其实只会作几首谈情说爱的山歌，时而说些哗众取宠的大话罢了，并没有甚么大本领。只要你们不杀他，老百姓就不会闹乱子。何苦为了一个夸大的诗人,要烧毁这样一座庄严的东皇太一庙?我实在有点不了解。

靳　尚　哈哈,你原来是在心疼你的这座破庙吗?这烧了有甚么可惜?国王会给你重新造一座真正庄严的庙宇。好了,我不再和你多说了。你烧掉它,这是南后的意旨。你毒死他,这是南后的意旨。要快,就在今晚,不能再迟延。南后的脾气,你是知道的。你尽管是她的父亲,但如果不照着她的意旨办事,她可以大义灭亲,明天便把你一齐处死。(把面巾蒙上,向卫士)走!我们从小路赶回城去!

　　靳尚与二卫士由左首下场。

　　郑詹尹立在神殿中,沉默有间,最后下出了决心,向东君神像右侧门走入,俄顷,将屈原带出。

郑詹尹　三闾大夫,请你在这神殿上走动走动,舒散一下筋骨吧。这儿的壁画,是你平常所喜欢的啦。我不奉陪了。

　　屈原略略点头,郑詹尹走入左侧门。

　　屈原手足已戴刑具,颈上并系有长链,仍着其白日所着之玄衣,披发,在殿中徘徊。因有脚镣行步甚有限制,时而伫立睥睨,目中含有怒火。手有举动时,必两手同时举出。如无举动时,则拳曲于胸前。

屈　原　(向风及雷电)风!你咆哮吧!咆哮吧!尽力地咆哮吧!在这暗无天日的时候,一切都睡着了,都沉在梦里,都死了的时候,正是应该你咆哮的时候,应该你尽力咆哮的时候!

　　尽管你是怎样的咆哮,你也不能把他们从梦中叫醒,不能把死了的吹活转来,不能吹掉这比铁还沉重的眼前的黑暗,但你至少可以吹走一些灰尘,吹走一些砂石,至少可以吹动一些花草树木。你可以使那洞庭湖,使那长江,使那东海,为你翻波涌浪,和你一同地大声咆哮呵!

　　啊,我思念那洞庭湖,我思念那长江,我思念那东海,那浩浩荡荡的无边无际的波澜呀!那浩浩荡荡的无边无际的伟大的力呀！那是自由,是跳舞,是音乐,是诗!

啊,这宇宙中的伟大的诗!你们风,你们雷,你们电,你们在这黑暗中咆哮着的,闪耀着的一切的一切,你们都是诗,都是音乐,都是跳舞。你们宇宙中伟大的艺人们呀,尽量发挥你们的力量吧。发泄出无边无际的怒火把这黑暗的宇宙,阴惨的宇宙,爆炸了吧!爆炸了吧!

雷!你那轰隆隆的,是你车轮子滚动的声音!你把我载着拖到洞庭湖的边上去,拖到长江的边上去,拖到东海的边上去呀!我要看那滚滚的波涛,我要听那鞺鞺鞳鞳的咆哮,我要飘流到那没有阴谋、没有污秽、没有自私自利的没有人的小岛上去呀!我要和着你,和着你的声音,和着那茫茫的大海,一同跳进那没有边际的没有限制的自由里去!

啊,电!你这宇宙中最犀利的剑呀!我的长剑是被人拔去了,但是你,你能拔去我有形的长剑,你不能拔去我无形的长剑呀。电,你这宇宙中的剑,也正是,我心中的剑。你劈吧,劈吧,劈吧!把这比铁还坚固的黑暗,劈开,劈开,劈开!虽然你劈它如同劈水一样,你抽掉了,它又合拢了来,但至少你能使那光明得到暂时间的一瞬的显现,哦,那多么灿烂的,多么眩目的光明呀!

光明呀,我景仰你,我景仰你,我要向你拜手,我要向你稽首。我知道,你的本身就是火,你,你这宇宙中的最伟大者呀,火!你在天边,你在眼前,你在我的四面,我知道你就是宇宙的生命,你就是我的生命,你就是我呀!我这熊熊地燃烧着的生命,我这快要使我全身炸裂的怒火,难道就不能迸射出光明了吗?

炸裂呀,我的身体!炸裂呀,宇宙!让那赤条条的火滚动起来,像这风一样,像那海一样,滚动起来,把一切的有形,一切的污秽,烧毁了吧,烧毁了吧!把这包含着一切罪恶的黑暗烧毁了吧!

把你这东皇太一烧毁了吧！把你这云中君烧毁了吧！你们这些土偶木梗，你们高坐在神位上有甚么德能？你们只是产生黑暗的父亲和母亲！

你，你东君，你是甚么个东君？别人说你是太阳神，你，你坐在那马上丝毫也不能驰骋。你，你红着一个面孔，你也害羞吗？啊，你，你完全是一片假！你，你这土偶木梗，你这没心肝的，没灵魂的，我要把你烧毁，烧毁，烧毁你的一切，特别要烧毁你那匹马！你假如是有本领，就下来走走吧！

甚么个大司命，甚么个少司命，你们的天大的本领就只有晓得播弄人！甚么个湘君，甚么个湘夫人，你们的天大的本领也就只晓得痛哭几声！哭，哭有甚么用？眼泪，眼泪有甚么用？顶多让你们哭出几笼湘妃竹吧！但那湘妃竹不是主人们用来打奴隶的刑具么？你们滚下船来，你们滚下云头来，我都要把你们烧毁！烧毁！烧毁！

哼，还有你这河伯……哦，你河伯！你，你是我最初的一个安慰者！我是看得很清楚的呀！当我被人们押着，押上了一个高坡，卫士们要息脚，我也就站立在高坡上，回头望着龙门。我是看得很清楚，很清楚的呀！我看见婵娟被人虐待，我看见你挺身而出，指天画地有所争论。结果，你是被人押进了龙门，婵娟她也被人押进了龙门。

但是我，我没有眼泪。宇宙，宇宙也没有眼泪呀！眼泪有甚么用啊？我们只有雷霆，只有闪电，只有风暴，我们没有拖泥带水的雨！这是我的意志，宇宙的意志。鼓动吧，风！咆哮吧，雷！闪耀吧，电！把一切沉睡在黑暗怀里的东西，毁灭，毁灭，毁灭呀！

郑詹尹左手提灯，右手执爵，由湘夫人神像左侧之门入场。

郑詹尹 三闾大夫，你又在作诗了吗？你的声音比风还要宏大，比雷霆还要有威势啦。啊，像这样雷电交加的深夜，实在可怕。我连庙门都不敢去关了。你怎么老是不去睡呢？是的，我看你好像朗诵了好长的一首诗啦。你怕口渴吧。我给你备了一杯甜酒来,虽然没有下酒的东西,请你润润喉,也好啦。

屈　原　多谢你,请你放在那神案上,手足不方便,对你不住。

郑詹尹　唉,真是不知道要闹成个甚么世界了。本来是"刑不上大夫,礼不下庶人"的,这个体统也弄得来扫地无存了。连我们的三闾大夫,也要让他带脚镣手铐。三闾大夫,这脚镣手铐假如是有钥匙,我一定要替你打开的啦。可恨的是他们把钥匙都带走了啊。

屈　原　多谢你,这脚镣手铐我倒并不感觉痛苦,有这些东西在身上,倒反而增加了我的力量,不过行动不方便些罢了。

郑詹尹　我看你的喉噪一定渴得很厉害的,这酒我捧着让你喝。还要睡一睡才能天亮呢。

屈　原　多谢你,我现在口不渴。我本来也是不喜欢喝酒的人。回头我口渴了,一定领你的盛情好了。请你不要关照。

郑詹尹　(将爵放在神案上)慢慢喝也好。其实酒倒也并不是坏东西。只要喝得少一点,有个节制,倒也是很好的东西啦。

屈　原　是的,我也明白。我的吃亏处,便是大家都醉而我偏不醉,马马虎虎的事我作不来。

郑詹尹　真的,这些地方正是好人们吃亏的地方啦。说起你吃亏的事情上来,我倒是感觉着对你不住呢!

屈　原　怎么的?

郑詹尹　三闾大夫,你忘记了吧,郑袖是我的女儿啦。

屈　原　哦,是的,可是差不多一般的人都把这事情忘记了。

郑詹尹　也是应该的娄。她母亲早死,我又干着这占筮卜卦的事体,对于她的教育没有作好。后来她进了宫庭,我更和她断绝了父女的关系。她近来简直是愈闹愈不成个体统,她把你这样忠心耿耿的人都陷害成这个样子了。

屈　原　太卜,请你相信我,我现在只恨张仪,对于南后倒并不怨恨。南后她平常很喜欢我的诗,在国王面前也很帮助过我。今天的事情我起初不大明白,后来才知道是那张仪在作怪啦。一般的人也使我很不高兴,成了张仪的应声虫。张仪说我是疯子,大家也就说我是疯子。这简直是把凤凰当成鸡,把麒麟当成羊子啦。这叫我怎么能够忍受?所以别人愈要同情我,我便愈觉得恶心。我要那无价值的同情来作甚么?

郑詹尹　真的啦,一般的老百姓真是太厚道了。

屈　原　不过我的心境也很复杂,我虽然不高兴他们的厚道,但我又爱他们的厚道。又如南后的聪明吧,我虽然能够佩服,但我却不喜欢。这矛盾怕是不可以调和的吧?我想要的是又聪明又厚道,又素朴又绚烂,亦圣亦狂,即狂即圣,个个老百姓都成为绝顶聪明,你看我这个见解是不是可以成立的呢?

郑詹尹　这是所谓"大智若愚,大巧若拙"的话啦。

屈　原　不,不是那样。我不是要人装傻,而是要人一片天真。人人都有好脾胃,人人都有好性情,人人都有好本领。可是我自己就办不到!我的性情太激烈了,我自己也觉得有点偏,要想矫正却不能够。你看我怎样的好呢?我去学农夫吧?我又拿不来锄头。我跑到外国去吧?我又舍不得丢掉楚国。我去向南后求情,请她容恕我吧?她能够和张仪合作,我却万万不能够和张仪合作。你看我怎样办的好呢?

郑詹尹　三闾大夫,对你不住。你把这些话来问我,我拿着也没有办法。其实卜卦的事老早就不灵了。不怕我是在作太卜的官,恐怕也是我在作太卜的官,所以才愈见晓得它的不灵吧。古时候似乎灵验过来,现在是完全不行了。认真说:我就是在这儿骗人啦。但是对于你,我是不好骗得的。三闾大夫,像我这样骗人的生活,假使你能够办得到,恐怕也是好的吧。我们确实是作到了"大愚若智,大拙若巧"的地步,呵哈哈哈哈……风似乎稍微止息了一点,你还是请进里面去休息一下吧,怎么样呢?

屈　原　不,多谢你,我也不想睡,请你自己方便吧。

郑詹尹　把酒喝一点怎么样呢?
屈　原　我回头一定领情的啦,太卜。
郑詹尹　你该不会疑心这酒里有毒的吧?
屈　原　果真有毒,倒是我现在所欢迎的。唉,我们的祖国被人出卖了,我真不忍心活着看见它会遭遇到的悲惨的前途呵。
郑詹尹　真的啦,像这样难过的日子,连我们上了年纪的人,都不想再混了。
屈　原　大家都不想活的时候,生命的力量是会爆发的。
郑詹尹　好的,你慢慢喝也好,我还想去躺一会儿。
屈　原　请你方便,怕还有一会天才能亮呢。

　　　　郑詹尹复提着灯笼由原道下场。

　　　　大风渐息,雷电亦止,月光复出,斜照殿上。

屈　原　啊,宇宙你也恬淡起来了。真也奇怪,我现在的心境又起了一个不可思议的变换。我想,毕竟还是人是最可亲爱的呵。不怕就是你所不高兴的人,在你极端孤寂的时候和他说了几句话,似乎也是镇定精神的良药啦。(复在殿中徘徊)啊,河伯!(徘徊有间之后,在河伯前伫立)请让我还是把你当成朋友,让我再和你谈谈心吧。你知道么?现在我所最担心的是我的婵娟呀!她明明是被人家抓去了的。她是很尊敬我的一个人,她把我当成了她的父亲、她的师长,她把我看待得比她自己的性命还要贵重。(稍停)她最能够安慰我。我也把她当成了我自己的女儿,当成了我自己最珍爱的弟子。唉,我今天实在不应该抛撇了她,跑了出来。她虽然在后园子里面看着那些人胡闹,她虽然把我的衣裳拿了一件出去,但我相信那一定是宋玉要她作的,宋玉那孩子,他是太阴柔了。(将神案上的酒爵拿起将饮,复搁置)唉,这酒的气味,我终竟是不高兴。河伯,你是不是喜欢喝酒的呢?你现在的情形又是怎样?我也明明看见,别人也把你抓去了。你明明是为我而受难,为正义而受难呀。啊,我真不知道该怎样报答你的好呵!(复在神殿中徘徊。)

    此时卫士甲与婵娟由右首出场。屈原瞥见人影,顿吃一惊。

屈 原 是谁?

婵 娟 啊,先生在这儿啦,我婵娟啦!(用尽全力,踉跄奔上神殿,跪于屈原前,拥抱其膝,仰头望之,似笑,又似干哭。)

屈 原 (呈极凄绝之态)啊,婵娟,你怎么来的?你脸上怎么有伤呀?你怎么这样的装束?

婵 娟 (断续地)先生,我高兴得很。……你请……不要问我。……我……我是甚么话都不想说。我只想……就这样……就这样抱着先生的脚,……抱着先生的脚,……就这样……死了去吧。

    屈原不禁潸然,两手抚摩着婵娟的头,昂头望着天。如此有间。婵娟始终仰望屈原,喘息甚烈。

屈 原 (俯首安慰)婵娟,我没有想到还能够看见你,你一定是逃走出来的,你是超过了死线了。你知道宋玉是怎样吗?

婵 娟 (仍喘息)他……他跟着公子子兰……搬进宫里去了。

屈 原 那也由他去吧。谁能够不怕艰险,谁才可以登上高山。正义的路是崎岖的路,它只欢迎勇敢的人。……那位钓鱼的人呢?

婵 娟 听说丢进监里去了。

屈 原 (沉默一忽之后)婵娟,你口渴吧?

    婵娟点头。

屈 原 (两手移去,将案上酒爵取来)这儿有杯甜酒,你喝了它吧。

    婵娟就爵,一饮而尽,饮之甚甘,自己仍跪于地,紧紧拥抱着屈原的两膝,昂首望之。屈原以两手置爵于神案上之后,仍抚摩其头。俄而婵娟脸色渐变,全身痉挛。

屈 原 (屈膝俯身,以两手套其颈,拥之于怀)啊,婵娟,你怎样?你怎样?

婵 娟 (凝目摇头)先生,……那酒……那酒……有毒。……可我……我真高兴……我……真高兴!(振作起来)我能够代替先生,保全了你的生命,我是多么地幸运呵!……先生,我是一个普通人家的女儿,我受了你的感化,知道了作人的责任。我始终诚心诚意地服侍着你,因为你就是我们楚国的柱石。……我爱楚国,我就不能不爱先生。……先生,我经常想照着你的指示,把我的生命献给祖国。可我没有想到,我今天是果然作到了。(渐渐衰弱)我把我这微弱的生命,代替了你这样可宝贵的存在。先生,我真是多么地幸运呵!……啊,我……我真高兴!……真高兴!……

屈　原　(紧紧拥抱着婵娟)婵娟!你要活下去呵!活下去呵!婵娟!婵娟!……

婵　娟　(更衰弱)……啊,我……真高兴!……(喘息与痉挛愈烈。终竟作最大痉挛一次,死于屈原怀中,殿上灯火全体熄灭,只余月光。)

　　　　屈原无言,拥着婵娟尸体,昂首望天,眼中复燃起怒火。

　　　　卫士甲在前直静立于殿下,至此始上殿至屈原之前。

卫士甲　三闾大夫,请你告诉我,那酒是谁个送给你的?

屈　原　(回顾,含怒而平淡地)是这儿的太卜郑詹尹。(说罢复其原有姿态。)

卫士甲　哼,就是那南后的父亲吗?我是认识他的。(急骤地向左侧房屋走入。)

　　　　屈原仍如塑像一般,寂立不动。

　　　　少顷,卫士甲复急骤而出。

卫士甲　三闾大夫,请你容恕我,我把那恶人郑詹尹刺杀了。在他的身上还搜出了一通密令,我念给你听。"太卜执事:比奉南后意旨,望执事于今夜将狂人毒死,放火焚庙,以灭其迹。上官大夫靳尚再拜。"密令是这样,因此我也就照着南后的意旨,在郑詹尹的床上放了一把火。这罪恶的神庙看看也就要和那罪恶的尸体一道消灭了。

屈　原　那很好。我还希望你帮助我,把婵娟安放在神案上,我们应该为她举行一个庄严的火葬。

卫士甲　待我先解除先生的刑具。(解除其刑具)婵娟姑娘穿的还是更夫的衣裳,应该给她脱掉啦。

屈　原　(起立先解婵娟之衣)哦,戴得有这样的花环。(更进行其他动作。)

卫士甲　(一面帮助,一面诉说)先生,这还是你编的花环呢。在东门外被南后给你要去了,后来南后又给了婵娟姑娘。她一身都是挨了鞭打的,你看这手上都有伤,脸上都有伤,鞭打得很厉害。南后更打算明天便处死她,把她装在囚槛里,由我看守。……夜半将近的时分,你的两位弟子宋玉和公子子兰走来劝婵娟,要她听从公子子兰的要求,作他的侍女,他们便搭救她。但是婵娟始终不肯。……她所说的话和她的精神太使我感动了,因此我就决心救她。从宋玉口中听说先生今晚上也有生命的危险,所以我也就决心陪着她来救你。……我们是从宫中逃出来的,就是用了一点诡计把一个更夫来顶替了婵娟。在我替她换上更夫装束的时候,婵娟姑娘她还坚决地不肯把你这花环丢掉呢!

　　　　　　二人已经将婵娟妥置于神案,头在左侧。

屈　原　(整理婵娟胸部,自其怀中取出帛书一卷,展视之)哦,这是我清早写的《橘颂》啦。我是写给宋玉的,是宋玉又给了你吧!婵娟,你倒是受之而无愧的。唉,我真没有想出,我这《橘颂》才完全是为你写出的哀辞呀。

卫士甲　先生,那么,你好不就拿给我念,我们来向婵娟姑娘致祭。

屈　原　好的,你就请从这后半读起。(授书并指示)一首一尾你要加些甚么话,也由你斟酌好了。

　　　　　　屈原移至婵娟脚次,垂拱而立,左翼已有火光及烟雾冒出。

卫士甲　(立于屈原之右,在神案右后隅,展读哀辞)维楚大夫屈原率其仆夫致祭于婵娟之前而颂曰:

　　　　　　呵,年青的人,你与众不同。

　　　　　　你志趣坚定,竟与橘树同风。

>   你心胸开阔,气度那么从容!
>
>   你不随波逐流,也不故步自封。
>
>   你谨慎存心,决不胡思乱想。
>
>   你至诚一片,期与日月同光。
>
>   我愿和你永作个忘年的朋友。
>
>   不挠不屈,为真理斗到尽头!
>
>   你年纪虽小,可以为世楷模。
>
>   足比古代的伯夷,永垂万古! ——哀哉尚飨。
>
> 屈原再拜,卫士甲亦移至其后再拜。礼毕,卫士甲将帛书卷好,奉还屈原。

屈 原 现在一切都完毕了,请问你叫甚么名字?

卫士甲 先生,你不必问我的姓名,我要永远作你的仆人,你就叫我"仆夫"吧。

屈 原 你今后打算要我怎样?

卫士甲 先生,你怎么这样问我呢?

屈 原 因为我现在的生命是你和婵娟给我的,婵娟她已经死了,我也就只好问你了。

卫士甲 先生,我们楚国需要你,我们中国也需要你,这儿太危险了,你是不能久呆的。我是汉北的人,假使先生高兴,我要把先生引到汉北去。我们汉北人都敬仰先生,受了先生的感召,我们知道爱真理,爱正义,抵御强暴,保卫楚国。先生,我们汉北人一定会保护你的。

屈 原 好的,我遵从你的意思。我决心去和汉北人民一道,就作一个耕田种地的农夫吧。你赶快把服装换掉啦。那儿有现成的衣帽。(指示更夫衣帽。)

卫士甲 哦,我真糊涂,简直没有想到,幸好有这一套啦。(换衣。)

> 火光烟雾愈燃愈烈。

屈 原 (高举手中帛书)啊,婵娟,我的女儿! 婵娟,我的弟子! 婵娟,我的恩人呀!你已经发了火,你把黑暗征服了。你是永远永远的光明的使者呀!(执帛书之一端向婵娟抛去,帛书展布于尸上。)

——幕徐徐下

幕后唱《礼魂》之歌:
唱着歌,打着鼓,
手拿着花枝齐跳舞。
我把花给你,你把花给我,
心爱的人儿,歌舞两婆娑。
春天有兰花,秋天有菊花,
馨香百代,敬礼无涯。

一九四二年一月十一日夜

蔡文姬

人物 **蔡文姬** 名琰,左中郎将蔡邕之女,没入南匈奴十二年,为左贤王妃。建安十三年(公元二〇八年)由曹操遣使赎回。初归汉时估计年三十一岁。

胡儿 蔡文姬之子,初出场时估计年八岁,后归汉时年十六岁。回汉是出于我的安排。史籍中未著其名,剧中以伊屠知牙师名之。伊屠知牙师乃王昭君之子,曾为左贤王。左贤王在匈奴中位置仅次于单于,单于死即由左贤王继承。以伊屠知牙师名胡儿足以显示蔡文姬对王昭君之思慕。

胡女 年半岁,尚在襁褓中,文姬呼之为昭姬;后亦归汉,时年九岁。

赵四娘 文姬之姨母。此人出于假托。文姬之母相传为赵五娘,此作为赵五娘之姐,与文姬同时没于匈奴,相依为命。文姬归汉,其子女即由她留胡照料。有此足以促成文姬归汉的决心。此人作为死于匈奴中,在胡儿、胡女归汉时已去世。

左贤王 假定年四十岁左右。剧中把他作为匈奴的民族主义者,故以汉初最杰出的匈奴单于冒顿之名名之。冒顿单于曾打败汉高祖刘邦,并侮谩吕后。此左贤王名以冒顿,以表示其强项。

南匈奴单于呼厨泉 假定年五十岁左右。此人于建安二十一年朝汉,被曹操留置于邺,遣右贤王去卑回匈奴,分其众为五部,各立其贵人为帅,选汉人为司马以监督之。故在曹操手中,南匈奴等于归化。北匈奴早已西迁,其旧地为鲜卑族所占据。

右贤王去卑　假定年三十岁以往。此人乃亲汉派,为曹操所信任。匈奴统治者地位以单于、左贤王、左谷蠡王,右贤王、右谷蠡王等为次,故右贤王位在第四。

董祀　曾为屯田都尉,与文姬同为陈留人,文姬归汉后重嫁于他。为处理方便,剧中以此人为曹操派赴匈奴的正使,后升任长安典农中郎将。初使匈奴时假定年三十一岁,与文姬同年,但月份较小,并假定他曾师事蔡邕,是蔡文姬的表弟,其母为赵三娘。

周近　假定年四十岁左右。史有此人。曹丕《蔡伯喈女赋》已失传,其序的残文云"家公与蔡伯喈有管鲍之好,乃命使者周近持金璧于匈奴赎其女还,以嫁屯田都尉董祀"云云。为方便计,以此人作为派遣匈奴的副使,并任屯田司马,为董祀下属;但在意识上颇与董祀对立,几至陷害董祀。

曹操　赎回蔡文姬时年五十四岁,其年为建安十三年(公元二〇八年)。当年七月始为丞相,但剧中为方便计已称之为丞相。建安二十一年时六十二岁,晋封魏王。

卞后　小曹操四岁,为曹丕、曹彰、曹植之生母。本出娼家,史称其节俭勤谨,宽厚待人,菜食粟饭,不用鱼肉。曹操甚爱之,称其"怒不变容,喜不失节"。

曹丕　建安十三年时年二十二岁,其时官职不明。建安十六年为五官中郎将,副丞相。剧中为方便起见,初出场即称为五官中郎将。

侍琴、侍书　曹丞相的家婢,被派遣随董祀入南匈奴,以便归途服侍蔡文姬。

胡兵、胡婢、胡乐队、胡舞队等各若干人。

曹丞相府侍者、铜雀台歌伎等各若干人。

年代　汉献帝建安十三年至二十一年(公元二〇八至二一六年)。

地点　第一、二幕在南匈奴;第三幕在长安郊外,第四、五幕在邺下。

第 一 幕

左贤王的穹庐,仲春的早晨。

穹庐设在舞台一侧,门外张彩棚,下敷地毯,设各种必要用具。四周有障屏竖立,间隔成一区域。当隅处每有缺口,与外通。背境可适当布置胡中景物。时闻马嘶声。

蔡文姬,胡装,其装束如维吾尔族。独自一人在彩棚下徘徊,形容憔悴。一时又高兴,一时又有愁思不决之状。屡屡叹气,时时又自言自语:"怎么办呢?到底是回去,还是不回去?"(这样的话,在一定间歇中反复。)

忽然又站立着,凝视着远方,似在酝酿诗意。事实上她已三天三夜不睡觉。在失眠中她的《胡笳十八拍》已经作到第十二拍了。

后台合唱。音乐伴奏。(《胡笳诗》中的"兮"字古本读呵音,故一律改为呵字。)

东风应律呵暖气多,
知是汉家天子呵布阳和。
羌胡蹈舞呵共讴歌,
两国交欢呵罢兵戈。
忽逢汉使呵称近诏,
遣千金呵赎妾身。
喜得生还呵逢圣君,
嗟别二子呵会无因。
十有二拍呵哀乐均,
去住两情呵难具陈。

胡儿伊屠知牙师,佩弓,腰悬箭囊,自穹庐对侧跑出。

胡 儿 妈!(向文姬跑去。)

文　姬　(停步)呵,伊屠知牙师,你一早到甚么地方去来?

胡　儿　我去打兔子来,我听见好些人在说,妈,你今天就要回汉朝去了,是真的吗?

文　姬　(迟疑,叹气,掩泪)……

胡　儿　(抱拥其母)妈,你在哭吗?你为甚么要哭呢?回汉朝去不是好事吗?你不是经常在说,要带我们回去吗?我是很高兴的啦!

文　姬　(索性哭出声来了)伊屠知牙师!我的儿!(抚抱胡儿,泣不成声。有一会,才哽咽着说)娘这几天一直没有告诉你。汉朝的曹丞相派遣了专使来,要把娘接回去,送来了很多的黄金玉器、锦缎绫罗。单于呼厨泉已经答应了。我已经考虑了三天,今天已经是第四天了,我须得作最后的决定。

胡　儿　妈,你还没有决定吗?你决定了吧,带我们一道回去,把爹爹,把四姨婆也一道带回去!

文　姬　娘是很想回去的。我告诉过你"狐死首丘"的故事,一个人到死都是怀念自己的乡土的。你外公外婆的坟墓在长安,我只是十二年前,在来匈奴的途中,去扫过一次。我也很想回去扫墓。特别是你外公有不少的著作,经过战乱,遗失了,回去我想也总可以收集得一些。娘十二年来都在这样想,可是总得不到回去的机会。现在机会来了,娘当然是喜出望外的。

胡　儿　那吗,你为甚么不赶快作出决定,把我们一道带回去呢?我多么想去看看万里长城,看看黄河,看看长江,看看东岳泰山呵!

文　姬　(悲抑)儿呀,你不知道。娘为这事已经三天三夜没有睡觉了。

胡　儿　哦,难怪你这两天瘦了,我看你饭也不想吃。妈,你是生了病吗?妈?

文　姬　(摇头)我呵,我比生病还要难过。(徐缓地)能够回去,我是很高兴的。十二年来,我认为无望的希望竟公然达到了。但是,儿呵,你不知道为娘的苦痛。娘要回去,……(欲言又止,终于决绝地说出)却又不得不丢掉你们!

胡　儿　(惊愕)怎么? 妈,你说甚么?

文　姬　(悲痛)娘要回去,就不能不留你们在这儿,留下你和你半岁的妹妹。

胡　儿　那怎么行呢? 妈,你不要我们了吗?

文　姬　不,不是! 是你父亲不放你们走,他甚至于不想让我走。

胡　儿　那怎么行呢? 我要和爹爹闹。

文　姬　我已经和你爹爹谈了三天了。我说,儿女让我带回去,没有母亲的儿女很可怜。他说,不行,你是汉人,我可以让步,让你走;儿女是匈奴人,我不能让步,你不能带走。我说,一个人分一个吧,把你或者你的妹子带回去,他也不肯。儿呵,你想,把你们丢下,让娘一个人回去,这不是割下了娘的心头肉吗?

胡　儿　(愤愤然,又含着眼泪地)爹爹这样不讲道理吗? 匈奴人和汉人不是一家人?

文　姬　儿呵,你还小。你爹爹是爱你们的。他不放你们走,你也不能怪他。

胡　儿　哼! 我是妈妈的儿,那我要跟妈妈一道去! 我要跟妈妈一道去!……

　　　　赵四娘抱着胡女由穹庐中走出。

胡　儿　(回头向赵四娘纠缠)四姨婆,你知道吗? 妈妈要回汉朝去了,爹爹不让我们一道去!

赵四娘　你也知道了吗? 你妈和我这几天正为这件事伤心啦。

胡　儿　四姨婆是不是也要回去呢?

赵四娘　我么,我是想回去的。伊屠知牙师呀,你长大了就会知道。一个人谁也要思念自己的故土。　……但是,我已经想了三天,在昨天晚上我同你妈妈讲明白了,我要留下来。我留下来照顾你们兄妹俩,让你们的妈妈安心地回去。

胡儿放声大哭。文姬、赵四娘也眼泪涔涔。

文　姬　四姨娘,我,我,我不想回去了。我们一同都留在这儿。

赵四娘　(苦笑)哼哼,那你就未免太溺爱了!文姬!你应该安心回去,你的儿女,有我在这儿抚养,我包管把他们抚养成人,并且要教他们学好。我可以代替你。有我在这儿,你安心,就和你自己在这儿是一样。

胡　儿　我要跟着妈回去,四姨婆也回去!(罗唣。)

赵四娘　没办法的,左贤王执意不肯让你们走。他甚至于还这样说,如果要把你们带走,连你妈妈他也要让她活不下去!

胡　儿　甚么,他要杀妈妈?

赵四娘　他是那样说的。他说,你妈妈是汉人,一定要走,没有办法;你们是匈奴人,断然不能带走。如果要带走,他就要通同杀掉!

胡　儿　(愤恨)哼!我要去和他闹!(作势欲下。)

文　姬　(一手挽着他)伊屠知牙师,你不能那样。你怎能和你爹爹闹呢?他不肯放你们走,也是由于爱你们。……

胡　儿　我不稀罕他的爱!

文　姬　他虽然那样说,但他对我还是好心好意的。

胡　儿　那吗,他为甚么不让我们回去呢?

文　姬　你爹也上年纪了。他说过,如果让你们也走,他会活不下去。

胡　儿　我们劝他一道走嘛!

文　姬　(不禁苦笑)不行的,那是办不到的。

赵四娘　(插话)伊屠知牙师,你要知道,就跟你妈妈想回汉朝的一样,你爹爹是不想离开匈奴。这是一样的道理。

胡　儿　那么,四姨婆,你为甚么不回去?

赵四娘　我不是说了吗?我是爱你们,也爱你们的妈妈。我要让你们妈妈把我爱故乡的情感承担回去,我要让我自己把你们妈妈爱儿女的情感承担下来。我是孤孤单单的一个人,年纪已经老了,我如果能够把你们抚养成人,由你们的一代来代替你们父亲的一代,使匈奴和汉人真正成为一家,在我就心满意足了。

文　姬　四姨妈,我是不想回去了。我怎么能够丢下你们呢?我怎么能够丢下你呢?二十年来我们形影不相离,你比我亲生的母亲还要疼我,我怎么能够再把母亲的担子加在你的身上?唉!我回去又能够作些甚么呢?

赵四娘　(含谴责意)你总爱那样说!以你的才华,能作的事情多着呢!你难道还不相信我吗?我告诉你,我虽然已经六十岁,但我至少还想再活十五年,我一定要把你的儿女抚养成人,一定要看到匈奴和汉朝真正成为一家。

　　　　左贤王带胡兵二人匆匆上。

左贤王　(愤愤然)你们在胡闹些甚么?胆大包天!甚么叫匈奴和汉朝成为一家?哼!

赵四娘　哎,你们这一家人不就是这样的吗?

左贤王　哼,你说得好听!你难道没有看见吗?我这一家人看看就要四分五裂了。(回向文姬)文姬,孩子们的妈!今天是第四天了,呼厨泉单于在为汉朝来的人饯行,要你也过去,今天就动身!

文　姬　甚么?今天就走吗?

左贤王　是呵,汉朝来的人说,他们受了曹丞相的命令。要在五月以前赶回。在路上还得走两个月呢。

文　姬　汉朝派来的人到底姓甚名谁,我问了你好几次,你都没有弄明白。

左贤王　他们的姓名谁弄得清呵,简单得太不成话!我只记得一个是甚么"东师"都尉(董祀),一个是甚么"将军"司马(周近)。这些官名我倒知道,看来他们都是带兵官。那位"东师"都尉倒还和气,那位"将军"司马,却是盛气凌人,全不

301

把人看在眼里。他刚才还私下对我说:"你要不把蔡文姬送回汉朝,曹丞相的大兵一到,立地把你匈奴扫荡!"他这气焰我可受不了。我想,他们一定还有大兵在后,先来试探我们。我不是对你说过,这是他们惯用的手法?这就叫作"先礼后兵"。如果我不让你回去,那就会大兵压境,使得我们南匈奴,就要弄得来和北匈奴、三郡乌桓一样了!孩子们的妈,我是不想让你走的,你叫我怎么办呢?呵,我恨不得把我自己剖成两半!

文　姬　你不要那样着急吧!我告诉你,我也不想离开你。我把儿女丢下,你叫我怎么能够忍心呢?如果你能让我带走一个,……

左贤王　不行!半个也不行!我这几天都快要发狂了。你要走,我不敢阻拦你。赵四娘你也可以带走。除此之外谁也不准带走!不然,我要杀人!我要把我全家杀尽!

赵四娘　请你息怒吧,左贤王!我已经下了决心:我愿意留下来替文姬抚养儿女,让她一个人回去。

　　　　　胡儿抱母身,放声痛哭。

胡　儿　我要和妈妈一道走,我要和妈妈一道走……

左贤王　(暴怒)你这个小东西!不准哭!(指挥胡兵)给我把他拉下去!

　　　　　胡兵二人向前扭取胡儿,胡儿嚎啕痛哭,死死不放。左贤王暴跳如雷,几次手按佩刀,欲有动作,赵四娘从旁挽劝。

文　姬　(毅然地,叱咤胡兵)你们不准乱动!

　　　　　胡兵迟疑。

文　姬　我还在考虑,我并不一定要走,你们离开得远些!

　　　　　胡兵回视左贤王,左贤王勉强示意,胡兵离开文姬,远远侍立。

文　姬　四姨婆,请你把昭姬抱下去吧。

赵四娘　好,伊屠知牙师,我引你一道去玩玩。你妈妈不走的。

胡　　儿　不,我要跟妈妈在一道!我要跟妈妈在一道!

文　　姬　(俯抚胡儿)伊屠知牙师,我的儿,你是听娘的话的。你也跟着四姨婆下去,好好同妹妹一道玩吧。你要听四姨婆的话。等你们长大了,你同妹妹都回汉朝去。你下去吧。

赵四娘　好,我带你们一道到草原上去看跑马。

　　　　胡儿已知世相,默默无言,勉强听从;两眼含泪,怒目视左贤王和胡兵;愤然抛弃弓矢,随赵四娘下。

文　　姬　(向左贤王)孩子的爹,你不要生气吧。我也知道你的痛苦。我如果走了,希望你尊重赵姨娘,让她把孩子们抚养成人。说本心话,我很想回去,但又不愿意离开你们。我已经踌蹰了三天三夜,就到目前我也依然在踌蹰。你知道,我是愿意匈奴和汉朝长远和好的。曹丞相派遣使臣来迎接我,如果还有大兵随后,那就是不义之师。我要向汉朝的使者问个明白;如果真是那样,我要当面告诉他:我决不回去,死,也要死在匈奴!因此,我要向你请求一件事。

左贤王　(转和缓)你总不会要我归顺汉朝吧!

文　　姬　不是那样使你为难的事。……

　　　　一胡兵上场,向左贤王报告。

胡　　兵　启禀左贤王,单于请你和王妃快些驾临王宫。

左贤王　知道了。下去!

　　　　胡兵下。

左贤王　你快说,是怎样?

文　　姬　我希望你请汉朝的使者——请那位你认为比较和气的"东师"都尉吧,请他到我们这里来。我要当面问他:他们到底有没有大兵在后。你可以掩伏在近旁,听我们说些甚么话,但不许有人露面。如果有人露面,那汉朝的使者就不会说出真话来了。就是这样一件请求,你能同意吗?

左贤王　(略略考虑一会,点头)这倒可以同意。好吧,我过去同他们说清楚,立地把使者引来。

　　　　　左贤王引胡兵二人下场。
　　　　蔡文姬一人在场上盘旋,她这时又在酝酿着《胡笳诗》第十三拍了。后台合唱,音乐伴奏。——
　　　　　不谓残生呵却得旋归,
　　　　　抚抱胡儿呵泣下沾衣。
　　　　　汉使迎我呵四牡骈骈,
　　　　　胡儿号呵谁得知?
　　　　　与我生死呵逢此时!
　　　　　愁为子呵日无光辉,
　　　　　焉得羽翼呵将汝归?
　　　　　左贤王偕胡兵二人,引汉使董祀上,汉婢二人,一人捧汉衣冠,一人抱琴,随上。
　　　　　文姬见董祀,现出惊疑之态。

左贤王 妃子,我把汉朝的使者引来了,这位就是"东师"都尉啦。

董　祀 (向文姬行礼)文姬夫人,你好!我是陈留董祀,我们有十几年不见面了!

文　姬 (还礼)呵,公胤,原来是你呵!(回向左贤王)孩子的爹,谢谢你。这位汉朝来的使者,他姓董名祀字公胤,是我父亲的学生,也是我的一位表弟。他的母亲是我的母亲和赵四姨娘的亲姐姐。他从小就失掉母亲,是我母亲把他养大的!

左贤王 哦,那就好了。你们在这里谈谈心,我去陪单于和副使。失陪了!

董　祀 大王请便。

　　　　　左贤王与胡兵二人由原路下,掩伏在屏围后。

董　祀 (向文姬)文姬夫人,……

文　姬 你怎么这样称呼我?照你幼时的习惯,称我为大姐吧。

董　祀 呵,大姐,我真没有想到能够再和你见面。

文　姬 我也没有想到呵。

董　祀 听说你已经有侄儿侄女了。

文　姬	是呵,四姨娘也在这儿。	
董　祀	呵,四姨娘也在这儿吗?	
文　姬	我们是兴平二年一同流落到这里来的,在这里同住了十二年了。	
董　祀	唉!真是没有想到,这些年天下的变化是多么大呵!	
文　姬	公胤,我倒要问你,你们这一次带来了多少人马?	
董　祀	大姐,我们一行就只有三十五个人。我是正使,另一位副使周近,是清河崔琰的学生。此外就是侍从和管车马的人。	
文　姬	呵哈,周近?不是说甚么"将军"吗?	
董　祀	那是把音搞错了。我是陈留的屯田都尉,周近是我下边的一个屯田营的司马。	
文　姬	听说你们有大兵随后,你们只是先行呵?	
董　祀	(诧异)谁这样说?完全是造谣!	
文　姬	哼,你说造谣吗?是你们的副使周近亲自对左贤王说的。他说:如果不让我回去,你们的大兵一到,就要荡平匈奴!	
董　祀	(惊诧)呵,他说过这样的话!周近他居然这样口不择言,他怎么能这样说!我们是在正月初旬离开邺下的,曹丞相亲自召见了我们,要我们带来了好些礼品,献给呼厨泉单于和左贤王,专诚来迎接你回去。丞相还派了两位自己府里的侍婢来陪伴你。(指抱琴者)这一位叫侍琴。	
	侍琴屈半膝敬礼。	
董　祀	(指抱衣者)这一位叫侍书。	
	侍书同样敬礼。	
董　祀	还给你送来了几套衣服,一具焦尾琴。(指示二汉婢手中所捧抱者)你是知道的,曹丞相是会弹琴的。这焦尾琴是他亲自监制的,是仿照姨父伯喈先生的焦尾琴制造的。丞相还亲手试过音,他说,你一定会喜欢。	
文　姬	(故意文不对题地)可我知道曹丞相很会用兵,"兵不厌诈"。他不是惯会使用诈术吗?我听说,去年打平了三郡乌桓,曹	

丞相就是全靠诈术。他没有从正面去进攻,是从侧面去偷袭的。可不是吗?

董　祀　大姐,你是只知其一不知其二。曹丞相爱兵如命,视民如伤。他会用兵,但他与士卒同甘苦,他是不轻易用兵的。他在国内虽然年年打仗,但都是迫不得已。他锄豪强,抑兼并,济贫弱,兴屯田,使流离失所的农民又从新安定下来,使纷纷扰攘的天下又从新呈现出太平的景象。现在的中原,大姐,和你十二年前离开的时候是完全两样了。丞相去年远征三郡乌桓,正是证明"王者之师,天下无敌"。三郡乌桓近年来骤然强盛了起来,不仅经常侵犯北边,也经常侵犯匈奴。它把汉人俘虏了十多万户去作奴隶,使北部的边疆连年受到侵害。所以曹丞相才不能坐视,出师亲征,行军千里,把三郡乌桓荡平了。这不仅救了汉人,也救了匈奴人。十多万户被奴役的汉人被他救回来了,不少的匈奴人也被他解救了。他还使乌桓的侯王大人们受了他的感化,听从指挥,而今三郡乌桓的骑兵在曹丞相的麾下已经成为天下的劲旅。这假使不是仁义之师,是怎么也不能办到的。大姐,你离开故乡太久,你怕不明白真相吧?曹丞相的主张是"天地间,人为贵"。他曾经说过:"圣贤之用兵也,戢而时动,不得已而用之。"……

文　姬　公胤,我还要问你。曹丞相打发你们来接我,究竟要我回去作些甚么?是不是因为我在匈奴住了十二年,熟悉匈奴的情形,要我回去在军事上有用我之处吗?

董　祀　大姐,你怎么谈到军事上来!我们来的时候,曹丞相告诉了我们:现在汉朝和匈奴已经和好,外患也基本上消除了,朝廷正在广罗人才,力修文治。他说到你的父亲伯喈先生,他是天下名儒,可惜受冤屈而死。他也说到你是伯喈先生的孤女,你是博学多才的人。他说:你的才情不亚于班昭;班昭能够继承她父亲班彪的遗业,帮助她的哥哥班固撰成了

　　　　　《前汉书》，你也尽可以继承伯喈先生的遗业，参预《续汉书》的撰述。这些都是他亲自对我们说的。曹丞相是要在文治上作一番大事业，他是看中了你的文才，才来接你回去的。

文　姬　多谢你的指点。公胤，十二年来我无日无夜都在思念我的乡土，我也没有忘记要收集我父亲的遗书。但我在这里已经有一儿一女，你是知道的，曹丞相难道不知道吗？

董　祀　曹丞相也是知道的。他原想让你的子女也一道回去。我们也作了很大的努力，但是左贤王执意不肯。他说，大姐走，他可以同意，要带走儿女就万万不行。这层在大姐是一件憾事，在我们也是一件憾事。但我想左贤王不忍放走他的儿女，这也是人之常情。假使我处在左贤王的地位，恐怕也是不会放手的。(停一会)但是，如今汉朝和匈奴已如一家。大姐，你的子女留在这里也同带回去的一样。待他们长大成人了，将来是有机会回去的。(再停一会)大姐，请你务必以国家大事为重，把天下人的儿女作为你自己的儿女吧！

文　姬　(深受感动)呵，公胤呵，你说得我无言对答了。左贤王呵，孩子的爹，你叫我怎么办呢？(搥胸而泣。)

　　　　　此时左贤王和胡兵二人从掩伏处出现。

　　　　　董祀出乎意外，以手按佩剑。二婢女亦惊惶，奔赴文姬侧。

左贤王　(急忙向董祀行半跪礼，诚恳地)董祀都尉，我感谢你。

　　　　　董祀亦答礼，两人相扶，起立。

左贤王　你的话把我的疑团消除了。(回向文姬)文姬，你安心回去吧。你回去，遵照曹丞相的意愿，继承岳父伯喈先生的遗业，撰修《续汉书》，比你在匈奴更有意义。你将来还可以回匈奴来，我一有机会也可以到汉朝去。你回去了，我一定照着你的吩咐，让赵四娘抚养你的儿女。(解下所佩轻吕刀，再行半跪礼捧呈董祀)董祀都尉，请你接受我这把轻吕刀吧！这把刀我佩带了十年，不知道作了多少次战，也不知道杀过多少次人，我把这把刀献给你！我要对你发誓：从今以后我决心与汉朝和好！

董　祀　（深受感动，同样行半跪礼受其刀）谢谢你，左贤王！（相扶起立，将刀佩上，随手将所佩玉具剑解下，捧呈左贤王）左贤王，我这把玉具剑是曹丞相赏赐给我的，这比我的生命还要宝贵，我也把来转赠给你。请你收下吧！

　　　　左贤王受剑，佩之。两人拱手为礼。胡兵、汉婢均屈半膝，文姬亦合掌垂泪含笑。

——幕徐徐掩闭

第 二 幕

呼厨泉单于大穹庐（等于王宫）。

布置与第一幕相仿佛，但更华丽。处处有旌旗扎结成架，下悬铜锣数面。适当处悬置弓矢、马鞍、鹿角、虎头等。

在穹庐门外大天幕下，当门处置毡毯，为上位。呼厨泉单于坐在正中，周近坐在他右侧，匈奴人尚左，左侧有席虚设，示为正使董祀之座。两旁亦置毡毯，右贤王去卑座位靠近周近，其对侧有席虚设，备左贤王入座。

席均贴地而设，别有坐褥，如虎豹皮之类。周近为屯田司马。曹魏屯田制度，郡国设典农中郎将或典农校尉，依郡国大小而异：大者为中郎将，职较高；小者为校尉；其下置屯田都尉，或称典农都尉。又其下分营屯田，营置司马。故屯田司马在屯田都尉之下，但简称"司马"则俨然大官，周近即隐隐以此自炫。此人颇自尊大，有大国主义的臭味，傲下谄上，在席间时坐时起，不拘礼节。

自穹庐中时有胡婢捧出羊糕、马潼酒或干果之类，置主客席

去 卑	呼厨泉单于,左贤王把董都尉引去了这半天,还不转来,准备好了的节目,我看,可以开演了。
单 于	还是再等一会吧。(回顾周近)周近司马,你所说的曹丞相的相貌,和我们这里所传说的大不相同呵。
周 近	你们所传说的是怎样?
单 于	是说曹丞相魁梧奇伟,一表堂堂……
去 卑	须长四尺,声如洪钟。
周 近	(抚掌大笑)呵哈哈哈哈,(向去卑)你们说的完全不对!右贤王!你们是怎么弄错了的?
单 于	(向去卑)去卑,不是我们往年派去的人,亲眼看见的吗?
去 卑	是呵,是他们回来说的。
周 近	(回思,忽有所悟)呵哈,我想起来了,是有那么一回事。(执杯在手起立徘徊)几年前曹丞相把袁绍消灭了,作了冀州牧。在那时候,你们派遣了使臣去向丞相致贺。
去 卑	是的,那是四年前的事。我记得是在秋天。
周 近	对了。那时曹丞相要接见你们的使者,他觉得自己的相貌不扬,便请我的老师清河崔琰来代替他。他自己却拿着刀站在崔老师的旁边,装成一个卫士。(一面陈述,一面作姿态表示。)
单 于	呵,是那样的吗?难怪回来的人说,汉朝连当卫士的人,一眼看去,都像英雄豪杰呀!
周 近	所以你们所传说的曹丞相的相貌,其实是崔老师崔季珪的相貌。
去 卑	曹丞相真是一位会用心思的人呵。
周 近	你说得不错。曹丞相没有一刻不在用他的心思。他就由于用心过度,听说经常爱发晕病啦。
单 于	很厉害吗?
周 近	不,倒不那么厉害,不过总每每发作。他实在是太多才多艺

前。酒须时时斟添。

了。你们知道吗？曹丞相会作诗,会写字,会下棋,会骑马射箭,会用兵,会用人。他的手下真真是猛将如云,谋臣如雨呵！

去　卑　　那,我们是知道的。听说曹丞相的部下有荀彧、荀攸、郭嘉、锺繇,都是神机妙算的军师;还有张辽、许褚、夏侯渊、夏侯惇,都是一将当千的勇士！

周　近　　一点也不错,他们都是一些了不起的人。他们对于曹丞相都是心悦诚服的。你们要知道,曹丞相能够用人,这就是他的一项大本领。甚么人在他的手下都可以发挥自己的才智。大家真是又爱他,又怕他。

去　卑　　是怕他太英明了吧？

周　近　　是呵,他真是十分英明。他的那一双眼睛炯炯有神,你如果立在他的面前,就好像自己的心肝五脏都被他看透了的一样呵。不过,曹丞相的可怕处倒不单在这里。

去　卑　　可怕之处还在甚么地方呢？你说。

周　近　　(得意地)是在他当机立断,执法如山。只要你一有错处,他是丝毫也不容恕的。就是自己的儿女,他也要加以处分。因此,我们大家都感觉着——最好不要伤了他的和气。呼厨泉单于,这一点我要请求你们特别留意。

去　卑　　周近司马,关于这一层我们是常常留意的。所以这一次你们奉了曹丞相的命令来到敝邦,要把蔡文姬接回去,单于和我是完全同意的。我要告诉你啦,左贤王是不甘心的,他这人野心勃勃,不知道会要闹出些甚么乱子。

周　近　　他命名为"冒顿",是有用意的吗？

去　卑　　可不是！你想,我们的祖先冒顿单于,他是打败过汉高祖,侮谩过吕太后的人。他公然要学他！

周　近　　这个可麻烦了。难怪我们来了好几天了,蔡文姬到底回不回去,都还决定不下来。

去　卑　　不过,我们已经准备好了,不管左贤王同不同意,我们都要逼着蔡文姬回去,决不辜负曹丞相的盛意。
周　近　这就很好。我刚才私下警告了他。我说:如果不把蔡文姬送回,曹丞相的大兵一到,你要立地化为齑粉!
去　卑　你这话说得正当时,像左贤王那样的人,正应该使他知道曹丞相的军事力量。
单　于　去卑,你的话说得太多了!你怎么能说到曹丞相的军事力量上来?曹丞相这次送来了厚礼要迎接蔡文姬回去,实在也是对于我们南匈奴至诚和好的一种表示。匈奴和汉朝多少年以来屡以兵戎相见,现在已经如像一家,这并不是一件小事。董都尉传达曹丞相的意旨,是说只因匈奴和汉朝已如一家,所以蔡文姬才能回去。曹丞相还再三嘱咐过,蔡文姬回不回去决不勉强,一切都由我们决定。去卑,你想一想,这怎么能谈得上军事力量上来呢?
去　卑　是,是,我只是附和周近司马的话,有失检点。
单　于　(向周近)周近司马,我们决定让蔡文姬回去,也正是对汉朝和好的诚恳表示。曹丞相既然看重蔡文姬的文采,要她回去参与文治声教的事业,我们理当从命。不过她和左贤王是十二年的夫妻了,又有了儿女,一时难于割舍,也是人情之常呵!
周　近　是,是,左贤王的心境我也能领会。
去　卑　不过左贤王也实在是太执扭了。他虽然在说蔡文姬舍不得自己的儿女,我看,其实分明是左贤王自己在刁难。他刚才把董都尉请去了,我倒耽心,该不是对董都尉心怀不善吧?
单　于　左贤王会那样不顾大局吗?
去　卑　那也很难说。他总是说蔡文姬舍不得自己的儿女,让董都尉去了又能怎样呢?其实如果是我,我倒索性让蔡文姬把儿女一同带回汉朝去了。
周　近　右贤王,是你,那还有甚么话说呢!
单　于　好吧,周近司马,我现在可以告诉你,我们在今天一定让你

	们动身。我已经准备好了。我要派遣右贤王去卑率领胡兵二百名护送你们,一直把你们护送到曹丞相住的地方。
周　近	哦,那是太周到了。
单　于	我还要去卑同时带去黄羊二百五十头,胡马百匹,骆驼二十头。这些牲畜,一来供你们在路上的运输,二来供你们的食粮。特别是骆驼二十头我们是专诚奉献给曹丞相的。周近司马,请你代达我们的微意,问候丞相的起居。
周　近	单于的盛意我一定要禀报丞相。我想曹丞相一定会很高兴的,他一定会大大的欢迎右贤王。
去　卑	(向单于)我看时间不待了,左贤王还不转来,准备好了的节目,可以开演了！
单　于	好吧,那就不必等吧。
去　卑	(向上场斟酒的胡婢指使)你们下去传达单于的命令:准备好了的节目,现在可以开演了。

　　胡婢敬礼后向屏壁后下。此时周近就座,放下手里的酒杯。俄顷乐队、舞队登场,一一向单于等敬礼后,各按班就位。

　　表演节目可以适当安排。如胡舞可用维吾尔舞、角触戏(男子角力)、提簧舞、女子柔软体操(北京、广州均有艺人能此,如无适当艺人可以省略)及其他魔术,杂耍之类(但须考虑为一千多年前所能有者)。

　　在表演中左贤王偕胡兵二人由右侧入场,在左侧席位上就座。态度雍容,与第一幕判若二人。

　　单于与右贤王、周近见左贤王一人独返,而且态度改变,都有些诧异。

左贤王	请停一停。
	表演节目中止。
单　于	(向左贤王)怎么样？董都尉呢？
左贤王	(稳重地)一切都顺利解决了。
单　于	(吃惊)甚么？顺利解决了？你是说⋯⋯

左贤王　文姬下了决心,我也下了决心。

单　于　我在问你董都尉啦!

左贤王　我正要说到他。他已经和我成为了生死之交,你们看,(把腰上的玉具剑横陈膝上)他的玉具剑都已经在我手里了。

　　　　单于、右贤王和周近均大惊失色,不安于座。

单　于　(含怒意)你当真作出来了吗?

左贤王　(开始诧异,继而大笑)哈,哈哈哈,你们到底在惊惶些甚么?董都尉很快就收拾好了。

单　于　(大怒)来人哪!

　　　　左右屏壁后及大穹庐中有胡兵,手执刀、斧、盾牌等涌出。

单　于　给我把左贤王拿下!

　　　　右贤王和周近均起立,手按腰间所佩刀剑。乐队、舞队均惊慌失措。但因左贤王颇得人心,胡兵们都面面相觑,不肯动作。

左贤王　(徐徐起立,愈益大笑)哈哈哈哈哈! 你们发了狂吗?你们以为我把董都尉杀害了?哈哈哈哈哈! 这不比演戏要有趣吗?你们看吧!

　　　　此时董祀身着胡装,佩轻吕刀,与蔡文姬由右侧入场。左贤王起立相迎。汉婢二人相随,一人抱琴,一人扶文姬。文姬已改着汉装,但仍愁眉不展,强为镇静。二婢在终场时一直服侍着文姬。诸人见场中情形均不免意外而略踌躇。

董　祀　(向左贤王)这是怎么回事?

左贤王　董都尉,有趣得很,有趣得很! 他们发生了误会,以为我把你杀害了。

董　祀　你不但没有杀害我,反使我活得更有意义了。(向单于)来迟了一步,请原谅。

单　于　不,你来得正是时候。请坐。(让董祀坐于左侧。)

文　姬　(至单于前敬礼)呼厨泉单于,劳你久候了。

单　于　不,我们大家正在专诚等你,你已经下了决心,回汉朝了吗?

文　姬　是的,我已经下了决心,左贤王也下了决心,他刚才对我说,

	要我回去依照曹丞相的意愿,继承我父亲的遗业,撰修《续汉书》。他说!这比我留在匈奴更有意义。我就听从了大家的意思,决心回去了。
单　于	好的,这对于匈奴和汉朝的和好是有很大的贡献的。匈奴和汉朝本来是一家人,不分甚么彼此。我听说,你是舍不得你的一双儿女。作母亲的人,要和儿女分离,的确是件苦事。
文　姬	谢谢单于的关切,现在我最大的苦楚就是和我的儿女分离。认真说,这好像割掉了我的心肝。
单　于	文姬夫人,你安心回去吧。左贤王会好好照顾他们,我们也要特别照顾他们。匈奴和汉朝已经是一家,你的儿女留在这里也是一样。将来长大了,让他们回到你那里去好了。
文　姬	谢谢单于。
左贤王	好吧!让我来介绍一下。
	左贤王把文姬引到周近前,二婢相随。
左贤王	这位就是汉朝的副使周近司马。
周　近	(毕恭毕敬地拱手鞠躬)我是屯田司马周近,恭候文姬夫人起居。
文　姬	(答礼)长途跋涉,辛苦了。
	左贤王、文姬回身,立场中,面向众人。
单　于	现在我想请大家就座,重整酒宴,继续开演。
左贤王	(抢着说)我看酒宴可以停止了。不是说期限很紧迫吗?是不是可以准备动身了?
单　于	那也好。(向董祀)你,你完全变了样啦,董都尉!
董　祀	是的,这是左贤王赠送给我的匈奴服装,我把我的汉装也留赠给他了。
单　于	你们很快就成为了好朋友啦。
董　祀	不仅是好朋友,而且还是亲戚呢。蔡文姬是我的表姐,我们是姨表姐弟,这是左贤王所没有料到的。

左贤王　　真的呀！亲戚再加上好朋友，是最难得的。我们大家应该推心置腹，开诚布公。我今天这一半天，真是添了不少的智慧！

单　于　　是的，一有了偏见，就容易发生误会。左贤王，你刚才说蔡文姬已经下了决心，你也下了决心，你叫大家准备动身，没有问题吗？

左贤王　　当然没有问题，文姬来就是向你们辞行的。但我还有一点请求。

单　于　　你还有甚么请求？

左贤王　　董都尉他们远道回去，为安全起见，我请求你派兵护送。

单　于　　你请放心，我已经决定派遣右贤王去卑率领骑兵二百名护送，一直送到曹丞相住的地方去。

左贤王　　哦，那就很周到了。

单　于　　（向董祀）董都尉，曹丞相送来的礼品实在太隆重了，黄金千两，白璧十双，锦绢百匹，我们实在是受之有愧。我们匈奴无物可报，谨备黄羊二百五十头，胡马百匹，骆驼二十匹，以供路上的食粮和运输。特别是骆驼二十匹，是专诚奉献给曹丞相的，请代达我们的微意，问候曹丞相的起居。

董　祀　　谢谢你，呼厨泉单于，汉朝和匈奴永归于好，这正是曹丞相的希望，也是我们大家的希望。

单　于　　我听说，我们匈奴人是夏禹王的苗裔，匈奴人和汉人本来就是兄弟嘛。

董　祀　　唉，正是那样。

左贤王　　（接过去）好吧，我希望所有的兄弟，以后都不要再吵架！

全场的人　　好呵！左贤王，你说得好！

左贤王　　（回向右贤王）行李的准备是不是已经停当了？

去　卑　　早已准备好，等了你三天了。

左贤王　　（回向董祀）董都尉，现在就立地动身吧，你看怎样？

董　祀　　请你问问文姬大姐，看她还有甚么话吩咐？

315

左贤王　（回向文姬）文姬,你安心回去吧。你还有甚么话吩咐?

文　姬　（沉抑但又沉着地）我的心都碎了,我也没有甚么话好说。就让我向你告别吧。（向左贤王敛衽为礼）我,祝你永远健康。

左贤王　（回礼,感慨地）我祝你一路平安!

文　姬　（向单于敛衽为礼）祝单于永远健康。

单　于　（答礼）祝王妃一路平安!

文　姬　（向全场的人敛衽为礼）祝大家都永远健康!

全场的人　（同声喊出）祝文姬夫人一路平安!

　　　　全体肃然,或行半跪礼,或行敛衽礼,或鞠躬拱手;有人感动垂泪者。

　　　　文姬被二婢搀扶着,徐徐向左手走去。

　　　　后台合唱,有音乐伴奏。——

　　　　　　愁为子呵日无光辉,
　　　　　　焉得羽翼呵将汝归?
　　　　　　一步一远呵足难移,
　　　　　　魂消影绝呵恩爱遗。
　　　　　　肝肠搅刺呵人莫我知。

　　　　　　　　　　　　——幕徐徐掩闭

第 三 幕

　　在长安郊外,蔡邕之墓畔。

　　墓碑题"左中郎将蔡邕之墓"八字,墓前有石人、石马各一对。墓畔有亭,亭中有石桌、石凳之类。背境是一片森林,远远可见汉代陵墓,如茂陵,卫青、霍去病之墓等。天上有新月,群星闪烁。舞台一侧有天幕二三,表示文姬等来此谒墓,留墓畔露宿。

　　时已夜半,万籁俱寂。

文姬着披风,独自一人由天幕之一走出,因经长途跋涉,兼复思念子女,愈形憔悴。在墓台前往来屏营,时时仰天叹息或掩袖而泣。此时在她的情绪中回旋着《胡笳诗》第十七拍中的辞句。

后台合唱,有音乐伴奏。——

> 去时怀土呵心无绪,
> 来时别儿呵思漫漫。
> 塞上黄蒿呵枝枯叶干,
> 沙场白骨呵刀痕箭瘢。
> 风霜凛凛呵春夏寒,
> 人马饥豗呵骨肉单,
> 岂知重得呵入长安?
> 叹息欲绝呵泪阑干。

文 姬 (行至墓前跪祷,向墓独白)父亲,大家都睡定了,我现在又来看你来了。你怕会责备我吧?曹丞相苦心孤诣地赎取我回来,应该是天大的喜事。但我真不应该呵,我总是一心想念着我留在南匈奴的儿女。虽然有四姨娘在那里替我照拂他们,但他们总是一时一刻都离不开我的心。(起立屏营)我离开他们已经一个月了,差不多每晚上都睡不好觉。我总想在梦里看见他们一眼,但奇怪的是他们总不来入梦。爹爹,你说,我离开了他们,他们是怎样地伤心呵。特别是我那才满半岁的女儿。我都在这样思念她,她怕天天都在哭吧?唉,我一听见小孩儿的声音,就好像他们的声音。我一看见别人的小孩儿,就好像他们来到了我的眼前。但是,一个月了,我总不能梦见他们一次呵!(抚墓碑发问)呵,爹爹,该不是孩子们生了病吧?该不是碰到甚么灾害吧?该不是……唉,我真不敢想象呵,但我的心却一刻也不让我停止想象。我无时无刻都在想呵,饭也不想吃,觉也不能睡。像这样,我到底能够作些甚么呢?呵,我辜负了曹丞相,我辜负了你啦,爹爹!(跪下)曹丞相要我学那班昭,让我回来继承父亲的遗业,帮助撰述《续汉书》。但我现在已经成了一个废人。我有甚么本领能够作到班昭?我有甚么力量能够撰述《续汉书》呢?呵,父亲,请你谴责我吧!谴责我吧!我为甚么一定要回来?我为甚么一定要回来呵?……

倦极,倒在墓前,昏厥。

舞台转暗,渐渐转明,在纱幕后显出各种各样的情境。

首先现出山川萧条,道路有白骨,有褴褛人群在道途中流离,有胡兵追逐。尘烟蒙蒙。蔡文姬时年十八岁,素服(因其前夫卫仲道身死未久,尚在孝中)负琴一具,与赵四娘同在逃难中,为胡兵所获,受鞭策。旋遇左贤王,时尚无髯。胡兵们均惊呼"左贤王来了!左贤王来了!"作鸟兽散。文姬与赵四娘得到礼遇。

左贤王 (问赵四娘和蔡文姬)你们是甚么人?

赵四娘 我姓赵,叫赵四娘。(指文姬)这位是我的姨侄女,蔡文姬。我们都是这陈留郡的人。

左贤王 看来你们都像是大户人家的女子?

赵四娘 (指文姬)我这姨侄女是有名的蔡邕蔡伯喈先生的小姐,……

左贤王 哦,难怪得!我说这位小姐怎么长得这样清秀!蔡伯喈先生,我们匈奴人也是知道的,他是汉朝的一位大学者,不幸他在长安被司徒王允杀死了。你就是他的小姐吗?难怪得!你们怎么这样零落呢?

赵四娘 我们的一家都被杀光、抢光了。我已经是一个孤人,我的姨侄女也成为一个孤人了。

左贤王 你们打算到甚么地方去?

文　姬 (向赵四娘)你告诉他,我们打算到江南去。

赵四娘 是呵,我姨侄女说:我们打算到长江以南。

左贤王 到长江以南?很远吧?

赵四娘 是很远啦。

左贤王 我听说长江以南有的地方冬天不见雪,夏天像火炉,那怎么过日子哟?

赵四娘 也有不太热的地方呵。

左贤王 总是很远呀,你们怎么能去呢?

赵四娘 我们娘儿两人,打算沿途乞讨,沿途卖唱,总可以过活下去。我这位姨侄女,她是会弹琴、会唱歌的。

左贤王 想是想得好,但你们还没有逃出陈留,今天如果不遇着我,不是已经完了!

赵四娘 谢谢你,大王!

左贤王 没有甚么,我也只是偶然碰着你们。目前汉朝的局面,实在闹得也太不像样了! 甚么外戚,甚么宦官,还有既非外戚又非宦官的豪强大户,他们就只晓得争权夺利,草菅人命。以前是抢田地,抢财产,抢官职,抢百姓的子女,现在是抢起皇帝来了。四处都在杀人放火,一杀就杀得一个精光,一烧也烧得一个精光,不要说你们就有翅膀也飞不到长江以南;即使飞到了,长江以南的情形又怎样呢? 恐怕也差不离吧? 还不是一样的在争权夺利、杀人放火? 你们往那里逃呢?

文　姬 四姨娘,你告诉他:实在没有路走,我们就跳进黄河!

赵四娘 是呵,我们走到绝路,就跳进黄河呵!

左贤王 那倒干脆。但我想,也可以不必那么轻生吧! 生命不是宝贵的东西吗?

文　姬 四姨娘,你告诉他:人生还有比生命更可宝贵的东西!

赵四娘 对啦,人生还有比生命更可宝贵的东西!

左贤王 我懂得你们的意思。我们匈奴人里面也有好人,他们是轻生死、重义气的。(踌躇了一会)我想,在这样兵荒马乱的年辰,你们倒不如跟我一道到匈奴去。

赵四娘 (吃惊)到匈奴去?

左贤王 是呵,我不久要回匈奴去了。我想,到匈奴去我就能够保护你们。我们匈奴也是好地方,牛羊遍野,骆驼成群,夏天的草原是一片碧琉璃,冬天的草原是一片银世界。你们到了那边,喜欢甚么,我就给你们甚么。我在这里虽然没有人知道,但在匈奴是人人知道的。我们匈奴人的皇帝就叫单于,单于之下就是左贤王。因此,我在匈奴的地位,也正合乎你们所说的,"在一人之下,万人之上"。到了匈奴,我就完全能够保护你们了。(又踌躇了一会)我要老老实实地说一句话:我很喜欢这位小姐。(指着蔡文姬)我们匈奴也有不少的女子,我也看过不少的女子,但不知道怎的,我今天一看见了这位小姐,就好像遇到了一位仙女啦。我们匈奴人是直爽的,有甚么话就说甚么话。只要这位小姐也喜欢我,那就再好也没有了。前朝不是有过一个王昭君吗?

赵四娘 (感到突然,回看文姬)……

文　姬 (沉着)四姨娘,请你问他,他回匈奴的时候,是不是要经过长安?

左贤王 (不等赵四娘转达)是要经过的。经过长安之后再往西北走啦。

文　姬 (向赵四娘)我倒有意思到长安去替父亲扫墓。

赵四娘 那吗,我们就仰仗他把我们保护到长安去吧。

　　　　文姬点头。

赵四娘 (向左贤王)我想请你把我们送到长安去,你同意吗?

左贤王 那不成问题。我绝对保护你们,使你们两位长远住在一道。你们能骑马吗?

赵四娘 驯善些的马是能够骑的。

左贤王 那吗,好!(回顾胡兵)你们下去辔两匹好马来!

　　　　胡兵下,闻马嘶声。

　　　　暗场一会,复转明。远远现出万里长城,一片荒凉的草原;文姬与赵四娘在草原中艰苦赶路,赵四娘背着胡女,文姬手提包裹,正向长城的一座关门走去,有马蹄得得声,文姬与赵四娘惊惧。赵四娘因年老负重,失足倒地,脚受伤。文姬先为解下胡女,置之地上。想挽起赵四娘,不能起立。胡女号哭。俄而马蹄声止,有连呼"妈妈"之声,胡儿伊屠知牙师奔驰入场。

胡　儿　妈妈,妈妈,妈妈,你们回去,怎么不带我去?（拥抱其母。）

文　姬　(抚摩胡儿)呵,伊屠知牙师,你赶来了?你爹爹呢?

胡　儿　我不知道他往那儿去了。我打了兔子回家,看见你和四姨婆不在,昭姬小妹也不在。我处处找你们,我想你们一定是回汉朝去了。我骑着马赶来,幸好把你们赶上了。妈,你为甚么不告诉我就走呢?

文　姬　怕你爹爹知道啦,你爹爹是不肯放你走的。你现在来了就好了。四姨婆把脚跌坏了,赶快把你的马牵来,让她骑吧。

　　　　忽然雷电震闪,大雨滂沱。文姬从地上将胡女抱起,以头掩护之。胡儿以身庇护赵四娘。四人艰难万状。

　　　　文姬忽然昂头,怒目四向盘旋,放声大呼:"天呵,你是有眼睛的吗?上帝呵,你是存在的吗?你为甚么这样折磨我们?!"此语反复大呼数遍。

　　　　胡儿一面要照拂赵四娘,一面耽心他的母亲,处于两难之中。赵四娘毅然向胡儿:"伊屠知牙师,快去扶着你母亲!"胡儿奔赴文姬身旁,加以扶持。胡女号哭。

　　　　舞台渐渐转暗,有人连呼"文姬夫人"之声。
　　　　转明,文姬仍倒在墓前。侍琴正搀扶着她,使她坐起身来。
　　　　侍书自天幕中捧出姜汤一杯,走向文姬。

侍　书　文姬夫人,请你喝杯姜汤啦,提提神。

文　姬　(就侍书手中呷之)谢谢你们。(作回思状)呵,我在这儿倒睡了一觉,作了好些怪梦。

侍　琴　你梦见甚么?

文　姬　我梦见赵四娘,也梦见我的儿女。我们娘儿四人在逃回来的途中,在草原上遇着滂沱大雨,雷电交加。正在无法可施的时候,醒转来了。呵,尽管怎样艰难,就留在梦里不醒,不是更好吗?
侍　书　文姬夫人,你太悲伤了。这样是有伤你的身体的。我们还是回天幕里去吧。
文　姬　谢谢你们。天幕里气闷得很,让我就留在这儿吧。这儿要更开朗一些,请你们把我扶到那亭子上去。

　　二婢扶文姬起立,徐徐向墓亭走去。
　　此时在文姬情绪中又在回旋着《胡笳诗》第十四拍了。后台合唱,有音乐伴奏。——
　　　身归国呵儿莫之随,
　　　心悬悬呵长如饥。
　　　四时万物呵有盛衰,
　　　惟我愁苦呵不暂移。

　　　山高地阔呵见汝无期,
　　　更深夜阑呵梦汝来斯。
　　　梦中执手呵一喜一悲,
　　　觉后痛吾心呵无休歇时。

文　姬　(被扶上亭,择一石凳,对月而坐,向侍琴和侍书)你们都去睡觉去吧,让我一个人在这儿休息一会。
侍　书　我是睡了一大觉的,侍琴姐你去睡吧,我留在这儿陪伴夫人。
侍　琴　我也不知不觉地睡了一大觉,睡得很甜。我现在也不想睡了。
文　姬　你们都去睡,还只是半夜呢,明天一早不是要赶到华阴去吗?
侍　琴　夫人要去睡,我们就扶你去;你不去睡,我们都在这儿陪你。
文　姬　你们都不想去吗?
侍　书　不想去。
文　姬　(向侍琴)那吗,请你去把那焦尾琴抱来。

侍　书　侍琴姐,请你把这杯子顺便带回去。(将手中姜汤杯交给侍琴。)

　　　　　侍琴持杯下亭,入天幕中,抱琴而出。上亭,将琴放在蔡文姬面前的石桌上。

文　姬　(调好琴弦,自行弹唱)

　　　　　我与儿呵各一方,
　　　　　日东月西呵徒相望,
　　　　　不得相随呵空断肠。
　　　　　对萱草呵忧不忘,
　　　　　弹鸣琴呵情何伤?

　　　　　今别子呵归故乡,
　　　　　旧怨平呵新怨长。
　　　　　泣血仰头呵诉苍苍,
　　　　　胡为生我呵独罹此殃?
　　　　　胡与汉呵异域殊风!
　　　　　天与地隔呵子西母东。
　　　　　苦我怨气呵浩于长空,
　　　　　六合虽广呵受之应不容!

　　　　　在弹唱中董祀由另一天幕中走出,在月下徘徊静听。俟文姬弹唱毕,向幕亭走近。

董　祀　文姬大姐,你在这样的深更半夜还在这儿弹琴?

文　姬　我睡不着觉,把你闹醒了吗?

董　祀　是别人把我叫醒的,大家都在替你耽心,怕你把身体弄坏了。

　　　　　侍书扶文姬步下幕亭,侍琴抱琴相随。

文　姬　谢谢你们。我自己也知道,我这样实在不好,但我总是管辖不住自己。

董　祀　大姐,你是弹得很好,也是唱得很好的。你的音调真是充满了宇宙,你的歌辞真是震荡人的灵魂。你是在用你全部的

　　　　　心血,全部的生命,在那儿弹奏,在那儿歌咏。
文　姬　公胤,你那样欣赏吗?
董　祀　是呵,大姐,从我们欣赏者来说,你这样的调子,这样的歌辞,是愈多愈好的,但从你创作者来说,你这样全心全意沉没在你的悲哀里,恐怕不能够经久吧?
文　姬　公胤呀,我自己也知道,但我总是管辖不住啦。
侍　琴　董都尉,刚才文姬夫人在那幕台上晕倒了一会呢!
董　祀　是那样吗?大姐,你假使病倒了,我们是对不起曹丞相,对不起伯喈先生的!
文　姬　是我对不起你们。
董　祀　不要那样说。我们总希望你把心胸放得更开阔一些。
文　姬　我也想作到那样,但我丢下了的两个儿女却一时一刻也不能忘怀。
董　祀　侄儿侄女有四姨娘照管,是平安无事的,你请放心吧。你请多想些更快乐的事。譬如,大姐,你留在南匈奴十二年,现在能够平安地回来了,这难道不是一件天大的喜事?
　　　　　文姬点头。
董　祀　你十二年前离开故乡时是怎样,十二年后的今天又是怎样?在曹丞相的治理之下,"千里无鸡鸣"的荒凉世界,又逐渐熙熙攘攘起来了,百姓逐渐地在过着安居乐业的生活,这难道不是又一件天大的喜事?
文　姬　是的,我们感谢曹丞相。
董　祀　大姐,你还请想想,从前我们的边疆,年年岁岁受到外患的侵扰,而今天呢是鸡犬相闻、锋镝不惊。我们从南匈奴回来,沿途都受到迎送,没有些微的风吹草动,难道这是一件小事吗?
文　姬　不,不是小事。这是我自己亲身的经历。
董　祀　那吗,你为甚么不从这些大处着想,只是沉浸在个人的儿女私情里面呢?大姐,请你把天下的悲哀作为你的悲哀,把天下的快乐作为你的快乐,那不是就可以把你个人的感情冲淡一些吗?如今"马边悬男头,马后载妇女"的时代,已经变成为"箪食壶浆,以迎王师"的时代。大姐,你是敏感的人,你这一路上,难道都还没有感受到吗?

文　姬　我感受到了,只是我自己的悲哀太深,总是扭不转来呀。

董　祀　大姐,我是同情你的。我要向你说句实话,我从小时就敬重着你,你博学多才,觉得就是班昭也不能和你相比。

文　姬　你把我估计得太高了!

董　祀　(迟疑一会)但我现在更要向你说句老实话,我对你是感觉着有点失望了。到底个人事大,还是天下事大?天下的人,几年前有多少人流离失所,妻离子散,你不曾替他们悲哀,而你现在却只怀念着你一对平安无事的子女。你的心胸为甚么那样狭窄呢?

文　姬　(憬悟)呵,公胤,我感谢你。

董　祀　因为你是我的姐姐,我才毫不掩饰地这样说。但我也是鼓起了勇气的,在路上我早就想说,又怕伤了你的心,但在今天我却不能不说了。不说,就好像看着一个人沉溺在水里,袖手旁观地不肯打救他的一样。你老是沉溺在悲哀里,这样下去,是要毁灭你自己的。我们看着你自己毁灭,那是对不住你,对不住伯喈先生,也对不住曹丞相。请你把我的话来回味一下吧,可能是逆耳之言,不大好听的。

文　姬　(在倾听中逐渐使愁眉解锁,面带笑容,精神振作了起来)公胤,你的话说得真好,这对于我要算是起死回生的良药。我感谢你,是你两次把我打救了。公胤,我要向你发誓:我从今以后要听你的话,尽量减少个人的悲哀。

董　祀　好吧,大姐,只要你不生气,不再那么悲哀,那我就再高兴也没有了。我们的话已经说得不少了,还是请你去休息一会,明天我们还要赶路。

文　姬　好,我听你的话。你也去休息一会吧。(矫健地向天幕走去。)

　　　　　侍书、侍琴随后。

　　　　　董祀伫立目送之。

文　姬　(走至天幕前,止步,回顾董祀)公胤,你也去休息吧,明天见!
董　祀　(拱手)明天见!

　　　　　文姬进入天幕中,侍书、侍琴随入。

　　　　　　　　　　　　　　——幕徐徐下

第 四 幕

第 一 场

　　邺下,曹丞相之书斋。夜。

　　琴棋弓矢,图书文物均可适当布置,但须朴质而庄重。曹操尚俭约,不喜奢华,具有平民风度。多才多艺,喜谐谑,潇洒,不拘形迹。但亦有威可畏,令人不敢侵犯。当时的习惯还是席地而坐,地上全面敷毡毯,座有坐垫或蒲团之类。书案须矮,但曹操所用之书案要大些,案上陈列文书笔砚之类。砚乃瓦砚,形如长箕而有四足。曹操善书,在案旁不妨设一有釉陶筒(不能用瓷,当时尚无瓷),插入纸卷画轴之类。

　　曹操在灯下看书,不断击节称赏,连赞"好诗! 好诗!"其夫人卞氏坐在一旁缝补被面。曹操所用被面已历十年,每岁解浣缝补。

卞　氏　这条被面真是经用呵。算来用了十年了,补补缝缝,已经打了好几个大补钉。
曹　操　补钉愈多愈好。冬天厚实,暖和些。夏天去了棉絮,当单被盖,刚合式。
卞　氏　(笑出)你真会打算。

|曹　操|天下人好多都还没有被盖,有被盖已经是天大的幸福了。
(拍案叫绝)呵,好诗! 好诗! (继之以朗吟,一面以手击拍)
谓天有眼呵何不见我独漂流?
谓神有灵呵何事处我天南海北头?
我不负天呵天何配我殊匹?
我不负神呵神何殛我越荒州?
好大的气魄! 有胆力,说得出!
|卞　氏|你在读谁的诗呵?
|曹　操|蔡文姬的《胡笳十八拍》,是董祀前几天由长安派人送回来的。
|卞　氏|哦? 蔡文姬已经到了长安吗?
|曹　操|早就到了,恐怕在这一两天就要回到我们这儿了。
|卞　氏|我们要好好地欢迎她呀。怪可怜的,陷没在南匈奴,足足十二年! 你说,她今年有多大年纪了?
|曹　操|算来怕已有三十一二吧。我记得她是在她父亲充军的时候生在朔方的,那是光和元年(公元一七八年)。蔡邕在朔方九个月,朝廷赦免了他们。但蔡邕在回来的路上又得罪了五原太守王智,他们又要杀他,弄得来在江海亡命十二年。直到初平元年(公元一九〇年)才回到洛阳,他立即就被董卓强迫利用了,实在可惜。
|卞　氏|他为甚么不逃走,就像你一样呢?
|曹　操|文人的短处就在这些地方了,听说他也想逃走,但没有下定决心。
|卞　氏|亡命十二年中,蔡文姬是跟着他父亲的吧?
|曹　操|那当然了,不过回到洛阳以后不久就分开了。她父亲就在初平元年三月跟随朝廷迁都到长安,文姬是留下来了。她在初平三年(公元一九二年)嫁给河东卫仲道。不久她父亲在长安遇害,她母亲赵五娘也跟着死了。蔡伯喈的死实在是一项大损失。他的文章学问,今天还没有人能赶得上他。

卞　　氏　蔡文姬听说也很有才学的啦?

曹　　操　她小时候很聪明,记性很好,过目成诵。现在看她这首《胡笳十八拍》,使我感觉着蔡中郎是有一个好女儿啦。这也是艰难玉成了她。她在父母死后的第二年又把丈夫死掉了。

卞　　氏　哎呀,真可怜啦!

曹　　操　丈夫死后回到陈留,不两年,就在兴平二年(公元一九五年)又流落到匈奴去了。

卞　　氏　哎呀,这孩子真是灾难重重啦!

曹　　操　我也可怜她!所以这一次才派人去南匈奴把她接回来。我看她回来是可以承继她父亲的遗志,作出一番事业的。她父亲想纂修《续汉书》,这对她不就是最适宜的事吗?

卞　　氏　她在南匈奴十二年,听说已经有了一子一女,能够一道回来吗?

曹　　操　不能,那边的左贤王不肯。

卞　　氏　那不又是伤心的事?

曹　　操　是呵,她的《胡笳十八拍》就是写出她这天大的伤心。

　　　　　　　曹操一面谈话,一面在翻阅诗稿。他似乎能够五官并用。

卞　　氏　算来她要小我十六七岁。你看,我是把她当成妹子呢,还是当成侄女儿?

曹　　操　当然当成侄女儿了。蔡伯喈和我是忘年之交,我是把蔡文姬当成自己的女儿一样看待的。(又拍案叫绝,使卞氏吃一惊)哦,好诗,好诗!(击拍吟哦)

　　　　　怨呵欲问天,
　　　　　　天苍苍呵上无缘,
　　　　　　举头仰望呵空云烟。(重重地击拍。)

卞　　氏　值得你那样欣赏的诗,那一定是很好的了。

曹　　操　实在好得很,实在好得很!(继续击拍吟哦)

　　　　　　今别子呵归故乡,
　　　　　　旧怨平呵新怨长。

>　　泣血仰头呵诉苍苍,
>
>　　胡为生我呵独罹此殃?
>
>简直是血写成的!(停一会,继续吟哦)
>
>　　天与地隔呵子西母东。
>
>　　苦我怨气呵浩于长空,
>
>　　六合虽广呵受之应不容!(又重重击拍。)

卞　氏　(流泪,频频以手巾拭之)多么悲哀呵,你读得我都流出眼泪来了。

>　　此时曹丕入场。曹丕时年二十二岁。手执简牍一通,走向曹操侧近跪地呈献。

曹　丕　爹爹,遣胡副使屯田司马周近迎接蔡文姬回来了。

曹　操　蔡文姬已经到了吗?我同你母亲才在这儿提到她。

曹　丕　周近到府报到,他呈缴了董祀的这通表文。南匈奴右贤王去卑也到了。

曹　操　董祀没有回来吗?

曹　丕　表文里说他在华阴落马,把左脚摔断了,要在当地治疗。

曹　操　你把它念一遍给我听。(把简牍推给曹丕。)

曹　丕　(展开简牍念出)"待罪臣董祀,诚惶诚恐,死罪死罪,顿首禀白丞相曹公麾下。臣从长安赶赴华阴道中,不幸失足落马,致左胫骨折断,不能行旅。遵医嘱,当留华阴疗治,恐需一月方能治愈。程期已迫,不敢羁延,谨遣副使屯田司马周近护送蔡琰回邺,先行报命。南匈奴呼厨泉单于所遣报聘使者右贤王去卑,亦由周近导引晋谒。所贡方物,由周近面陈。臣一旦痊愈,即回邺听受处分。臣董祀诚惶诚恐,死罪死罪,顿首顿首。建安十三年四月十日。"

曹　操　好,那位周近我现在就接见他,你去叫人把他引到这儿来。

卞　氏　(收拾针黹,离座)我去替你吩咐吧,(向曹丕)子桓,你留在这儿。

曹　操　那也好。

卞氏下场。

曹操　（把《胡笳十八拍》的抄本递给曹丕）这诗你看过吗？

曹丕　呵，《胡笳十八拍》。董祀送回来的时候，我早就看到了，我还抄了副本呢。

曹操　你也欣赏吗？

曹丕　哈，我觉得是《离骚》以来的一首最好的诗。

曹操　你的眼力不差。我看你们的那一批文友，王粲、刘桢、阮瑀、应场，恐怕没有一个人能够作得出来。

曹丕　不行，我们没有那样的经历，没有那样磅礴的感情。不仅我们这一批，据我看来，自秦汉以来就没有这样一个人。司马迁的文章是好的，但他的不是诗。屈原、司马迁、蔡文姬，他们的文字是用生命在写，而我们的文字只是用笔墨在写。

曹操　你这见解好。蔡文姬有了这一篇《胡笳十八拍》，我看她这一次回来也就大有收获了。我很高兴，我作了一件好事。她如果不回来，是作不出这首好诗的。

曹丕　实在是首好诗。我很欣赏她这第十拍，（据稿指点朗诵）
　　　　城头烽火不曾灭，
　　　　疆场征战何时歇？
　　　　杀气朝朝冲塞门，
　　　　胡风夜夜吹边月。
这些诗句多么精巧，多么和谐呵！

曹操　我看，她的长处就在善于用民间歌谣体。像这七言一句的诗，在西汉末年以来的歌谣和铜镜铭文里面早就有了，但一般的文人学士却不敢采用。你的那两首《燕歌行》是七言诗，倒还写得不错，但也只有那么两首呵。

曹丕　文人学士总是偏于保守的，四言诗固定了一千多年，近年才逐渐着重五言诗。七言诗要被人看重，恐怕还不知道要隔多少年代呢。

曹操　这些都还是技法上的事情，可以概括成为有独创的风格。

但这《胡笳十八拍》,我看,最要紧的还在有感情,有思想。这诗里面包含有灭神论的见解啦。

曹　丕　是的,她的胆子真够大,把天地鬼神都咒骂了。

曹　操　我欣赏她的正在这些地方,但她会受人排斥的恐怕也就在这些地方吧。

　　　　一侍者入场报导:"屯田司马周近到了。"

曹　操　请他进来。

　　　　侍者应声下。不一会,周近入场,远远跪地向曹操敬礼,更向曹丕敬礼。曹氏父子分别答礼。

周　近　小官周近敬候曹丞相万福,敬候五官中郎将起居。

曹　操　(指近旁座席,刚才卞氏所坐者)辛苦了,请到这儿坐下,仔细地谈谈。

周　近　(惶恐)小官不敢领座。

曹　操　(豁达地)不必那么拘形迹吧,"恭敬不如从命"。

周　近　好,那就遵命了。(起立,上前就座。)

　　　　曹丕亦选一稍远座席坐下。

曹　操　你们是今天到达的吗?

周　近　是,是今天下午申时初刻到达的。离开龙城,一共走了四十五天。南匈奴单于呼厨泉,要我代达他的敬意,敬候丞相万福。

曹　操　多谢他啦。

周　近　来时他贡献了黄羊二百五十头,胡马百匹,骆驼二十头,并由右贤王去卑率领胡骑二百人护送。贡品已妥帖点交。

曹　操　那边的情形怎样?

周　近　据小官的管测,呼厨泉单于和右贤王去卑是心向本朝的。由于三郡乌桓平定了,丞相这次又特别以隆重的玉帛赎回蔡文姬,他们对于丞相特别是畏威怀德。呼厨泉单于特遣右贤王去卑领兵护送,也就足以表见他们的诚意。

曹　操　那么,那位左贤王的态度是怎样?

周　近　(略作思虑)此人的态度——我觉得不大佳妙。
曹　操　呵?
周　近　赎回蔡文姬,他是不同意的,作了种种刁难,拖延时日,最后小官只好向他说:你如果不把蔡文姬送回,后果是严重的,曹丞相的大兵到境,那就玉石俱焚了!
曹　操　(目光更加炯然)你向他说过那样的话?
周　近　是,小官是在最后一天才说出的。我看到左贤王实在桀骜不驯,只好警告他一下。不过他听到我那样说,倒似乎反而妥帖了。此人我感觉实在傲慢,他自名为"冒顿",也可以想见他的野心勃勃了。
曹　操　他是在追慕他们的祖先啦。
周　近　正是那样的,不过我向呼厨泉单于说过,他不会成为"冒顿",而是会成为"蹋顿"的。
曹　操　(笑出)哈哈,你有风趣。不过"冒顿"在匈奴本音是读为"墨毒"的。
周　近　(惶恐)那我有失检点了。但我看到呼厨泉单于和右贤王去卑也喊他是"矛盾"啦。
曹　操　那怕是在和左贤王开玩笑。好吧,请你谈谈蔡文姬的情况。
周　近　看来还好,长途跋涉,倒还没有生病,这是托丞相的宏福。
曹　操　董都尉把她的《胡笳十八拍》从长安送回来了,我刚才看到。她这诗你看过吗?
周　近　我看过,她沿途都在弹唱。
曹　操　你觉得怎样?
周　近　(揣摩不透曹操的问意,迟疑了一会)我不通音律,也不大懂诗。不过,我觉得好像很悲哀,很放肆,似乎有失"温柔敦厚"的诗教。
曹　操　唔,你这倒是一种看法。
周　近　(自以为揣摩得手)我觉得蔡文姬夫人似乎有些不愿意回来,在她的诗里充满着怨恨,甚至于说到她的怨气之大连宇宙都不能容下。

曹　操　但她不是也很怀念乡土吗？她这诗里不是在说："无日无夜呵不思我乡土？"你看，她不是又在说："雁南征呵欲寄边心，雁北归呵为得汉音。雁高飞呵邈难寻，空断肠呵思愔愔？"你怎么能说她不愿意回来？我看，她是舍不得和她的儿女生离，所以才那样悲哀。

周　近　是，是，丞相所见极是。蔡文姬的心境是杂乱的。她既怀念乡土，又舍不得儿女。她既过不惯匈奴的生活，又舍不得左贤王。据小官看来，蔡文姬和左贤王的感情很深，诗里面虽然着重说到自己的儿女，但也说到左贤王宠爱她。像左贤王那样的野心家，以冒顿(先说为"矛盾"，后改口为墨毒)自居的人，我就不大理会，为甚么蔡文姬夫人对他会有好感？

曹　操　(觉得他的话牵涉太远，有意转换话题)董都尉的伤势怎么样？

周　近　相当严重，把左脚的胫骨折断了，将来说不定会成为残废。

曹　操　他是怎样落马的？

周　近　他骑在马上睡觉，马失前蹄，他就跌下马来。

曹　操　你们在路上赶得很紧吗？

周　近　其实也并不那么紧，只是董都尉的生活——似乎可以说，是有些——失检点的地方。

曹　操　唔？是怎样的？

周　近　他和蔡文姬是竹马之交，他们是太亲密了。我听说他们有时深夜相会，整晚都不睡觉。

曹　操　(有些声色)有那样的事吗？

周　近　丞相可以调询同路的任何人，我看每一个人都是知道的。特别是同来的匈奴人，啧有烦言。

曹　操　哼，我倒没有想到董祀这后生才是这样！

周　近　(看到话已投机)董都尉的态度，我实在也不能理会。他和蔡文姬特别亲密，其实都还是情理中事，最难令人理会的是他同左贤王的来往啦。

曹　操　他和左贤王怎样？

周　近　左贤王对于本朝是有敌意的，我们在南匈奴的期间，他事事刁难，对于我们的行动也常常监伺。他想扣留着蔡文姬不让她回来，总是借口：蔡文姬舍不得她的儿女。呼厨泉单于后来给了他们三天考虑，可是左贤王总是拖延，推诿。到了第四天了，左贤王突然把董都尉请到他那里去了，据他说，蔡文姬夫人要亲自和董都尉见面，以作最后的决定。我们还耽心有甚么阴谋，不让董都尉去，但他毕竟去了。然而，奇怪得很！

曹　操　(有些颜色)怎么样？

周　近　真是想不到的事呵。董都尉去了之后，却和那位桀骜不驯的怀抱敌意的左贤王立地成为了好朋友。他们相互以刀剑相赠，据说是成为了"生死之交"。左贤王把他的轻吕刀给了董都尉，董都尉也把丞相赐给他的玉具剑和朝廷的命服都给了左贤王。

曹　操　(含怒意)是真的？

周　近　没有半点虚构，同行的人，人人都可以对证。

曹　操　人人都可以对证吗？

周　近　是，人人都可以对证！

曹　操　哼，这岂不是暗通关节吗？

周　近　那进一步的情形小官就无从知道了。

曹　操　(眼神闪烁，决绝地向着曹丕)好，子桓！你给我记下一道饬令！

曹　丕　(应命，从腰带上的小佩囊中取出铅条和木片一枚，这在古人称为"铅椠"，以备记录)请父亲念。

曹　操　"十万火急，饬华阴县令：屯田都尉董祀暗通关节，行为不端。令到之日，着即令其自裁！建安十三年四月二十日。"

曹　丕　(记录好，送呈曹操)请父亲署名。

曹　操　(把简牍接到手里，念了一遍，签好字，交还曹丕)你立即派人兼程送往华阴！

曹　丕　是！（起身将下。）
曹　操　你把周司马也领下去。明天上午辰时正刻(今之九时)，在后花园松涛馆中接见右贤王去卑，周司马陪见。你们好生部署。

　　　　曹氏父子在交谈中，周近已跪起半身，颇呈得意之态。向曹操拱手敬礼。

周　近　丞相，我还要请示一下。
曹　操　甚么事？
周　近　蔡文姬夫人如何交代？
曹　操　容我再作考虑。(向曹丕)子桓，关于她的情况你可以好好查询一下。
曹　丕　(起身)是，我要留意。(向周近)周司马，请你同我一道下去。

　　　　周近再向曹操敬礼一次，起身。

——幕下

第 二 场

驿馆之一室。前场之次日，清晨，有鸡啼声。

馆中设书案、镜台诸事。古人席地而坐，台案不能过高(情景可参照顾恺之《女史箴图》)。

蔡文姬正伏案假寐，案上有纸笔墨砚等，表示她在写作。

侍书入场，略吃一惊，忙轻轻由衣架上取下外衣，给文姬披在肩上。

文　姬　(从微睡中惊醒)啊，侍书，多谢你啦！天已经大亮了吗？
侍　书　是的，文姬夫人，快到辰刻了。刚才我进来，看见你还在写，我没有惊动你。可是，一转眼你就睡着了。昨天才赶到这里，长途的疲劳还没有恢复，你就写了一夜。夫人，还希望你多多保重，才不辜负曹丞相的一番心意啊。

文　姬　侍书，你和侍琴对我太好了，我感谢你们。可是，你知道，我自从回到汉朝，经过长安来到邺下，一路之上，我所看到的都是太平景象，真叫我兴奋。我活了三十一年，这还是第一次看到的。曹丞相对我的这番心意，我是越来越能领会了。我该作些甚么事情来报答他呢？董都尉说，曹丞相有意叫我帮助撰修《续汉书》，这是我父亲的遗业呵，我是应该继承的。我父亲的著作很多，可惜都丢散了，算来我还能记得四百多篇，我正在清写目录。我想，如果我把这四百多篇尽快抄录出来，对于《续汉书》的撰述，是会有所帮助的。侍书，你说对吗？

侍　书　夫人，你想得真好。如果你肯让我们抄写，我们是很乐意的哪。

文　姬　谢谢你们。侍琴呢？

侍　书　侍琴姐一早到丞相府里去了。

文　姬　我倒应该早一些去见曹丞相，向他表示我的感谢。周司马有没有甚么通知来？

侍　书　没有，听说他昨天晚上受到丞相的召见，但他一直没有甚么通知来。我们揣想，丞相是会单独接见你的，不会同周近司马和右贤王一道。侍琴姐刚才去是五官中郎将派人来叫她去的。我们揣想，可能就是商量你和丞相见面的事吧。

文　姬　我多么想早一刻见到他呀！他是我父亲的好朋友，但我只在十六岁时在洛阳见过他一次。我觉得他很洒脱。

侍　书　是的，曹丞相为人是蛮好的。别人都说他很厉害，其实他非常平易近人。对于我们也是非常宽大的。还有他的夫人也落落大方，那位卞氏夫人真是好，她从来没有骂过一次人，也从来没有发过一次脾气。

文　姬　我听说丞相和丞相夫人非常朴素，他们平常穿的都是粗布衣服，是真的吗？

侍　书　真的,丞相的衣裳和被条都是布制的,总要用上十年,每每缝了又缝,补了又补。

文　姬　我又听说有一位公子的夫人穿了丝织的衣裳,被丞相发觉了,说她违背家规,遣回家去叫她自杀了,是真的吗?

侍　书　那是言过其实。事实是四公子(曹植)的夫人受了申斥,想不开,自己跑回家去自杀了的。

文　姬　啊,那我怎么办呢?丞相送给我的衣服都是新的,而且是丝织的。

侍　书　你才回来,情形不同。丞相在正式场合,他也还是很讲究礼貌的啦。夫人,请你梳妆吧!

文　姬　(起身就镜台而坐)是的,我是要好好地梳妆打扮一下。

　　　　　侍书为文姬梳头。

　　　　　侍琴怆惶奔入。

侍　琴　(喘息)文姬夫人!出了意外的事啦!

文　姬　(回顾)侍琴,甚么事?

　　　　　侍书亦诧异,伫立回顾,执梳在手。

侍　琴　(喘息稍定)天刚亮的时候,五官中郎将打发人来找我去,我去了。他告诉我,丞相昨天晚上已经下了一道饬令,专人兼程送往华阴,着董都尉服罪自裁!

文　姬　(大吃一惊)你说甚么?!

　　　　　侍书也非常惊讶。文姬步下亭来,侍书随后。

侍　琴　着屯田都尉董祀,在华阴服罪自裁!

文　姬　他犯了甚么罪?

侍　琴　五官中郎将说,饬令上写的罪名是"暗通关节,行为不端"。

文　姬　哎呀呀,董都尉会是这样的人吗?这是从何说起呢?

侍　书　我不能相信。

侍　琴　五官中郎将没有和我多说甚么。他只是说,事情和文姬夫人有关。

文　姬　(诧异)和我有关?

侍　琴　是呵，五官中郎将是那么说。他还说，他昨天夜里想了一下，有些怀疑。但他不好亲自来查问。他说，今天清早辰时正刻，丞相要接见右贤王去卑，他希望文姬夫人最好趁这个时候去求见丞相，当面把情形说清楚，他要从旁帮助。如果罪状有不确实的地方，据五官中郎将说，事情或许还来得及挽回。

文　姬　好，那就让我去吧。我不相信董都尉是那样的人，我应该去打救他。

侍　琴　我也不能相信。

侍　书　让我赶快替你把头挽好，穿好衣裳去吧。

文　姬　不，我就这样去。这是比救火还要急的事。事情既和我有关，那我也要算是有罪的人，我理应到丞相面前请求处分。你们愿意帮助我吗？

侍　书　愿意的。

侍　琴　如果有需要作证的地方，我们正好是有力的证人。

文　姬　谢谢你们，我们就立刻动身！

　　　　文姬挽着侍琴急忙动身，竟无暇着履，跣足而驰。侍书亦扶持之，同下。

——幕下

第三场

丞相府后园中的松涛馆，有苍松古柏甚为畅茂，花坛中芍药盛开。同日辰时。

曹操在馆中席地坐在正面，右贤王去卑与周近并坐在右翼，在曹操的左侧。曹丕坐在左翼，与周近相对。

曹　操　（对右贤王）谢谢你和呼厨泉单于，你们送了那么多礼物来。

去　卑　对中原来说，我们匈奴的骆驼恐怕比较稀奇一点，所以呼厨

		泉单于特别贡献二十头,以表示诚意。
曹　操		真真多谢你们。右贤王,我想请问你,左贤王和你是不是亲弟兄?
去　卑		不,他是我伯父的儿子。呼厨泉单于和我是亲弟兄。
曹　操		你们还和睦吗?
去　卑		(迟疑了一会)不那么太好。
曹　操		为甚么呢?
去　卑		左贤王豪强得很,他一心想学我们的祖先冒顿(墨毒)单于,他自己也就取名为冒顿。我们照着汉字的音,背地里喊他是"矛盾"。
曹　操		唔,我也听人这样说过。
去　卑		他对于汉朝是不心服的!这一次送回蔡文姬夫人在他实在是万分勉强,他认为是把他的家庭破坏了。我们真怕他会闹出甚么乱子呢!
曹　操		可他和董都尉很要好,不是吗?
去　卑		是的,那倒是件稀奇的事。起初倒也并不那么好,在我们临走的那一天,他请董都尉去和蔡文姬见面,不到几刻工夫,不知道怎的,他们竟成为"生死之交",相互以刀剑相赠了。
曹　操		唔,董都尉在途中对于你们的态度还好吗?
去　卑		人倒是满和气的,就只是文姬夫人沿途总是在夜里弹琴唱歌,董都尉有时在深更半夜里陪着她,弄得我们好些人都睡不好觉。

　　　　此时侍者由左翼隅上场,向曹操跪禀。

侍　者		禀报丞相,蔡文姬夫人来了,恳求拜见丞相。
曹　操		(迟疑)她来了?请夫人接见她吧。
曹　丕		(插话)父亲,好不就请文姬夫人到这儿来,当着周司马的面,把她和董祀的情形再弄清楚一下?
曹　操		(略加思索后)也好。(向侍者)你去请她进来。

　　　　侍者下。

去　卑	(向曹操行礼)耽误丞相的时间太久,我告辞了。
曹　操	好,我们以后还会见面的,希望你多住几天。(向曹丕)子桓,你陪送右贤王出园。你关照他们,要以藩王礼接待右贤王,不得怠慢。
曹　丕	是。(领右贤王下场。不一会,复入场,归还原位。)
曹　操	(向周近)周司马,你可以多留一会。把这闷葫芦打开,也可以使文姬心服,使董祀死而无憾。
周　近	(鞠躬)这是小官的万幸。

　　　　侍琴和侍书扶文姬入场,立在阶下。文姬披发跣足,憔悴不堪;曹操见之,不胜诧异。

　　　　文姬立阶下向曹操敬礼。

文　姬	蔡文姬拜见丞相,我感谢丞相把我赎回来了。可我今天来,是来向丞相请罪的。我是有罪之人,不敢整饰仪容,特来请求处分。
曹　操	我不曾说你有罪呵,文姬?
文　姬	丞相,我听说你已经饬令屯田都尉董祀在华阴服罪自裁,罪名是"暗通关节,行为不端",而且和我有关。既是董祀之罪当死,那吗文姬之罪也就不容宽恕。因此,我不召而来,请求处分。但请丞相把罪情明白宣布,文姬不辞一死,死了也会感恩怀德的。
曹　操	(考虑了一下)好,把事情说清楚也有好处的。我先说明董祀的"行为不端"。我听说董祀在归途中,对于夫人缺乏尊重,不能以礼自守。他同夫人每每深夜相会,弹琴唱歌,致使同行的人不能安眠。这是真的吗?
文　姬	丞相,在这之外,还有甚么其他不端的行为?
曹　操	这已经足以构成死罪了,你请先说,这总不是冤枉他吧?
文　姬	丞相,如果没有其他的罪行,那"行为不端"的罪名实在是冤枉呵!
曹　操	怎么?你如果能够解释,就请你解释吧。

文　姬　（一面陈述，一面作适当的行动）沿途我在夜里爱弹琴唱歌，这是我的不是。我这次回来留下了我的一双幼儿幼女，这悲哀总使我不能忘怀。我在到长安以前，日日夜夜都是沉沦在悲哀里面。我寝不安席，食不甘味，在夜里就只好弹琴唱歌，以排解自己的悲哀。我弹的不是靡靡之音，我唱的也不是桑间濮上之辞，我所弹的唱的就是我自己作的《胡笳十八拍》，是诉述自己的悲哀。这歌辞，我听说董都尉已经抄呈丞相，丞相可以复按。

曹　操　是的，你的《胡笳十八拍》，我已经拜读了。

文　姬　就因为我沉沦于自己的悲哀，董都尉倒经常对我劝告。我不否认，他对我有深切的关怀；丞相知道，我们是亲戚，从幼小时就是一道长大。我们是同学同乡，如姐如弟。但我们是相互尊重的，并不曾"不能以礼自守"。我们在深夜相会就只有过一次。

曹　操　是那样的吗？

文　姬　那是到了长安，在我父亲的墓上。我夜不能寐，趁着深更夜静，大家都已经睡熟，我独自一人到父亲墓上哭诉。一时晕厥，被侍书、侍琴救醒过来。我因为在天幕里感觉气闷，便留在墓亭上弹琴，也唱出了一两拍《胡笳诗》。现在想起来，我实在太不应该。我以为夜静更深，别人都熟睡了，不会惊醒。这都是由于我只沉沦于自己的悲哀，没有余暇顾及别人。我真是万分有罪。然而在深夜里弹唱毕竟扰了别人的安眠。董都尉那时也被我扰醒，他走到墓亭下徘徊，最后给予我以深切的劝告。他的话太感动人了，使我深铭五内。他责备我太只顾自己，不顾他人。他教我，应该效法曹丞相，"以天下之忧为忧，以天下之乐为乐"。像我这样的沉溺在儿女私情里面，毁灭自己，实在辜负了曹丞相对我的期待。他的话太感动人了，可惜我不能够照样说出。董都尉说的那番话，侍书、侍琴都是在场倾听的，我可以质诸天地鬼神,我没有丝毫的粉饰。
曹　操　(有些憬悟)原来是那样的!侍书,侍琴,你们是在场吗?
侍　书　是的。
侍　琴　自从文姬夫人离开匈奴龙城,我们是朝夕共处的。
曹　操　那你们就是很好的证人了。董都尉的话,你们都记得?
侍　琴　和文姬夫人所说的差不离。
侍　书　只有遗漏,没有增添。我记得,董都尉说过,如今黎民百姓安居乐业,已和十二年前完全改变面貌了。这是天大的喜事,他怪文姬夫人为甚么不以天下的快乐为快乐。
曹　操　唔,董祀的话是有道理的。文姬夫人,你还有甚么话说?
文　姬　自从董都尉劝告了我,我的心胸开朗了。我曾经向他发誓:我要控制我自己,要乐以天下,忧以天下。自从离开长安以来,我就不曾在夜里弹琴唱歌了。我觉也能睡,饭也能吃了。我完全变成了一个新人。但是,我万没有想到,毕竟由于我而致董都尉陷于死罪!这是使我万分不安的。
曹　操　(受感动,感到自己有些轻率,误信了片面之辞,意态转和缓)文姬夫人,这一层,看来是把董祀冤枉了。但我听说左贤王是有野心的人,他想恢复冒顿(墨毒)单于的雄图,自名"冒顿",他也轻视本朝。这些可是事实吗?
文　姬　(点头)是事实,全是事实。
曹　操　他不肯放你回来,更不肯放你的儿女回来,作了种种的刁难,对于我派遣去的使臣也加以监伺,这些可也是事实吗?
文　姬　(点头)是事实,全是事实。
曹　操　那就好了。人各爱其妻子、儿女,这在左贤王,我倒认为是不足奇怪的。但奇怪的是屯田都尉董祀啦。听说在你临走的一天,他被左贤王引去和你见面。他们两人便立地成为了"生死之交"。左贤王赠刀于董祀,董祀把我给他的玉具剑和朝廷的命服也都赠给了左贤王。这样的奇迹又该怎样解释呢?

文　姬　这些是不就是构成"暗通关节"的罪状的原因?

曹　操　是呵,恐怕只好作这样解释吧?

文　姬　丞相,如果只是这样,那又是冤枉了好人了!

曹　操　怎么说?文姬!你不好一味袒护。

文　姬　我决不袒护谁,丞相,请允许我慢慢地说吧。(停一会)左贤王是一位倔强的人,我和他作夫妻十二年都没有能够改变他的性格,我很惭愧。但他是一位直心直肠的人,我也能够体谅他。他是不肯放我回来的,但他终于让我回来了。他要我回来遵照丞相的意愿,帮助撰修《续汉书》。他说这比我留在匈奴更有意义。左贤王的改变,这倒要感谢董都尉的一番开诚布公的谈话啦。(略停,调整思索。)

曹　操　文姬夫人,我们迎接你回家的用意,正是你所说的那样,大家都期待着你能够回来,帮助撰修《续汉书》。你知道,这是你父亲伯喈先生的遗业呵。就和前朝的班昭继承了他父亲班彪的遗业,帮助了她的哥哥班固撰修了《前汉书》一样,你也应该继承你父亲的遗业,帮助撰修《续汉书》。这件事,我们改天再从长商议。现在我看你是太疲劳了,你请休息一下吧。(向侍书与侍琴)你们把文姬夫人引下去替她穿戴好了,再服侍上来。

文　姬　感谢丞相的关切。

　　　　　侍书与侍琴扶文姬下。

　　　　　曹操离座步下馆阶,曹丕与周近随下。

　　　　　曹操在园中徘徊,有所思索。

曹　操　(止步,向周近)周司马,看来事情是有些错综啦。

周　近　(惶恐地)我可终不能了解,董都尉和左贤王何以会立地成为了"生死之交"。要说是奇迹,实在也是一个奇迹。

曹　操　(向曹丕)我现在感觉着我们有点轻率了。昨天晚上我们如果把侍琴和侍书调来查问一下,不是也可以弄清些眉目吗?

曹　丕　是呵,我在今天清早才想到。我曾经调侍琴来询问过一下,但因时间仓卒,我没有问个仔细。我也认为,她们或许不知道。

曹　操　古人说:"兼听则明,偏听则暗",看来是一点也不错的。我们这回可算得到了一次教训了!

　　　　　　侍琴与侍书扶文姬登场,衣履整饬。发已成髻着冠。
　　　　　　文姬向曹操、曹丕、周近等分别敬礼。

曹　操　文姬,请你坐下讲吧。(指示一株大树下的天然石)你已经站了好半天啦。

　　　　　　侍琴与侍书扶文姬坐于石上。

文　姬　谢谢丞相的关切。请让我继续讲下去吧。我得承认,在我临走的一天,到底是走还是不走,我都还没有决定的。让左贤王引董都尉来和我见面,的确是出于我的请求。我最初也不知道他就是陈留董祀,我只听说是"东师都尉"啦,见了面,我才知道是他。(向周近)周司马,你是不是向左贤王说过:如果不让我回来,曹丞相的大兵一到就要把匈奴荡平?

周　近　(有些不安,勉强地)是,我是曾经说过。

文　姬　你这话,很刺伤了左贤王,也几乎使我改变了回来的念头。左贤王误认为你们都是带兵的人,你们一位是都尉,一位是司马啦。他认为你们一定有大兵随后。在我也认为如果真是这样,那就是师出无名,我也宁肯死在匈奴。因此,我让左贤王把董都尉请来,由我当面问他。我是叫左贤王潜伏着偷听,让我单独和董都尉见面,诱导他说出实话。董都尉是带着侍书和侍琴一同来的。我要感谢丞相,给了我一具焦尾琴和几套衣冠,还派遣贴亲的人侍书和侍琴来陪伴。那时董都尉对我听说的一番话,侍书和侍琴也是在场的。

曹　操　(向侍琴和侍书)你们都听到吗?那好,文姬夫人,请你休息一下,你让侍琴讲吧! 侍琴,你讲! 董都尉到底说了些甚么?

侍　琴　董都尉人很诚恳,他首先交了丞相带去的礼品,接着他便宣扬了丞相的功德,宣扬了丞相的文治武功。他说,他自己只是屯田都尉,周司马也只是屯田司马,并没有大兵随后。他说,丞相是爱兵如子,视民如伤的。丞相用兵作战是为了平定中原,消弭外患。他说,丞相善用兵,但决不轻易用兵。正因为这样,才成为"王者之师,天下无敌"。他也体谅了左贤王,说他不肯放走儿女是人情之常。他要文姬夫人体贴丞相的大德,丞相所期待的是四海一家。他劝文姬夫人以国事为重,把天下人的儿女作为自己的儿女。他所说的还多,可惜我记不全了。

曹　操　(向文姬)文姬夫人,侍琴说的没有错吗?

文　姬　她说得很扼要。我要坦白地承认呵,董都尉的话感动了我,但更有力的是感动了在旁偷听着的左贤王。左贤王突然露面,向董都尉行了大礼。十分感动地把自己的佩刀献给董都尉,还对董都尉发誓:"从今以后决心与汉朝和好!"

曹　操　(深受感动)看来左贤王倒是一位杰出的人物啦。侍琴,侍书,这话你们也确是听到的?

侍　书
侍　琴　(同时)他确是那样发誓的。

文　姬　就在这样的情况下,董都尉也感激地把自己所佩的玉具剑解赠给左贤王,他也声明这是曹丞相赏赐给他的,在他是比自己的生命还要宝贵的物品。

曹　操　(已恍然大悟)呵,是那样的!

文　姬　再说到赠送衣服的事吧。那是匈奴人的习惯,对于心爱的朋友,要赠送本民族的服装。左贤王照着这种民族习惯又赠送了董都尉一套匈奴服装,而且让他穿戴上了。董都尉也是出于一时的感激,他就把他身上脱下的衣服冠带也留给左贤王,但却没有想到这是以朝廷的命服轻易赠予外人。实在也要怪我,当时我也没有注意到,没有从旁劝止他。……

　　在文姬陈述中,在场者表情上须有不同的反应。曹操须表示感动而憬悟，时作考虑之状。周近渐由疑虑而惶恐，以至失望。曹丕则处之以镇静，不动声色。侍书、侍琴应时时相视，表示对文姬的关心、对周近的怀疑，她们已觉悟到事情是出于周近的中伤离间。

曹　操　（不等文姬再说下去，便插断她的话头）文姬夫人，这一切我都明白了，谢谢你。你今天来得真好，我是轻信了片面之辞，几乎错杀无辜。（向曹丕）子桓，你取出铅椠来，为我记下一道饬令。

曹　丕　（取出铅椠）请父亲口授吧。

曹　操　"华阴令即转屯田都尉董祀：汝出使南匈奴，宣扬朝廷德惠，迎回蔡琰，招徕远人，克奏肤功，着晋职为长安典农中郎将。伤愈，即行前往视事。毋怠！建安十三年四月二十一日。"

　　　　曹丕书毕，晋呈曹操签署。

曹　操　（向曹丕）你赶快派人选乘骏马，星夜兼程前往华阴投递，务将前令追回缴消。不得有误。（向周近）周近！你知罪吗？

周　近　（叩头）小官万分惶恐，死罪死罪。

曹　操　本朝和南匈奴和好，得来不易，险些被葬送在你的手里。

文　姬　丞相，周近司马看来也未必出于有心，他是错在片面推测。好在真相已经大白，请丞相从宽发落吧。

曹　操　好，我也太不周到。既然文姬讲情，子桓，你把周近带下去，从宽议处。

周　近　（再叩头谢恩）感谢丞相的大恩大德！（回头又向文姬敬礼）感谢文姬夫人。

　　　　文姬答礼无言，周近随曹丕下。

曹　操　（十分和蔼地向文姬）文姬，真是辛苦了。让我亲自引你去见见我的夫人，她是很惦念你的。

文　姬　谢谢丞相。还有一件事要禀白丞相。

曹　操　甚么事？

文　姬　侍琴和侍书服侍我将近两个月，我感谢她们，我也感谢丞相。现在我的生活自己可以照管了,请丞相允许她们立即回丞相府服务。

曹　操　啊,这是小事情。你也不能没有人照拂啦,我看就把侍琴留在你身边,让侍书回来好了。我们进后堂去吧,慢慢商量,慢慢商量。

　　　　曹操先行,二婢扶蔡文姬随下。

————幕徐闭

第 五 幕

　　魏王府中的松涛馆(同第四幕第三场)。八年后,建安二十一年(公元二一六年)的秋天,近午时分。桂花、菊花等正开,晴光满园。是年曹操封为魏王,呼厨泉单于来朝贺,曹操留置于邺,遣右贤王去卑回匈奴,分其众为五部,各立其贵人为帅,选汉人为司马以监督之。松涛馆此时已成为蔡文姬的住处。馆中布置有所改变,图书甚多,牙签满架。壁间适当处悬有蔡邕画像及焦尾琴等,有各项盆栽古玩。

　　侍琴在室中拂拭,摘来菊桂插换馆中瓶花。蔡文姬席地而坐,就案写作。俄而吟哦出声。

文　姬　(吟哦)

　　　　妙龄出塞呵泪湿鞍马,
　　　　十有二载呵毡幕风砂。
　　　　巍巍宰辅呵吐哺握发,
　　　　金璧赎我呵重睹芳华。
　　　　抛儿别女呵声咽胡笳,
　　　　所幸今日呵遐迩一家。
　　　　春兰秋菊呵竞放奇葩,

　　　　　　　熏风永驻呵吹绿天涯！
　　　　　卞后步入园中,侍书随后。
　　　　　先为侍琴所发现,即呼唤文姬留意。
侍　琴　文姬夫人,王后看你来了。
文　姬　(离席,下阶相迎)恭候婶母午安！
卞　后　(答礼)呵,文姬夫人,你又在作诗了?
　　　　　侍书向文姬敬礼后,步上馆阶,帮侍琴收拾。
文　姬　我很想重新写一首《胡笳十八拍》来歌颂丞相的丰功伟绩,但是作不好啦。
卞　后　你刚才念的一首不就很好吗?(向侍琴)侍琴！你把文姬夫人那首诗,给我拿来看看。
侍　琴　(应声)我就拿来了。(从书案上将诗稿连谱取来,下阶,递与卞后。)
卞　后　(接看)哦,你连谱都制好了！
侍　琴　文姬夫人她作诗,总是连谱一道制的。
卞　后　多才多艺的人就有这些好处。(读诗)这就好了。侍琴,你赶快叫人拿到铜雀台去,叫歌伎们赶快练习,说不定魏王回头就要用它啦。
　　　　　侍琴接稿将下。
文　姬　那才只有一首呢。
卞　后　一首也好,何必要作十八首呢?侍琴,你赶快拿去！
　　　　　侍琴下。
文　姬　请到馆里去坐吧?婶母娘。
卞　后　不必了,我们就在这园子里,一面走一面谈,不多好?这样秋高气爽的天气呀！
文　姬　真的,到了秋天,一切的东西都像含在水晶和玉石里一样,但在清凉之中又有一片温暖的感觉。
卞　后　我很喜欢秋天,看来你也喜欢啦。
文　姬　秋天是收获的季节,我看老百姓们都是喜欢的。
卞　后　年成不好的时候,那就不同了。

文　姬　好在这些年,年年都有好收成。真真是人寿年丰,喜事重重。

卞　后　是的,你也有很大的收成,我祝贺你。我听说,你把你父亲的遗著四百多篇,全靠记忆,已经纪录出来了。你在《续汉书》的撰述上提供了很多宝贵的材料。你真是了不起呵!

文　姬　那全要感谢丞相的鼓励。

卞　后　我正要告诉你一件大喜事呢。南匈奴呼厨泉单于亲自来朝贺魏王,昨天已经到了。

文　姬　已经到了吗?真是一件大喜事呵!

卞　后　今天上午魏王接见他们,我还听说董祀也一同来了呢。

文　姬　(更有喜色)董祀也来了吗?

卞　后　他是从长安回来述职,陪伴着呼厨泉单于一道来的。你们怕已经七八年不见面了吧?

文　姬　是啦,我从南匈奴回来已经整整八年了。

　　　　　侍琴入场,走向卞后和文姬。

侍　琴　事情真凑巧,我出去就碰着铜雀台的乐师。把歌辞和谱交给她,她说好得很,她们立地就练习。据说,歌辞不长,有了谱很快就可以演奏的。

卞　后　那就好了。你去做你的事吧,不要管我们。

　　　　　侍琴应命走上松涛馆,见侍书已代为打抹停当,二人携手走入内室。

卞　后　昨晚丞相告诉我,董祀的脚已经完全好了,并没有成为残废啦。丞相还告诉我,今天接见了呼厨泉单于之后,他还要亲自给你带很好的礼物来。我问他是甚么礼品,他说"到明天就知道了",他不肯告诉我呵。

文　姬　多谢丞相那样关心。不知道有没有关于我的儿女们的消息啦?

卞　后　你又在思念你的儿女啦?

文　姬　是的,我离开他们八年了。三年前,左贤王打退了鲜卑人的

　　　　　侵犯，但他自己也身受重伤，医治无效。听到这个消息时，我很难过了好一阵，现在总算平静下来了。以后又传来一些消息，有时说女儿死了，有时又说儿子死了，都不知道可靠不可靠。我不愿意去想啦。

卞　后　这一次我看就可以问清楚了，你不必耽心吧。

文　姬　这一次董祀和他们一道来，我看他一定会替我打听清楚的。不过，我实在也有点耽心，万一他们都死了，我这已经平定了八年的心境，恐怕又要卷起波澜来了。

卞　后　你想开些吧。这些年辰倒好了，前十几二十年，你想，不是整村整落的人都死净灭绝了吗？有的几万户的郡县，剩下来只有几百户。丞相的诗"白骨露于野，千里无鸡鸣"，你是熟悉的了。

文　姬　（点头）我很罣念着赵四娘。关于她的消息，却甚么也没有。

卞　后　"吉人天佑"，像赵四娘那样的好人总会有好处的。好在这一次就可以问明白了。我昨晚还同丞相说，要他让董祀和你见见面，他说那是当然的。你们大概很快就可以见面了。

文　姬　谢谢你！婶母娘！

　　　　　此时侍琴和侍书自内室中捧围棋棋具出，安置在馆的回廊上的一隅。

侍　琴　文姬夫人！你好不好同王后一道来下下围棋？

文　姬　婶母娘，你怎么样？

卞　后　好吧，我陪你下。我是下不赢你的，你要让我七个子才行。

　　　　　文姬与卞后步上馆阶，坐在回廊上对坐下棋。

　　　　　侍书与侍琴二人跪坐在旁边观局。

　　　　　有顷，曹操服王服，携胡儿、胡女入场。其次为五官中郎将曹丕与长安典农中郎将董祀。胡儿此时年十六岁，胡女九岁。可适当配备一些侍从。

曹　操　（在馆上诸人不注意中，远远呼出）文姬夫人，你意想不到的礼品我给你带来了！

馆上人闻呼,仰视。文姬与卞后即离局下阶迎接。侍琴与侍书收拾棋具及书案等入内室,抱出坐垫,在馆中敷陈席位。正中四席,左右各二席。

曹　操　(向伊屠知牙师兄妹)快去见你们母亲!

伊屠知牙师兄妹越次向文姬跑去,在文姬前行屈膝半跪礼,昂首仰望其母。

胡　儿　母亲,儿伊屠知牙师回来了!

胡　女　妈,女儿昭姬小妹回来了!

文　姬　(开始有些诧异,继而眼泪涌出)呵,伊屠知牙师呀!昭姬小妹!(前进抚抱儿女。)

母子均喜极而流泪。余人见此情景,深受感动。

文　姬　(渐就平定,挽起其子女,引向卞后)这是王后,你们应该喊婆婆。

胡　女
胡　儿　(向卞后行屈膝半跪礼)婆婆万福。

卞　后　(答礼扶起)哦,这真是再宝贵也没有的礼品了!伊屠知牙师,你长的这样魁梧!多大年纪了?

胡　儿　十六岁。

卞　后　(向胡女)昭姬小妹,你呢?

胡　女　婆婆,我九岁。

卞　后　真是一对珊瑚树啦。(回向文姬)文姬,你可高兴了!

文　姬　感谢魏王和王后。(此时始向曹操及余人分别敬礼。)

曹　操　我们都到松林里去走走吧。

文　姬　待我来引路。

曹　操　(制止之)不,你们母子留在这儿,可以多谈一会儿。(向董祀)董中郎,你也陪着谈谈。(忽有所悟)好,你来见见我的夫人。(向卞后介绍)这就是长安典农中郎将董祀。

董　祀　(向卞后敬礼)董祀恭候王后万福!

卞　后　(答礼)辛苦了。你就请留下吧,改天我们再请你谈谈长安的风土民情。

董　祀　是,遵命。
　　　　　文姬、胡儿、胡女、董祀在园中留下,余人徐步转入馆后松林中。
文　姬　(向董祀)公胤,你的脚完全好了吗?
董　祀　完全好了。大姐,我感谢你,是你救了我的性命。我这一次回到邺下来才知道。
文　姬　呵,那你应该感谢曹丞相。
董　祀　当然应该感谢。大姐,你知道吗?伊屠知牙师和昭姬小妹,他们兄妹俩,以后要留在邺下了。
文　姬　哦!不再回匈奴去了吗?
胡　儿　是的,刚才魏王和呼厨泉单于商量好了,单于和我们都留下来,让右贤王去卑回去。从今以后,匈奴和汉朝真正成为一家了。
文　姬　哦,那可高兴了。你们四姨婆呢?
胡　女　她在前年的夏天,得了伤寒症,死了。
文　姬　(惊愕)她死了?
胡　女　是的,她死了。前年夏天是我先得了伤寒症,四姨婆衣不解带地照拂我。我好了,四姨婆就病倒了。大家都说,是我的病传给了四姨婆,四姨婆是为我而死的。
胡　儿　四姨婆临死时对我说:"妹妹还小,要好好照拂妹妹。要好好做人就像你爹爹左贤王那样。"她还说,她对不起妈妈,没有尽到责任。
文　姬　(淌下眼泪)四姨婆为你们真是献出了自己的性命,是我没有尽到责任。
胡　儿　(从怀中取出一面小圆铜镜)妈,这面铜镜是你留下的,我给你带回来了。
文　姬　哦,这是我留给你爹做纪念的。
胡　儿　爹爹在临危的时候告诉我们:"长大了,一定到汉朝去,看妈妈。"他从怀中取出这面镜子,叫我们见了妈妈时,请你允许他转赠给董大叔。

文　姬　爹爹是那样吩咐的吗？你们就执行爹爹的遗嘱吧。

　　　　　胡儿、胡女把铜镜献给董祀，董祀虔诚地接受。

胡　儿　妈妈，还有这把宝剑呢！(指示腰上所佩玉具剑)这是董大叔送给爹的，爹临危时给了我。

文　姬　你懂得你爹的意思吗？

胡　儿　我想来是：要我主持正义，诛除外寇，替爹爹报仇。

文　姬　你爹爹可以瞑目了。

　　　　　此时曹操偕其余诸人自馆后绕出，文姬拭去眼泪，偕儿女与董祀迎接上去。

曹　操　(见文姬泪痕)文姬，你已经知道那些消息了吧？你又在哭啦。你不是说，你向董祀发过誓，你不再悲哀了，你要以天下人的快乐为快乐吗？

文　姬　丞相，我感谢你的教训。但我现在的哭也不纯全为的悲哀。赵四娘死了，她成为了圣母。左贤王死了，他成为了英雄。他们是永垂不朽的。

曹　操　好，好，你说得很好，很好！我们还活着的人总要做些无愧于圣母、无愧于英雄的事！好，我听说，你作了一首好诗啦。我已经打发人去叫铜雀台的歌伎队出场演唱，让我们欣赏欣赏。

文　姬　(向卞后)大婶，你把我那首诗告诉了丞相吗？

卞　后　我告诉了他。

文　姬　那还很粗糙的啦。

卞　后　不，我觉得很好。你看歌伎队都出场了，试唱一回，让大家斟酌斟酌也是好的。

　　　　　歌伎队由回廊入场，转入松涛馆中，此时松涛馆成了临时舞台。侍琴与侍书将馆中坐垫收入，扛出一架悬鼓置于台前一隅，下阶，分侍卞后与文姬后。

歌伎队　(均由女子组成，各抱一大筝，如今朝鲜的伽牙琴。弹者座位与弹法可采

用弹伽牙琴的方式;指挥者亦一女子,立悬鼓后,击鼓成拍,以代指挥;击鼓者、弹琴者均边奏边唱)

   妙龄出塞呵泪湿鞍马,
   十有二载呵毡幕风砂。
   巍巍宰辅呵吐哺握发,
   金璧赎我呵重睹芳华。
   抛儿别女呵声咽胡笳,
   所幸今日呵遐迩一家。
   春兰秋菊呵竞放奇葩,
   熏风永驻呵吹绿天涯!

  曹操及众人可分成三组:曹操、胡儿为一组;曹丕、董祀为一组;卞后、文姬、胡女、侍琴与侍书为一组。各组中每人姿态,或坐或立,可适当布置。

  歌唱一遍之后,各人鼓掌,继复弹唱一遍。

曹　操　歌辞是很好的,谱也很好;弹唱得也都很好。今晚在欢迎呼厨泉单于的宴会上可以作为一个节目演出。题目好不好定名为《重睹芳华》呢? 文姬,你觉得怎样?

文　姬　题名很适当,请丞相决定好了。

曹　操　好,就那样定下来。不过,我还要出一个题目,叫作《生死鸳鸯》,文姬,要请你们表演呢!

文　姬　是怎样的内容?

曹　操　就是你们自己的本事。文姬,你陷没在匈奴,沉溺在悲哀里,是董祀把你救了。董祀受了误会,几乎冤枉被杀,是你把他救了。左贤王临死的时候,把董祀赠给他的玉具剑留给你的儿子;把你留给他的铜镜转送给董祀,这不是他有意撮合吗?(回向众人)啊,今天真是四喜临门呵。呼厨泉单于来朝,遐迩一体;《胡笳十八拍》之后《重睹芳华》;生死鸳鸯,镜剑配合;乾坤扭转,母子团圆。(向卞后)夫人呵,董公胤未有室家,蔡文姬已无悲愤,这是天作之合啦! 让我们俩老夫老妻来替天行道吧!

　　曹操前往牵引董祀,卞后牵引文姬,引至舞台正中让他们相向握手。

　　胡儿、胡女上前,面对观众,作屈膝半跪礼。

胡　儿　(扬举右掌,亢声高呼)

　　祝天下父母永远康乐!
　　祝四海苍生永远安宁!
　　祝魏王与王妃千秋万岁,万岁千秋!

　　全场同声呼和。唯最后一声,曹操与卞后均未作声;曹操则高拱两手,回向全场敬礼;卞后则俯首敛衽,表示十分谦和。

　　　　　　　　　　　　——幕闭·全剧终
　　　　　　　　　一九五九年二月九日脱稿于广州
　　　　　　　　　一九五九年五月一日定稿于北京

创作要目

1916 年　夏秋之交(一说"1918 年初夏""1919 年夏秋之间"),作新诗《Venus》《别离》《新月》《白云》《死的诱惑》,它们可视为郭沫若最早的新诗创作。

1919 年　9 月 11 日,《抱和儿浴博多湾中》《鹭鹚》发表于上海《时事新报·学灯》。这是郭沫若首次发表新诗。

12 月末作《地球,我的母亲》,1920 年 1 月 6 日发表于上海《时事新报·学灯》。

1920 年　1 月 20 日,作《凤凰涅槃》,1 月 30 日、31 日发表于上海《时事新报·学灯》。

1921 年　8 月,《女神》(诗集)由上海泰东图书局初版。这是郭沫若的第一部诗歌集。1928 年本着"自我清算"的精神作了重大修改。

1922 年　4 月,译作《少年维特之烦恼》由上海泰东书局初版。

1923 年　2 月,作《卓文君》,5 月发表于《创造》季刊第 2 卷第 1 期;1923 年 7 月作《王昭君》,1924 年 2 月发表于《创造》季刊第 2 卷第 2 期;1925 年 6 月作《聂嫈》。三剧合集为《三个叛逆的女性》,1926 年 4 月由上海光华书局出版。

10 月,《星空》由上海泰东图书局出版。原系诗歌戏曲散文集,其中有小说《牧羊哀话》《残春》《月蚀》三篇。

1925 年　2—3 月,作长诗《瓶》,1926 年 4 月 16 日发表于《创造月刊》第 1 卷第 2 期。

12月,《文艺论集》由上海光华书局出版。共收1920—1925年间论著31篇,附论4篇。

1926年　4月13日,作《革命与文学》,5月发表于《创造月刊》第1卷第3期。

9月,小说散文集《橄榄》由上海创造社出版部出版。

1927年　3月,作《请看今日之蒋介石》,3月31日发表在武昌的《中央日报》上。

1928年　1月5日至16日,作《恢复》共24首,3月由上海创造社出版部初版。

2月,诗集《前茅》由上海创造社出版部出版。内收1921—1924年间诗作15首。

3月,译作《浮士德》(第一部)由上海创造社出版部初版。作《我的幼年》(1933年改版更名为《幼年时代》),1929年4月由上海光华书局出版。后收入《沫若自传》第1卷《少年时代》。

1929年　作《反正前后》(1931年改版更名为《划时代的转变》),8月由上海现代书局出版。后收入《沫若自传》第1卷《少年时代》。

1930年　3月,《中国古代社会研究》由上海联合书店出版。

1931年　5月,《甲骨文字研究》由上海大东书局影印出版。

6月,《殷周青铜器铭文研究》由上海大东书局影印出版。

9月,《文艺论集续集》由上海光华书局出版。内收1923—1931年论著10篇,书信1封。

12月,《黑猫》由上海现代书局初版,后收入《沫若自传》第1卷《少年时代》。

1932年　1月,《两周金文辞大系》由日本文求堂影印出版。

9月,《创造十年》由上海现代书局出版,后收入《沫若自

	传》第 2 卷《学生时代》。
1933 年	9 月,《沫若书信集》由上海泰东图书局出版。
1935 年	4 月,文集《屈原》由上海开明书店初版,1943 年重庆群益出版社出版时更名《屈原研究》。
1936 年	作《北伐途次》,最初收入 1937 年 6 月上海北雁出版社出版的《北伐》,后编入《沫若自传》第 3 卷《革命春秋》。同年 10 月历史小品、自传集《豕蹄》由上海不二书店初版。
1937 年	作《创造十年续篇》。1938 年 1 月由上海北新书局出版,后收入《沫若自传》第 2 卷《学生时代》。 9—10 月作五幕历史剧《棠棣之花》,1938 年 1 月与话剧《甘愿作炮灰》合集,由上海北新书局出版。
1938 年	1 月,诗集《战声》由广州战时出版社出版,内收 1936—1937 年诗作 21 首。 8 月,《文艺与宣传》(文集)由广州生活书店出版。
1942 年	1 月,作历史剧《屈原》,同年 3 月由重庆文林出版社出版。 2 月,作历史剧《虎符》,同年 10 月由重庆群益出版社出版。 6 月,作历史剧《高渐离》,同年 10 月 30 日发表于桂林《戏剧春秋》月刊第 2 卷第 4 期。 9 月,作历史剧《孔雀胆》,1943 年发表于桂林《文学创作》月刊第 1 卷第 6 期。
1943 年	3 月,作历史剧《南冠草》,1944 年 3 月由重庆群益出版社出版。
1944 年	5 月,《甲申三百年祭》出版。
1945 年	3 月,《青铜时代》由重庆文治出版社出版。 9 月,《十批判书》《波》(散文集)由重庆群益出版社出版。
1947 年	10 月,小说集《地下的笑声》由上海海燕书店初版。

1948年	8月至11月,作《抗日战争回忆录》,8月25日至12月5日连载于香港《华商报》文艺副刊《茶亭》。后以此为副题,另加正题《洪波曲》,作为《沫若自传》第4卷。
1951年	8月,《海涛》(自传)由上海新文艺出版社出版。
1952年	6月,《奴隶制时代》(文集)由上海新文艺出版社出版。
1953年	3月,《新华颂》由人民文学出版社出版。 6月,《〈屈原赋〉今译》由人民文学出版社出版。
1958年	7月,《百花齐放》(诗集)由人民日报出版社出版。
1959年	1月,《雄鸡集》由北京出版社出版。内收1949—1958年间报告、讲话、论文等共36篇。 2月,作历史剧《蔡文姬》,发表于上海《收获》第3期。 4月,《长春集》由人民日报出版社出版。 11月,《潮汐集》由作家出版社出版。 12月,《骆驼集》由人民文学出版社出版,内收1949年9月至1957年7月间诗作。
1960年	1月,作历史剧《武则天》,5月发表于《人民文学》。
1961年	校订《再生缘》前17卷本,作陈端生年谱。 《文史论集》由人民出版社出版。
1962年	9月,《读〈随园诗话〉札记》由作家出版社出版。
1964年	11月,《东风集》由作家出版社出版;电影剧本《郑成功》发表于北京《电影创作》第2期、第3期。
1965年	撰文辨析传世《兰亭序》帖之真伪。
1967年至1969年	酝酿并写作《李白与杜甫》。1971年10月由人民文学出版社出版,1972年修订。
1972年	发表《古代文字之辨证的发展》《中国古代史的分期问题》等文。 8月,《出土文物二三事》由人民文学出版社出版。

1977年　10月,《沫若诗词选》由人民文学出版社出版。内收1949年新中国成立至1977年3月所作诗词270余首,系作者生前编定的最后一个本子。
1978年　4月,《沫若剧作选》由人民文学出版社出版。

〔郭沫若一生著述颇丰,涉及文学、历史、古文字等,此要目偏重于文学,而略及其他,非其全貌。〕

桑逢康

图书在版编目(CIP)数据

郭沫若精选集 / 郭沫若著. —北京:北京燕山出版社,2006.1(2019.10重印)
ISBN 978-7-5402-1646-7

Ⅰ.郭… Ⅱ.郭… Ⅲ.文学-作品综合集-中国-现代 Ⅳ.I216.2

中国版本图书馆 CIP 数据核字(2005)第 158039 号

郭沫若精选集

郭沫若 著
责任编辑 / 尚燕彬 王 然
装帧设计 / 小 贾 张 佳
北京燕山出版社出版发行
北京市丰台区东铁营苇子坑路 138 号嘉城商务中心 C 座　邮编 100079
全国新华书店经销
北京松源印刷有限公司印刷

开本 850×1168　1/32　印张 12　字数 380,000
2015 年 11 月第 3 版　2019 年 10 月第 7 次印刷

定价:35.00 元

版权所有　盗版必究